快乐读中外文学**故事**
KUAILEDUZHONGWAIWENXUEGUSHI

Zhenqjuiinqjwineriqwineyqu

救灵魂——人间悲喜剧

19世纪中期·文学故事

范中华◎编著

湖南人民出版社

图书在版编目（CIP）数据

拯救灵魂：人间悲喜剧：西方 19 世纪中期文学故事 / 范中华编著 . —长沙：
湖南人民出版社，2013.1（2024.09 重印）

（快乐读中外文学故事）

ISBN 978-7-5438-8654-4

I.①拯… Ⅱ.①范… Ⅲ.①故事—作品集—中国—当代 Ⅳ.① I247.8

中国版本图书馆 CIP 数据核字（2012）第 186793 号

快乐读中外文学故事：拯救灵魂——人间悲喜剧（西方19世纪中期文学故事）

编 著 者　范中华
责任编辑　骆荣顺
装帧设计　君和设计

出版发行　湖南人民出版社〔http://www.hnppp.com〕
地　　址　长沙市营盘东路3号
邮　　编　410005
经　　销　湖南省新华书店

印　　刷　永清县晔盛亚胶印有限公司
版　　次　2013 年 1 月第 1 版
　　　　　2024 年 9 月第 4 次印刷
开　　本　710×1000　1/16
印　　张　15
字　　数　250千字
书　　号　ISBN 978-7-5438-8654-4
定　　价　25.00元

营销电话：0731-82683348　　（如发现印装质量问题请与出版社调换）

目 录

大作家巴尔扎克的年轻时代
dà zuò jiā bā ěr zā kè de nián qīng shí dài

从少年时代起，奥诺雷·巴尔扎克就向往着文学上的成功。虽然他们家的老朋友、退休的五金制品商达布兰大叔不客气地预言巴尔扎克在文学方面不过是个抄副本的料，但这丝毫没有动摇年轻人的志向，他要尝试一下，使自以为是预言家的达布兰大叔的话破产。

1807 年，只有八岁的巴尔扎克被父母送进旺多姆学校住校学习，直到1813 年。学校的生活情况从巴尔扎克六年间的变化就能看出来。刚到学校时，他的小脸胖嘟嘟、红鲜鲜的，可是，六年后家人再看到他时，他已变得形容枯槁，双眼充满紧张与惊恐。但未来作家从这所学校获得的东西还是非常丰富的，不论是精神上的还是肉体上的痛苦对他都成为一笔不可多得的财富。

由于父母对他的忽视，他在学校不能像其他孩子那样有大把的零花钱，所以有很多活动他无法参与。同学们对他的轻视使他胆怯而且沉默。课间休息时，别的孩子都跑出去玩了，他却坐在树下读书。读书一方面的确是他的喜好，另一方面也排遣了他没有玩伴的孤独和寂寞。

学校教师中有个勒费弗尔神甫，他的一部分工作是负责整理学校图书馆。原来巴尔扎克的父亲想让儿子将来进综合理工学院，就请勒费弗尔神甫给儿子辅导数学。巴尔扎克从他那里没有获得更多的数理知识，而是得到了看"闲书"的机会，并受到他思维方式的影响。巴尔扎克在早年的学习笔记中记下了对神甫的印象："有才能，有头脑，记忆力好，想象力比判断力更强，他相信奇迹和神机妙算。"老师给这个跟自己有几分相像的学生特权，允许他到图书馆借阅各类书籍。沉溺于书堆里的巴尔扎克像个饥饿的孩子，不论什么知识都往脑袋里装。这些丰富杂乱的知识形成了他早熟而独特的思想。为了能有更多的时间读书，他故意制造机会让老师关他禁闭，但根据记载他遭受校方"穿木头裤衩"（学校在宿舍里为违纪学

生设置的六尺见方的小房子被学生称为"木头裤衩")的惩罚恐怕就不是他愿望中的事了。

《驴皮记》中的拉法埃尔年轻时写了一本《意志论》，巴尔扎克少年时代也对意志的本质及其作用的问题进行过思考，据他在另一部作品《路易·朗贝尔》中描写，主人公在十二岁时写出了关于"心理与肉体的关系"方面的哲学论文《意志论》，有几个不怀好意的孩子愤恨于他的"贵族式的沉默"，把他的这篇论文抢跑了。双方的争抢声引来了奥古尔神甫，他无情地没收了这份稿子，并把它送给一个收买废纸的小贩。虽说这是个找不到确凿证据的说法，但无可否认的是，少年巴尔扎克具有比他同龄孩子深刻得多的思想，智力上的早熟使他产生了对远大前程的大胆设想，也使他身上具有周围人难于容忍的自负。他们凡俗的眼睛看不出来他这种自负的根据。"我会出名的"这句话常挂在他嘴边，也成为其他人嘲笑他狂妄自大的根据。

从旺多姆寄宿学校毕业的巴尔扎克成绩十分不理想。父母为了他能在受教育方面不留遗憾，再度把他送到都尔和巴黎的一所寄宿学校继续学习。《驴皮记》的主人公拉法埃尔说："我在家里，处于家人之间，和在学校里所曾受的痛苦，现在，当我寄居于勒比特寄宿学校的时候，在另一种不同方式下，又重新受到了。我父亲是不论什么零用钱也不给我的。我的父母只想着我有吃有穿，肚子里装满拉丁文与希腊文，他们就完全心满意足了。住在寄宿学校里，我认识了上千的学伴儿，可是我无论如何也不能回想出曾经遇见一个相似的例子，像这样绝对对孩子不关心的父母。"在都尔中学，巴尔扎克再次因为父母的忽视而备尝他人的轻蔑之苦。当同学们面前摆着香喷喷的熟肉酱，而他手里只有干巴巴的面包时，他不敢大声回答他们的提问："你真的什么也没有吗？"

受了伤害的巴尔扎克暗自发誓：将来一定要让这帮不把他放在眼里、对他大肆嘲笑的家伙对他刮目相看，他一定要创造出伟大的业绩来。在家里，他干脆就把他未来的宏图伟业直接预报出来："有一天奥诺雷这个小鬼会震惊世界的。"用什么去震惊？父母和妹妹们对他的话不以为然。在学校，他成绩一点也不出色，全班三十五名学生，他的拉丁文成绩排名第三十二。本来就认定他不堪造就的母亲更加坚定了自己的看法。

家里为他安排了人生道路，只等着他乖乖地走。1816 年，他成了一名法学大学生。同时，他还要利用空余时间找份活干，挣点钱贴补生活。父母精打细算他的时间，认为他完全有闲暇到律师事务所当一名书记。这样，三年间，他一面念书，一面在事务所打工。

1819 年，巴尔扎克的父亲贝尔纳-弗朗索瓦因退休失去了一大笔年薪，家庭生活无法维持过去的水平。出于免被别人嘲笑的自尊，巴尔扎克和夫人决定迁出巴黎，住到小镇维勒帕里西斯去。而此时已获法学学士学位的巴尔扎克却不愿意离开巴黎，他对父母讲了自己的志向。父母当然希望儿子能选择既挣钱又光耀门楣的职业，因此对他的这种打算很不满意。但既然他自认为有此天赋，不妨让他试一试。他们告诉儿子，他可以用两年时间进行尝试，这期间他们每年给他提供一千五百法郎的生活费。这种态度相当宽宏，儿子对此也只有以成功作报答了。

母亲以每年六十法郎的价钱为他租下了兵工厂图书馆附近的一间阁楼。这是个处在六层楼上的亭子间，是个"堪与威尼斯铅顶监狱媲美的小洞穴"，"阁楼的墙壁又黄又脏，一副寒酸相，再没有比这更可怕的地方了……从屋瓦的缝隙中可以看到天空……租这间房每天花我三个苏，灯油费每晚三个苏，我自己收拾房间，两个苏洗衣服，两个苏买泥炭，于是只剩下两个苏以备不时之需"。

生活的艰难由此可见一斑。可对于做文学梦的年轻人来说，更难的是不知写什么。虽然以前涂鸦似地写过一点东西，如《关于灵魂不朽的笔记》及《关于哲学与宗教的笔记》等，但都不成形。此外，还有一些作品的片断，如一首押韵史诗《圣路易》的开头、悲剧《西拉》和喜剧《两个哲学家》的草稿，也有一些小说的设想，但只有其名而无其实，根本就不知道它们的内容是什么。他开始翻阅大量书籍，一方面从中寻找创作灵感，另一方面仔细揣摩文学大家的写作技巧，为自己的创作积累知识。

然而，两个月过去了，创作内容依然像中国未出阁的姑娘的脸不肯露出来。巴尔扎克着急了。一定得有个题目！这是他为自己下达的死命令。为找到写作题目，他跑到流通图书馆借来几十本书发愤苦读，从每本书中发掘写作素材。

但即使困难再大，也必须完成《克伦威尔》，当他决计要做成一件事时，他身上那不可克服的意志力开始发挥作用了，正是这种力量使他日后能够完成《人间喜剧》那样庞大的作品。他没日没夜地伏案写作，经常三四天不出门，偶尔出去，也是为了购买面包、水果、咖啡等生活必需品。

转眼间，冬天到了。寒冷从四面八方向他的小屋袭来。虽然阁楼在夏天要比其他房屋更多地承受毒热的太阳的"宠爱"，但那毕竟还可忍受。冬天则不同了。本来巴尔扎克的手指对寒冷就非常敏感，现在身处只有寒气包围却无一丝暖意笼罩的房间里，这双手真有被冻麻木而无法写字的危险。巴尔扎克仍不停笔。他用父亲的一条旧毛毯盖上两只脚，用一件法兰绒背心护住胸部，把从妹妹那儿讨来的一件披肩围在肩上，又把母亲织的一顶帽子戴在头上，这样就可以节省一大笔燃料费用。只有一件事让他始终担心，那就是灯油的开支。白天越来越短了，一到下午三点就得点灯，为省灯油，必须把白天的每一分钟都派上用场。

全副"武装"的巴尔扎克伏在床上创作他的不朽悲剧，忍受着艰苦，心中时而充满犹疑时而充满希望。有时他觉得他的《克伦威尔》是出类拔萃的，"我的悲剧将要成为国王与民族的经典。我一定要用一部惊人杰作来唱我的打炮戏，不然我就得把命搁在这个尝试上"。有时他却又反复问自己是否有足够的才能创作出伟大的悲剧。1819 年 11 月，他把《克伦威尔》完整详细的提纲寄给妹妹洛尔，请求她多给他指出缺点，而不是对他说些轻飘飘的赞美话。而愈到后来，他的自卑愈强烈，"我已认出我的才能是多么缺乏，由于这个事实，我的困难就出来了！"一部真正的艺术品不是靠苦干创造出来的，那么巴尔扎克到底是不是天才呢？他最为困惑的就是这件事。

困惑归困惑，写作还得继续进行。为了争取到独立和声誉，他以尽可能快的速度匆忙铺展着他那乱七八糟的十二缀音式的诗句。1820 年 1 月，经过了四个月的艰苦努力，他终于写完了《克伦威尔》的草稿。当得知儿子写出五幕诗剧《克伦威尔》时，母亲的情绪表现出了少有的激动。巴尔扎克的妹妹洛尔在信中告诉哥哥："妈妈为你高兴，你的工作使她欣喜若狂。"洛尔也为哥哥骄傲，她甚至不嫌麻烦亲自动手用漂亮的字体将哥哥寄来的《克伦威尔》手稿誊写一遍。

巴尔扎克累坏了，要好好休息一下。他决定到亚当岛父亲的老朋友路易·菲利浦·德·维埃·拉法耶家小住几天。在那里，他为《克伦威尔》添上了最后几笔，做了最后一次修改。5月，他把已经完成的稿本小心地装在简单的行囊中，回到了维勒帕里西斯。

家人因为剧本对巴尔扎克表现出了从未有过的热心。父母经过商量，决定请几个知心朋友到家里来听他朗诵剧本。被邀请的有巴尔扎克家未来的女婿絮尔维尔，与巴尔扎克有生死之交的拿克加尔大夫，还有几位很有势力的相识。巴尔扎克认为这部剧本一定会成功，坚持要达布兰大叔到场，以便当场击败他的预言。后者果然驾了一辆老式马车，走了两个多小时的路程赶到维勒帕里西斯。

后来，洛尔记下了朗诵现场的情况："朋友们陆续到来，庄严的考试开始了。朗诵者的情绪越来越低落，因为他引不起听众的兴趣，看看周围人的脸部表情，都是冷冰冰、木呆呆的。"朗诵刚一结束，达布兰就不客气地表达了他对《克伦威尔》的不满，巴尔扎克"大声抗议，不同意他的判断；其余的听众尽管比较温和，却也一致认为这部作品是相当不成熟的"。母亲为此感到自尊心受了伤害，两个妹妹因为哥哥伤心而难过。父亲贝尔纳·弗朗索瓦不愿儿子的作品轻易被否定，建议请一位内行的不带偏见的人再看看《克伦威尔》。当时，桥梁公路工程师絮尔维尔正在追求洛尔，趁此机会便殷勤地提出让他将手稿交给一位学院院士、剧作家安德里欧看看，也许这位号称"小古典主义作家"的大专家能有完全不同的见解。

巴尔扎克夫人和洛尔一起前去听取安德里欧的意见。大专家话说得很巧妙，暗示年轻的作者以后别在悲剧或者喜剧上浪费时间，不如做点其他事情。他还在一张纸片上写了点儿阅读作品后的印象："这位作者随便干什么都可以，就是不要搞文学。"这句话比达布兰大叔的分量更重。可当洛尔把这张"文学家死亡判决书"交给哥哥时，巴尔扎克却连眼都未眨一下，而是歪了歪脖子——他不服输，"悲剧不是我之所长，如此而已"。

对可怜的《克伦威尔》，巴尔扎克做了最后一次的拯救工作。达布兰大叔语言苛刻，但心肠极热，当巴尔扎克找到他时，他还是想方设法托人请法兰西剧院的当红演员拉封看一遍剧本。结果拉封的评价和前几人如出一辙。巴尔扎克不满拉封的看法，但他已经无法回避作品失败的命运了。

巴尔扎克不是一个轻易就能被失败压倒的人，成为"职业诗人"似乎是他神圣不可改变的使命，一定要实现。

他告诉父母，他们为他限定的两年尝试期刚过了一年，还有一整年时间供他进一步尝试，他能有新起色的。父母对这个倔强的儿子没有别的办法，只好同意他继续写作。于是，巴尔扎克又回到了那间四面透风的小阁楼里，重新开始了他要成就伟大作家的事业。

1825 年，初登文坛的奥诺雷·巴尔扎克没有取得他想象中的成功。为了生活，他不得不写些劣等作品，把它们卖给出版商，以便得到买面包的钱。他十分清楚这些应景之作不过是以赚钱为目的创作出来的，离他的文学理想相距甚远，因而从不在上面署自己的真名字。

但这些作品同样没有满足他大把赚钱的愿望。在暴发户风起云涌的时代，巴尔扎克怎能无动于衷？他像渴望尽早成为伟大作家一样，渴望迅速成为一名富翁。

一天，父亲的一位朋友，蒙格拉斯的城堡主人冉·路易·达松维耶·德·鲁日蒙建议他去试试经商，这个建议恰与他的道德顾问冉·托马西的想法不谋而合。后者在给巴尔扎克的信中也向他指出了一条把经商与写作结合在一起的路，劝他"从事一种务实的职业，附带写点文学作品。首先得保证有两道实实在在的正菜，然后再考虑饭后果点。只有采取这种办法，你才能高枕无忧。文学作为发迹手段犹如一件没有弹簧的工具，急躁莽撞的人使用它往往是要受伤的。何况专事写作、急于成名的人往往流于拾人余唾，倒是兴致来了才提笔写作的人总是不乏灵感，易于成功"。

巴尔扎克是个富于幻想的实干家，但由于幻想成分太多，所以他成功的可能性就变得很小。事实证明，他的想法往往是正确的，但他太不了解商界的黑暗和商人必须具备的眼光和狡猾，他的失败也就是必然的了。

正如巴尔扎克所言，苦难对弱者是深渊，对强者则是财富。经商失败，给巴尔扎克带来数不清的烦恼和苦痛，但他却从中得到了多少金钱也买不到的精神财富。他真正看到了金钱导演的悲喜剧，亲身体验了走投无路的商人所受的苦难，经历了无法挽救的破产的厄运，对商人的本性有了更直接的感受。在借债与还债的过程中，他还进一步认识了法国高利贷商人的真相。总之，世上的一切似乎都围绕着一个中心：金钱。它的巨大魔力搅动着整个社会，使无数人成为它死心塌地的奴仆，为了它心甘情愿做任何违情悖理的事情。

创作准备期对于那些渴望尽快看到他成功的亲人来说，真是太漫长了。接近而立之年的巴尔扎克在文学上还没有任何起色。但他一点也不气馁，他知道以自己坚定不移的决心一定能实现一切梦想。"我只有两个欲望，爱情和名声。"这是巴尔扎克的座右铭，实现这两个欲望的手段就是他手里的笔。1828年，为了逃避债主的追逐，也是出于创作的需要，他用了一个不为人所注意的名字——德·苏维尔——在巴黎近郊靠近天文台的地方租了一处房子，在这里一住就是九年。几乎无人知道在这个普通的地方、在一群普通的市民中，竟住着一位知名的作家。

巴尔扎克雄心勃勃，不怕失败的打击。在他书房的壁炉架上，立着一尊拿破仑的半身塑像。巴尔扎克把一张写着表达意志和决心的纸条贴在雕像的底部，作为对自己的勉励。上面写着："他用剑未完成的事业，我将用笔来完成。"他要用笔作武器，征服整个世界，作文坛上的国王。

《驴皮记》写出了作者充满渴望而又坎坷不平的青年时代，同时，巴尔扎克运用全新的艺术手法，将现实与神话巧妙地融合在一起。这部作品获得了极大的成功，而巴尔扎克也头一次在作者的署名处郑重其事地写上了"奥诺雷·德·巴尔扎克"。在署名中，代表贵族身份的"德"字头一

次赫然出现在巴尔扎克小说的封面上。

作为企业家，巴尔扎克是个彻头彻尾的失败者，但这一切却为他日后成为伟大的现实主义作家积累了不可多得的资料，它们是造就伟大的作品总集《人间喜剧》的宝贵财富。因此，从文学家的角度看，他的经营是"盈"而不是"亏"。

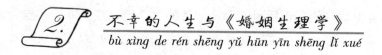

2. 不幸的人生与《婚姻生理学》
bù xìng de rén shēng yǔ hūn yīn shēng lǐ xué

19世纪20年代，法国文坛盛行一种很时髦的体裁，即指南类小册子，街上到处都能看到《国民指南》、《老实人指南》、《推销员指南》、《文学家与新闻工作者指南》、《风流指南》等轻松愉快、玩世不恭的作品。巴尔扎克的合作伙伴雷松建议他也写一些这类东西，因为他不仅写作速度非常人可比，几天之内就能写完一部指南，而且文笔富有才气和智慧，也颇能迎合大众读者的口味。

《老实人指南》署名雷松，但大部分都是巴尔扎克的手笔。它们是一幅幅未完成的草图，已经将日后《人间喜剧》中的种种黑暗、罪恶勾勒出大致的轮廓。

那段时间，出于赚钱的目的，巴尔扎克写作完全跟风走。当时尚从指南转到生理学时，他也马上转向。但他不同于一般仅仅靠卖文为生的人，而是要在迎合时尚的作品中加进严肃深刻的主题。他的天才就在这些作品中闪闪烁烁，巧妙地给具有慧眼的人提供认识他真正面目的机会。

很久以前，巴尔扎克的父亲贝尔纳-弗朗索瓦曾就爱情生理与优生学等问题向他发表过一些理论；他的老朋友维埃-拉法耶多次同他谈论女人，揭露她们的计谋，以及她们在夫妻生活中惯用的手腕；而贺拉斯·雷松和文学批评家菲拉雷特·夏斯勒又向他推荐斯丹达尔写的《论爱情》。这些东西给他的只是理论上和观念上的认识，实际上，在生活中，巴尔扎克周围人的婚姻生活——父母的、妹妹的、情人们的，都给予他切实而具体的感受。虽然他没进入婚姻状态，似乎没有资格谈论有关婚姻方面的问题，但他从一个旁观者和思考者的角度出发，发现了许多身在其中却"不识庐山真面目"的人们无法看清的问题。

父母亲的生活常常是孩子将来生活的一个比照样板，它潜移默化地影响着子辈们对生活的态度。巴尔扎克父母之间的婚姻绝不能算作爱情的结果。父亲贝尔纳-弗朗索瓦·巴尔扎克在五十一岁那年有幸娶到呢绒和肩章制造商约瑟夫·萨朗比耶的女儿、小他三十二岁的美貌少女洛尔·萨朗比耶为妻。萨朗比耶专断做主将女儿许配给社会地位显然不如他的贝尔纳，也许是因为他和女婿之间有很多相同之处：都作过"军需工作"、都参加了共济会。而且，贝尔纳·弗朗索瓦当时的情形是乐观的，年纪大了点儿，但身体结实得像头牛、身板挺得笔直、一副自命不凡的气派，在生活条件上，似乎也没有什么可担心的，年收入足以使他们的小日子过得有滋有味。

父亲考虑得太物质化了，感情上的事情被他一笔勾销。洛尔是个有点罗曼蒂克的好动情的姑娘，但在家庭教育中她的天性已经让位给优雅的教养和驯顺服从的品性，加上布尔乔亚家庭培养出来的对财产的敏锐感觉使她认定这个老头子还有诸多可取之处，于是，她没有提出任何异议，很自然地把自己的名字加入到巴尔扎克的姓氏中。

奥诺雷·巴尔扎克于 1799 年 5 月 20 日出生。一年前，母亲生下过一个男孩，但不久就夭折了。所以，奥诺雷算是巴尔扎克家的长子。但母亲对孩子缺少慈爱，在孩子刚出生时，就把他送到圣西尔-卢瓦尔村一个宪兵的妻子那儿抚养。直到四岁时，巴尔扎克没在家里度过真正幸福的时光，因而在他的感觉里，他永远也没有享受过母爱。母亲对他总是冷冰冰的，在他的童年时代从来没有送给他一次温暖的微笑。

父亲是个生性乐观、性情开朗的人，他的精力和热情主要用于保养身体、延年益寿和大幅度增加自己的产业上，当然，有时为了消耗他过于旺盛的生命力，不免还和不同的女人调情、甚至搞出些沸沸扬扬的风流韵事来。夫人年轻美貌，醉心于社交生活，而且有本事把附近的乡绅和侨居在都尔的英国人都吸引到自己的身边。很多人都传说她和一位萨榭的地主马尔戈纳先生关系暧昧，对此，贝尔纳的反应异常平静。好事者进一步分析，一定是他为了保持心境平和，以免身体受损而采取了不闻不问的态度。

后来，巴尔扎克的弟弟中的确有一位从母亲那儿得到了与他们兄妹难成比例的特殊的爱，他叫亨利，是母亲私情的产儿。他被强加给巴尔扎克家却得不到大家的承认。这种十分尴尬的处境使母亲对他付出了一直存储着的几乎全部的母爱。由于从小受宠，亨利做什么都不成，学习一塌糊涂，但他并没有因此失去母亲的偏爱。巴尔扎克从母亲身上看到了家庭关系中复杂的内幕，并体会到了这种外表体面的家庭对孩子心灵的深深伤害。

洛尔·伊奈·德·贝尔尼在二十二岁的巴尔扎克的生活中出现了，这位比巴尔扎克年长二十三岁的女人对他的影响是巨大的。她身兼母亲和情人双重角色，不仅引领巴尔扎克进入了成年男子的世界，而且补偿了他从来未曾充分享受过的母爱。

从贝尔尼夫人对巴尔扎克所讲述的自身经历中，他进一步认识了婚姻和爱情之间的遥远距离。洛尔·伊奈刚满十六岁时就被母亲和养父嫁给了德·贝尔尼伯爵，伯爵身体状况不好，性格粗暴，夫妻关系一直很紧张。1800年到1805年间，两人曾经分居。那时，贝尔尼伯爵双目失明，所有的事情都由夫人承担，但伯爵却时常向夫人发脾气，使贝尔尼夫人感受不到做女人的幸福。当有人向她呈送这种幸福时，她便匆忙接受，根本没有判别真伪的能力。一个科西嘉人引诱了她，使她全身心投入到这种盲目的爱情中。她为这个凶暴的人生下了一个女儿，此人却很快从她的生活里消失了。贝尔尼夫人重新发现丈夫的好处，于是夫妻言归于好。但这不过是理智控制下的婚姻，在感情上，她仍然觉得自己走在漫漫无际的荒漠里。

还有小妹妹洛朗丝，少女时代得不到父母的关爱，结婚后又得不到丈夫的情爱，生活对于她太不公正了。1821年的一天，父亲给巴尔扎克的大妹妹洛尔写信说他"已经为洛朗丝定了亲"。他不给女儿自己选择丈夫的权利，而是按照他的心愿为女儿定了亲。洛朗丝的爱情还没等绽放，就遭遇了严霜的摧折。她的丈夫阿芒-德西雷·德·圣皮埃尔·德·蒙泽格勒具有双重贵族身份，足以使贝尔纳-弗朗索瓦脸上放光。但女儿的幸福却为这所谓的"荣耀"断送了。这是个十足的纨绔子弟，赌场和妓院是他经常光顾的地方，对妻子根本没有爱意。洛朗丝内心苦闷，却无处诉说，身体迅速衰弱下去。家世和过去的辉煌丝毫不能解决丈夫所欠下的大笔债务，这个无赖竟然打起洛朗丝的主意，逼着她在放弃财产的契约上签字。巴尔扎克夫人得知此事后要求女儿决不能放弃财产。身患肺结核病的洛朗丝还怀有身孕，走投无路的情况下只好回到父母亲家里避难。可是，母亲并没有因为可怜的女儿遭受这么多痛苦而改变对她的刻薄态度，还不时在她受伤的心上戳上几刀："我可以永远尽心为女儿做好事，可我不能勉强自己去爱她了。"

这时的洛朗丝感觉只有死路一条了。1825 年 8 月，她在生下第二个孩子后，终因身心交瘁，在金王街 7 号父母家中去世。二十二岁的生命被可怕的、冷漠的家庭碾得粉碎，还不够一部悲剧的题材吗？巴尔扎克看到小妹婚姻悲剧反映出的与贵族联姻的恶果，意识到这是富有社会意义的启示，他相信这个故事对他还有更大的作用。

巴尔扎克开始为这本得自女人生活实况的作品考虑合适的名字。他在几个题目之间徘徊，不知道是叫《婚姻指南》、《怎样使妻子忠贞不贰?》，还是题为《守住妻子的办法》好。他想起他喜爱的一位作家劳伦斯·斯特恩的一句话："装作从医学角度来研究婚姻生活，认为它是定期地以生理行为表现出来的。"受这句话启发，他决定用《婚姻生理学》作为作品的题目。《婚姻生理学》于 1829 年 12 月出版，作者署名为"一个年轻的单身汉"。

在这部作品中，"年轻的单身汉"研究的是丈夫怎样在夫妻间的婚姻战争中获胜。他形象地指出哪些行为是感情破裂的先兆，哪些是妻子们惯用的伎俩，做丈夫的应该如何防范，怎样进行夫妻间的侦察活动，如何设计捉拿与人通奸的妻子，聪明的丈夫应该如何循循善诱等。巴尔扎克此文

的目的不是教给男人整治女人的方法，而是提醒男人们不要滥用权力，而应努力博取妻子的欢心，并且顺乎人性的秘密法则，把感情与占有巧妙地结合起来。"由此说明，一个男子要获得幸福必须接受有关尊重人和体贴人的某些法规的约束。"

奥诺雷因为《婚姻生理学》成为"抢手"的作者，但同时他也被某些人视为拈花惹草的浪荡儿，否则，她们无法想象"一个年轻的单身汉"如何能对女人了解得比女人自己还透彻。在《〈驴皮记〉初版序言》里，巴尔扎克为自己洗刷罪名："他大量的创作说明他只能过孤独的生活……许多女读者要是知道《生理学》的作者是个毛头小伙子，规矩得像个老站长，简朴得如同忌食的病人，喝的是清水，整天埋头工作，她们肯定会感到失望。"

《婚姻生理学》是个隐藏财富的巨大宝库，只等着巴尔扎克低声呼唤："芝麻，开门吧！"一部部文学大作就会从那里出现。它证明：巴尔扎克正在走向成功。

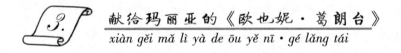

献给玛丽亚的《欧也妮·葛朗台》
xiàn gěi mǎ lì yà de ōu yě nī · gé lǎng tái

1833 年，巴尔扎克把正在创作中的小说《欧也妮·葛朗台》题献给一个名为玛丽亚的女子：献给玛丽亚——您的肖像最能为本书增添光彩，愿您的名字在这里像一支曾经赐福的黄杨枝，为了庇护家庭，不知从哪棵树上采来，但已经过宗教圣化，并由虔诚的手更新，因而永葆常青。

玛丽亚是谁？当巴尔扎克以他文学的声望得到了他曾经企盼的荣誉后，他也得到了许多女人的青睐（只是财富却离他越来越远）。最早的贝尔尼夫人，以她超出常规的爱情培养了未来作家，她并不曾指望她年轻的情人在法国甚至整个欧洲声名鹊起，所以他们的感情中不包含后来那些女性对巴尔扎克名望的爱慕；成名以后的巴尔扎克体会到了情场得意的美妙滋味，于是便有了与夫人们在情爱之湖中深深浅浅游弋的经历。但以前与他情深意厚的女人中一直没有见到过玛丽亚这个名字，显然他们之间的来往十分秘密。

看来，这位秘密情人是巴尔扎克的爱情与崇拜的寄托者。巴尔扎克曾在写给别人的信中描述过对她的好感："一个可爱的人儿，宛如从天而降的一朵鲜花，她是造物主创造的最天真的女人，她偷偷来到我的身边，既不要求我写信，也不要我的照顾，她只说：'你爱我一年，我将爱你一辈子！'"巴尔扎克向他人透露了这位

巴尔扎克时代的外省小城

秘密情人的多方面情况，他按捺不住向别人炫耀"辉煌业绩"的毛病使痴情女子的身份暴露出来，不然，后来的人便无法知道这朵来自天上的鲜花名叫玛丽-路易丝-弗朗索瓦·达米诺瓦，是基·杜·弗勒内依的妻子，出身于一个上层社会的法官家庭。巴尔扎克喜欢众多女子对他表示爱慕，不论是谁，他基本上是来者不拒。于是，玛丽亚与他创造了情爱的结晶。

巴尔扎克喜爱玛丽亚，不仅因为这位女子对他无上的崇敬，她的性格也对他产生了魅力。这个女子对爱情的忠诚达到了只讲付出不求回报的境界，像个基督徒一样富有伟大的牺牲精神。现在的世界还有什么东西可以美好到能够超过这种纯净无瑕的感情呢？身为作家的巴尔扎克最善于将生活中的细小感觉纳入文学创作中，于是，经过改头换面，玛丽亚的形象和美好情操就出现在了小说《欧也妮·葛朗台》的女主人公身上。

在小说里，"高大健壮的欧也妮并没有一般人喜欢的那种漂亮，"但她

安静的前额下藏着整个爱情世界和她自己都不曾察觉的天生的高贵。这是巴尔扎克对这位在爱情上富有基督献身精神的女性的高度赞美。从对欧也妮的描写中我们可以知道玛丽亚的外在形象，只因她对巴尔扎克的深情，她的形象被永远保存在文学作品中，并因此而不朽。

《欧也妮·葛朗台》插图

小说名为《欧也妮·葛朗台》，但让人们难以忘怀的则是欧也妮的父亲斐列克斯·葛朗台。这个对赚取金钱具有天生执著狂热的资产者，如果说存在着一个生活里的真实人物和他相对应的话，据说很可能是借用了作家母亲当年的情人、萨榭的地主冉·德·马尔戈纳的岳父身上的某些成分。1803 年，马尔戈纳娶表妹安娜·德·萨瓦里为妻。安娜的形象没有什么吸引表哥的地方，她身材矮小，腰身不挺，脸色蜡黄，表情忧郁，但她的陪嫁却能使多少年轻英俊的小伙子为之心动！三处宅邸、两处庄园、还有六座磨坊！成人以后的巴尔扎克坚信婚姻就是"一个女人和一笔家财"，也许巴尔扎克在少年时代就从马尔戈纳的婚姻中得出了这样一个公式也未可知。

安娜找到这样一个风流倜傥的丈夫说起来是父亲的功劳。亨利-约瑟夫·德·萨瓦里老爷当过骑兵军官，精通骑术，显然，他更精通赚钱之术。在对待儿女的态度上，他不同于后来巴尔扎克笔下的葛朗台，而是非常慷慨大方，想方设法以财产上的优势为儿女谋得幸福。1791 年，他在伏弗雷买下一座大葡萄园，叫做卡耶里庄园。他戴假发，养着一个女佣兼情妇，"在貌似简朴的外表下掩盖着地主的精明"，乡下是他的王国，他在那里就像一个无冕的皇帝一样。

萨瓦里的发迹只是葛朗台建筑其财富大厦的基石，也可以说，马尔戈纳得到妻子陪嫁之事又为葛朗台的产业寻找到扩充的办法。有人对葛朗台形象产生了强烈的好奇心，一定要细细排查，看这个活生生的人物究竟是哪个人的再现。小说的背景不是在索漠吗？这个线索十分重要，于是，真的就有人到索漠去寻找小说中主要人物的原型。在那儿，他们发现了一个叫让·尼维洛的吝啬鬼。巴尔扎克的确去过索漠，在短暂的几小时停留期间，或许与这个老头接触过。此人原来是咖啡馆的小伙计，理财有道。他通过向走投无路的赌徒放债，没过几年就成了一个大富翁。这个吝啬鬼住在一所豪华无比的宅邸里，穿着却肮脏龌龊。大家都传说他家财万贯，金路易藏在地板下面。他自己却装扮成仆人的模样，通过向前来参观的游客指点古董而厚着脸皮索要一两枚硬币。为了扩大产业，他竟无耻地将如花似玉的女儿嫁给一个老男爵。

但葛朗台不只是一个吝啬鬼，"他是一个善于赚钱的人。"巴尔扎克把多个形象融合在一起，使这一形象生动有力地表现出新兴资产阶级积聚巨额财富的繁多手段。

不仅葛朗台不是某一生活中人的再现，而且作品的背景也是多个地点的杂糅。小说虽然明确地向读者交代了故事发生的地点是在索漠，但"他不过是从这座城市借用了真实的背景素材。"巴尔扎克有时不自觉地将他非常熟悉的都尔写进小说，于是，索漠便与都尔莫名其妙地结合起来了。

夏尔·葛朗台前往西印度群岛的情节是受了巴尔扎克同父异母弟弟亨利的启发而产生的。被母亲宠坏了的亨利倒是做了不少样工作，但他干什么都不行，最后漂洋过海去了莫里斯岛。在那里，他进了一所学校当了教师。他寄宿的房东玛丽-弗朗索瓦·巴朗是个寡妇，亡夫给她留下了一个儿子、一所房屋和一大笔财产。玛丽爱上了比她年轻得多的亨利，与他结了婚。洛尔·絮尔维尔高兴地写信给她的朋友波姆勒将军夫人，把这个好消息告诉她："亨利在那里创造了奇迹，他现在既能挣钱，行为也规矩……而且终于娶到了一位有钱的妻子，给他带来了十五万法郎的财产。……"连巴尔扎克听到这一消息都对亨利的好运羡慕不止。好事不可能在东方的岛屿上一下子都降临到巴尔扎克家人身上，奥诺雷只好在法国用笔来探索幸运的新途径了。他把亨利去殖民地发财的事写进小说，变成了夏尔·葛朗台的经历。而亨利的幸福生活很快就被他挥霍浪费的本事砸得稀巴烂，马匹、车辆、用人、盛宴，这种豪门大家的生活方式使十五万法郎很快就"大江东去"了。最后，他只好带着五万法郎的债务、年迈的妻子和年轻的继子回到了巴黎。

尽管熟悉巴尔扎克的生活经历和他周围人群的读者能够从小说中寻找到人物和现实中某某人之间联系起来的蛛丝马迹，但更多的人和事已经从生活中被提炼出来，成为艺术化了的形象或事件。

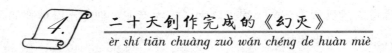

4. 二十天创作完成的《幻灭》

èr shí tiān chuàng zuò wán chéng de huàn miè

篇幅庞大的小说《幻灭》是巴尔扎克在二十天之内创作完成的，听起来仿佛是天方夜谭，然而这却是真的。

1836 年的一天，巴尔扎克来到妹妹洛尔·絮尔维尔家，他看上去情绪低落，精神萎靡，形容枯槁。没等洛尔开口，他就说道：

"妹妹，我怕是要倒运了！"

"胡扯！"洛尔答道，"写出这么好作品的人是不会倒运的。"

洛尔说出这话，显然是为了安慰和鼓励哥哥。她知道，奥诺雷现在的日子肯定不好过。

近一两年，巴尔扎克文学声望鹊起，可经营事业则惨不忍睹。继几年前经营出版业、印刷业和铅字铸造业失败后，他并没有放弃发财的梦想。巨大的债务负担使他倍加渴望迅速致富，以便摆脱贫困、过上毫无压力的美好生活。可是，"屋漏偏逢连夜雨"，1835 年 12 月的一天，他自费印刷、存放在铁罐街的《都兰趣话》竟在一场意外火灾中化为灰烬。对于一个已经山穷水尽的人来说，这种损失真是令人难以接受。

　　但巴尔扎克有一种家族遗传下来的可贵精神，即用幻想冲淡生活中的诸多不幸，以乐观主义的态度战胜艰难，对未来永远不丧失信心。巴尔扎克在妹妹面前的愁眉苦脸是暂时的，很快就会进入热情和充满野心的状态。火灾之后没几天，巴尔扎克就与他人合资成立了一个企业，把当时濒临倒闭的《巴黎纪事》盘了下来。他把这项根本没什么希望的事业前程想象得灿烂辉煌，并自立为这家"强有力的刊物"的董事长、社长兼总编。按照他的预算，这颗"摇钱树"每年至少能给他"摇"来两万法郎！有这么高的收入，巴尔扎克的一切经济问题还能算问题吗？

　　然而，《巴黎纪事》的情形跟伟大的幻想家预想的差别太大了，订户数量急剧下降。其他合股人见事不妙，急忙把股份转让给他们的董事长，让他一人来勇挑重担。那些曾经加入《巴黎纪事》做编辑的人们在他们的主编那儿常常得到极为盛情的款待，度过一个个难忘的周末，但就是写不出一篇可以登在杂志上的文章。巴尔扎克又只好把时间、经历全部用在为《巴黎纪事》赶写文稿上了。"我的文思从来没有像现在这样活跃，也从来没有过如此宏伟的一部巨著控制住人的头脑。我像赌徒下赌场一样投入创作。"

　　这样的努力丝毫没有挽回杂志的败局。最后，连总是沉浸在梦想中的巴尔扎克也承认这项事业并不成功："三天以来，我经历了一场巨大的变化。我准备改弦易辙，不再走众议员和新闻界的道路。因此我要尽快从《巴黎纪事》中解脱出来。"

　　这个想法是巴尔扎克较为明智的选择，可是，《巴黎纪事》的股东和债权人们立刻蜂拥而至，向这位身无分文的董事长讨债，甚至还有以宣布破产相威胁的。这位一直对生活充满信心的乐观主义者不禁发出深深的感叹："生活太艰难了，我从中体会不到一点乐趣。"

　　身处乱麻一般搅不清的混乱事务中的巴尔扎克再遇新的打击。原来一直经营巴尔扎克新书出版的贝歇夫人于6月12日通过法庭执达吏向他发出通牒，限他在二十四小时之内交出《风俗研究》所欠的两卷书稿，拖延一天缴纳五十法郎罚金。以前她曾为巴尔扎克预付过一笔微薄的稿酬，但由

吕西安

于贝尔尼夫人病情严重，巴尔扎克抽出部分时间陪伴在她身边，所以未能将他们约定的稿子及时交出，贝歇夫人觉得自己吃亏甚大。现在，守寡多年的贝歇夫人准备改嫁，寻求新的幸福，便决定把她的出版业歇掉，首先就得与巴尔扎克把这笔买卖了结掉。巴尔扎克实在无计可施，只有走为上策，他躲到了萨榭。"在安德尔幽谷中，用二十天时间写完这个女人所要的两卷书，摆脱她的纠缠……我再次投入一场恶战，为了钱，为了创作，为了打发贝歇夫人，了结最后一张合同。我有二十天的时间，这就行了。《布瓦鲁日的继承人》和

《幻灭》可以在二十天内写成！……"

在十分严峻、毫无退路的情况下，巴尔扎克焕发出从未有过的创作激情。生活的种种遭际像山洪暴发似的在他的头脑中奔涌激荡，长期以来积郁于胸的苦恼和悲哀终于找到了发泄口。他果然用了二十天的时间完成了《幻灭》的第一部分。

在这部作品中，外省青年吕西安·沙尔东漂亮且有诗才，不安于小城生活，在与本城贵族妇女巴日东太太产生私情后，跟随太太私奔到了巴黎。他的妹妹和他过去的好友、现在的妹夫大卫·赛夏对这位漂亮而自私的兄弟给予了无私的帮助。在构思吕西安与巴日东太太之间关系的时候，巴尔扎克又不自觉地想起自己与贝尔尼夫人之间的关系，所以他把吕西安和巴日东太太的年龄各写成是二十一岁和三十六岁。

创作小说第二部《外省伟人在巴黎》时，巴尔扎克将对创业阶段的回忆作为写作的内容。书中吕邦泼雷的十四行诗，他曾经请友人们写过；吕西安的豪华排场，令人联想到1835年奥诺雷为了拥有钻石纽扣、镶宝石的手杖等而陷入极度窘困的状态。当然，《幻灭》不是作家本人的自传，他

写到和前来巴黎的吕西安打交道的那些书商时，不禁想起了拉沃卡、朗迪艾尔、维尔代的形象。在塑造吕邦泼雷时，他把桑多、受珠尔玛保护的年轻人爱弥尔……谢瓦莱等人的形象糅合在一起，成为崭新的形象，他"满怀着对自己的才能和俊美的十足信心来到巴黎，狂热而冒失地闯入上流社会，同侯爵夫人谈情说爱，直到有一天落得两手空空，被逼到自杀的边缘时才醒悟过来"。

Honoré de Balzac
Stracone złudzenia
KLASYKA POWIEŚCI

《幻灭》封面

还有卢斯托把吕西安引荐给书商，正像当年的拉图什将巴尔扎克领进文学大门；吕西安在小团体和下流的新闻界之间的摇摆，实际就是巴尔扎克自己当年不知何去何从的再现。

吕西安的野心也是巴尔扎克式的，他在巴黎和一些虽处于奋斗道路上却寻求非正当手段发财致富的青年人进行过深入的交往。其中许多人的面孔似曾相识。巴尔扎克想到了自己于事业初创阶段在巴黎通过忠实的老同学索特莱结识的一伙青年作家，这些人同戏剧界、出版界联系非常密切。他们成批地生产小说，因而写小说对他们来说不是从事艺术事业，而是在作坊里进行加工。他们已总结出一套窍门、秘方，为的是能把他们"制造小说"的速度无限制地提高。他们只求数量不求质量。巴尔扎克经过野心勃勃的尝试，接受了这份工作。每写完一部作品，他都觉得是对自己文学创作才能和文学志向的一次嘲弄。

然而，在这样一群青年之外，有一位青年得到他特别的敬重，这就是

他在法律系或许更早一些时候认识的冉·托马西。他的老同学索特莱曾经写道："他只有一件事可做，就是出家当修士。……"巴尔扎克虽宣称未受托马西天主教和正统派思想的过多影响，但他在《论长子继承权》和《耶稣会的公正历史》两本书里，却表现出令人吃惊的正统思想。

在《幻灭》中，吕西安在巴黎接触到的新闻界一群没有道德、不讲情谊、只看重金钱的青年，就是巴尔扎克青年时代那段经历启发的结果。显然，文学创作对生活已经有了巨大的改造，巴尔扎克在其中加入了对社会人生的更深刻的认识和理解，包括小说中出现的共和党青年克雷斯蒂安，他虽不是托马西形象的文学化，但从巴尔扎克对他品行的描写和对他的赞美之词，还是能够发觉此人在作家内心情感世界所占据的重要地位。

但吕西安与巴尔扎克在很多方面都不相同。当写完第一部以后，巴尔扎克立刻意识到他将写出更有分量的续集，他要在那部作品中写出他"奋斗和幻灭的诗篇"。

印刷商大卫·赛夏无论形象还是个人的经营经历，都与巴尔扎克有诸多相同之处。大卫长着粗壮的脖子，胖胖的脸庞，棕色的头发，宽阔的狮鼻，脸上有天才的闪光，这些描写定会让人想到巴尔扎克那张称不上美男子却很粗犷的脸。大卫经营着一家规模不大的印刷厂，时常遭到各方面的算计，这些是巴尔扎克从自己经营印刷厂的惨痛经验中得来的。当然，《幻灭》中出现的世界是广阔的，他会通过朋友的帮助把自己未曾涉足又需要了解的生活弄清楚，把它的真面目反映出来。为此，他的挚友珠尔玛为他提供了赛夏的印刷厂所处的十字路口和巴日东太太所住公馆的地形方面的资料，当巴尔扎克向她求救时，她怎忍心见死不救呢？

书中主人公是个诗人，但巴尔扎克认为自己在做诗方面不太内行，于是，他给艾弥尔·勒尼奥写信，请他转告夏尔·德·贝尔纳，"就说我的《幻灭》需要一首花哨的拜伦式的小诗……请他行行好帮我写一首，因为我实在没有这个时间。我还需要类似缪塞的《贝珀》、《拉慕纳》或《玛杜什》那样的诗，一首百行诗即可，另一首就写两节抒情诗吧！"巴尔扎克之所以能这么毫无顾忌地对夏尔提出这种要求，是因为他是巴尔扎克的弟子和朋友，而且是在巴尔扎克的举荐下，他才进入了《巴黎杂志》。但巴尔扎克天生得靠个人的力量，夏尔的诗并不符合他的要求，后来，他只好把以前曾写给贝尔尼夫人女儿的诗用在小说中。

　　萨榭的小屋成为他几部伟大作品的诞生地，又是在这里，他完成了《幻灭》。

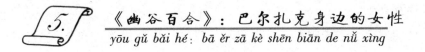

5. 《幽谷百合》：巴尔扎克身边的女性
yōu gǔ bǎi hé: bā ěr zā kè shēn biān de nǚ xìng

　　1835 年，巴尔扎克开始把《幽谷百合》正式纳入他的写作计划。他给远在俄国的情人夏娃·韩斯卡夫人寄去大量手稿，并把自己的创作计划一五一十地告诉了她："我准备写一本美丽的巨著，题名《幽谷百合》，描写一位善良可爱的贞节女子，她丈夫却极其讨厌、乏味。这本书要塑造一个纯属人间的完美形象，正像《塞拉菲塔》塑造的是天仙的完美形象一样。"尽管在给夏娃·韩斯卡夫人的信中那么详尽地讲述了小说的创作打算，然而巴尔扎克所要塑造的人物却是那些让这位外国女人嫉恨不已、抢占她情人身心的女人们。

　　《幽谷百合》中的德·莫尔索夫人一生都在想办法帮助她的精神恋人。当费利克斯将要进入宫廷时，亨利埃特给他写了一封"教诲信"，把对整个社会的痛苦感受和对政治的深刻见解传授给心爱的人："……首先，我亲爱的孩子，在您一生中，只能有两、三个知己……待人接物是一门学问，其中最重要的一条就是绝口不谈自己……如今青年人都有一套从暖室得来的学问，因而尖酸刻薄，好针砭别人的行为、思想和著作，锋利的断语宛如刚开刃的刀。您可别染上这种毛病……您要接近有影响的女子。她们都是上了年纪的人，……她们将真心帮助您，因为保护别人是她们最后的爱的寄托……"在这封信里，作者把贝尔尼夫人那种讲求实际的聪慧和献身精神体现在了亨利埃特·德·莫尔索的身上。不过，巴尔扎克又非常坦诚地告诉韩斯卡夫人，洛尔·德·贝尔尼是"神圣的造物，而德·莫尔

索夫人只是她的一个苍白的写照"。

贝尔尼夫人读过此书后的反应是"此书不错",了解她的巴尔扎克听了非常高兴,因为他知道贝尔尼夫人很挑剔,她这样评价这部小说,说明她很喜欢它。

《幽谷百合》中的费利克斯·德·旺德奈斯后来和一个美貌的英国女人结了婚。于是,巴尔扎克笔下又出现了另一个女性的形象——阿拉贝尔·杜德莱女士。

埃朗博鲁女士未曾料到,与巴尔扎克的一面之缘竟使自己成为他笔下人物的组成部分,看来,与作家交往一定要小心,否则不知什么时候作家就会把你身上的某些地方"割"去了用。创作《幽谷百合》期间,巴尔扎克忽发奇想,决定去维也纳住几天。借了一笔旅费后,他便带着随身男仆出发了。路经海德堡附近时,他的朋友阿尔弗雷德·勋伯格亲王在韦英汉宫把他介绍给了埃朗博鲁女士。"我在埃朗博鲁女士的花园里散步的两个小时之内,通过傻呵呵的勋伯格亲王对她的追求和那顿晚餐,从她身上发现的都是最真实不过的东西……"这位美人处在成群情人的包围之中,竟有一种如鱼得水般的感觉。巴尔扎克在她身上看到了他小说中人物的若干个性特征,于是,便在后来的创作中把她变成阿拉贝尔的一部分。

但是,阿拉贝尔·杜德莱女士主要是以另一个女人为原型的,她是一位英国美人,闺名弗朗丝·萨拉·洛维尔,家人都昵称她"芬妮",嫁给了米兰出身最有名望的家族之一的埃米利奥·基多博尼·维斯孔蒂伯爵,成为伯爵夫人。

1834年2月,巴尔扎克在日内瓦时,玛丽·波托卡伯爵夫人为他写了一封引荐信,介绍他去拜访奥地利大使夫人。这年秋天,巴尔扎克有幸参加了奥地利使馆举行的一次盛大招待会。会上,他被一位年纪在三十岁左右的女人吸引了。她貌若天仙,一头淡黄色的金发,黑珍珠般的眸子,加上她婀娜多姿的体态,使巴尔扎克立即对她产生了强烈的兴趣。

与维斯孔蒂伯爵夫人相识之前,巴尔扎克就从凡尔赛的一位法官维克托·朗比奈的《回忆录》中读到过许多关于夫人家事的传说:洛维尔家族有三大传统：惊人的蛊惑力、极度的精神错乱和顽固的自杀癖。事实证明，这种说法多属讹传。弗朗丝出身于英国一个很有名望的乡绅家庭，结婚前生活在英格兰最保守的上层社会圈子里。她的丈夫基多博尼·维斯孔蒂伯爵是个缺少男子气概的人，同其他男人一样，他被弗朗丝天仙般的美貌和银铃般的嗓音所吸引，靠着自己的社会地位与她结了婚。但婚后，维斯孔蒂在使妻子对他忠心不二方面却变得软弱无力。谁都知道，弗朗丝收取了伯爵夫人的头衔，却把伯爵抛在了一边。

这些消息对巴尔扎克是个巨大的鼓励。他通过请人引荐的方式，与伯爵夫人开始了交往。此前，弗朗丝就读过巴尔扎克的作品，对作者也不免具有浓厚的兴趣。两人第一次见面的效果并不理想。原因是巴尔扎克的装束过于粗俗：穿一件缀有珊瑚扣的白坎肩和一件金纽扣的绿色燕尾服，手上戴满了戒指。大概她把这次见面的印象告诉了朋友，巴尔扎克因此得知了自己给对方造成的印象，为了弥补上一次的遗憾，他争取到了第二次见面的机会，并穿了一身十分简朴的深色服装。

在获得女人好感方面，巴尔扎克富有天分。很快，他同维斯孔蒂伯爵夫人的关系就密切起来。

维斯孔蒂伯爵夫妇住在巴黎的纳伊大街，春季来临时，他们又迁到凡尔赛的一幢名叫"意大利人"的别墅。巴尔扎克在凡尔赛有几个朋友熟悉伯爵夫人，可能曾告诉过他夫人拥有情人的实况。巴尔扎克不惧艰险，越是艰险他越要勇往直前。结果，他在这位漂亮的英国女郎心目中的地位渐渐抬高了。当时，社交界的人经常能看到巴尔扎克与维斯孔蒂夫妇同坐在意大利歌剧院的一个包厢里，面部表情充满对夫人的仰慕。

经过一番不懈的追求，巴尔扎克得到了金发芬妮对他的喜爱，但也只是喜爱，一时还看不出二人关系更进一步发展的迹象。巴尔扎克很着急。从各方面来看，得到芬妮对他都是有好处的。芬妮的生性放荡符合他对女人的要求；芬妮的高贵出身能让他的虚荣心得到满足；而芬妮丰富的想象力无疑又能为他的创作提供素材。芬妮尽管在巴尔扎克遇到难处时毫不犹豫地伸出援助之手，而且又机智而巧妙地做到不使受助的巴尔扎克难堪，

显示出一位知己的温情，但在床笫之间则徘徊不定。直到 1835 年春季，巴尔扎克才终于在《金眼女人》的绣房和他那张著名的白沙发床上迎来了求之若渴的女郎！

　　基多博尼·维斯孔蒂伯爵夫人的别名是"幽谷中的百合"。当巴尔扎克忽发奇想，决定把贝尔尼夫人和维斯孔蒂夫人分别作为他小说中的两个女主人公形象时，他想起了芬妮的别名，于是，他的小说有了这个很好听的名字：《幽谷百合》。

　　除了上面提到的这几个女人外，在巴尔扎克身边还有一个叫海伦—玛丽—费利西泰的女人。巴尔扎克的小说《贝阿特丽克丝》的后半部分就是以海伦为原型的。1839 年 4 月，巴尔扎克在朋友杜塔克办的《世纪》报上发表了《贝阿特丽克丝》的第一部分。不久，他收到一封谈论这部分作品的来信。来信者自称是出生于盖朗德的一位姑娘，又因为与小说女主角同名，都叫费利西泰，所以对小说怀有特别的感情。巴尔扎克对这个自称为"盐场小女工"姑娘很感兴趣，尤其是姑娘长期以来对他的崇拜，还有新近她得知巴尔扎克崴了脚而寄来的一块绣花挂毯，都使他动情。他们之间的来往就这样开始了。

　　巴尔扎克通过与这位自称是海伦-玛丽-费利西泰·德·瓦莱特的通信，渐渐了解了她的一些情况。这位布列塔尼姑娘出身高贵，现在还待字闺中，每天由身体仍然康健的母亲陪伴在身边。

　　然而，实际情况与她的说法竟出入甚大。她的母亲早已弃她西归，她本人也早已嫁作他人妇。十七岁时，她的先是海军军官、丧妻后作了教士的父亲把她嫁给一个年过半百的公证人，而且让她迈进丈夫的门槛就成为年龄和她相仿的男孩的继母。一年后，她成了寡妇。丈夫在遗嘱中指明给她一部分财产，而按照条文规定，一旦她再婚，这部分财产就不归她所有。于是，不能再作妻子的她就只好去做别人的情人。她的情人是谢尔河边的一个贵族老爷，他们后来有了一个私生子；此外，她的生活中还有一个保护人，即伊波利特·拉雷男爵，男爵父子两代都是著名的外科军医。他是"世界上最可爱的男子"，对海伦一往情深，并且终生不渝。这些都被她掩藏在杜撰的身世当中，巴尔扎克并不了解。

没想到，不久就有一个自称是海伦情人之一的人向巴尔扎克披露了海伦的真面目。受骗的巴尔扎克立即给正在布列塔尼消夏的骗子——海伦写信，要求她对此做出解释。海伦继续运用她善于说谎的本事说明自己不得不这样做的苦衷，似乎还是源于高尚的爱情，这些谎言使本来对真与假就不甚关注的巴尔扎克打消了跟她说清楚的念头。

1841年春，巴尔扎克与海伦相约前往布列塔尼的盖朗德游览，这对巴尔扎克《贝阿特丽克丝》后半部的写作起了非常大的作用。近距离接触，会使人和人之间了解和认识得更加清楚。当巴尔扎克再次投入这部小说创作中时，他用海伦·德·瓦莱特代替了玛丽·达古尔，使她成为女主人公的原型。这时的女主人公不再是柔媚的，而是性情冷酷、变态，因为怨恨而疯狂。莫里斯·雷加尔在这部小说的序言中就说："这种冷酷与海伦·德·瓦莱特不无关系。"巴尔扎克也借书中两个人物的谈话，表达了他对海伦的看法："所谓爱情，就是要提醒自己：我爱的这个女人是个下流坏，她在欺骗我，并且以后还要骗下去。她是个狡诈的女人，浑身散发着地狱里的一切恶浊气味……但还要往那儿去闯，去寻找晴朗的天空和鲜花盛开的天堂。"

《贝阿特丽克丝》前半部分搁置了五年时间，五年中巴尔扎克机敏的嗅觉一直在寻找判断，哪些人和事可以激发他的创作灵感。结果，这灵感就来自于他本人的经历。和海伦交往的故事在小说中变成这样的情节：天真的布列塔尼人卡斯特利-杜·陷尼克为了同贝阿特丽克丝这个邪恶的女人鬼混而遗弃自己年轻的妻子，后来他的岳母葛朗利厄公爵夫人协同一个聪明的教士及另一个冒险家马克西姆·德·特拉伊一起破除了他的幻想，使他们夫妻最终和睦如初。

这样，除了巴尔扎克，他的同时代人谁都不能说出这部作品中的人物故事是从谁身上下载的。作家的创作既源于真实的生活又不同于真实的生活，在这一点上，巴尔扎克做到了。

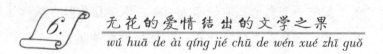

6. 无花的爱情结出的文学之果

wú huā de ài qíng jié chū de wén xué zhī guǒ

　　1831 年 10 月，巴尔扎克收到一封来信，信封上只写着"巴黎，德·巴尔扎克先生收"，写信者的署名是一个臆造的英国女人的姓氏。这样一封信居然奇迹般地投递到了巴尔扎克手中，这件事给巴尔扎克留下了深刻的印象。从信中的内容上看，这位读者似乎在批评作者的《婚姻生理学》，实际上她的语气表达了对作者的赞美之情。读出真意的巴尔扎克急忙给这位陌生的女人写了一封长长的回信。

　　被这封长信感动了的女读者回信的速度叫人无话可说。更让巴尔扎克激动不已的是，她在回信中披露了自己的真实身份。她就是德·卡斯特里侯爵夫人，闺名克莱尔-克莱芒斯-亨利埃特·德·玛耶，属于圣日耳曼郊区贵族中最高贵的一支。这个女人的经历曲折且颇具哀艳色彩。起初，她嫁给后来升为公爵的德·卡斯特里侯爵，但他们之间毫无感情可言。当1822 年她与奥地利首相的儿子维克托·德·梅特涅相遇后，一段婚外恋情便产生了。所幸的是他们的私生子得到了奥地利首相的认可。

　　有一次，侯爵夫人骑马摔伤，脊椎伤势严重，险些成了残废。然而祸不单行，1829 年，她的情夫维克托·梅特涅患肺结核去世了。卡斯特里侯爵夫人遭受的打击使她几乎难以支撑。而上流社会并未因她的不幸而对她有所体恤，却向她表示了蔑视与拒绝。亨利埃特带着流血的心时而躲到父亲德·玛耶公爵的洛尔莫瓦府邸，时而到叔叔费兹-詹姆斯公爵的柯维戎城堡。费兹-詹姆斯是斯图亚特家族的后裔，身份可谓相当显贵，他在朋友家结识了巴尔扎克，他的侄女自然也了解巴尔扎克的名声，因而她的信件投递就决不是鲁莽的。

　　在第二封信中，卡斯特里侯爵夫人向巴尔扎克发出热情的邀请。作家兴奋地回信表示接受："人生难得遇到崇高的心灵和真正的友谊。尤其是我，我是那么缺乏可信赖的真诚支持，因此我接受您慷慨的邀请，哪怕因此失去许多有助于我成名的时间。若不是由于紧迫的工作缠身，我一定早已前去向您致意，献上我这颗赤诚的心。然而，尽管我已奋斗多年，并历尽光荣而值得自豪的不幸，我仍需再走一段路程，方能企及那美好的时日，届时我不再是文学家、艺术家，而是我自己。如果您允许的话，我将在那个时候献身于您……"

对于相见的时刻，巴尔扎克做了精心安排。当他在一个身穿鲜红制服的小马夫的陪伴下驾车驶进格雷奈尔－圣日耳曼街上那座漂亮宅邸时，他眼前出现的女子不禁令他怦然心动！的确，卡斯特里夫人已经是三十五岁的妇人了，由于坠马事件，步履已没有当年的婀娜姿态，但她风姿依旧。据菲拉雷特·夏斯勒在《回忆录》中记载，她二十岁嫁给卡斯特里侯爵时正是豆蔻年华，"身穿一件肉红色的长裙，袒露的肩膀足以和提香画中的人媲美。她走进客厅，连辉煌的烛光都黯然失色了。"

对这样一个既有美貌又有高贵出身的夫人，巴尔扎克早已暗自相许：他为一种极端强烈的感情所控制，其中虚荣心和爱情奇妙地混杂在一起，一时间他似乎完全被这个女人迷住了。卡斯特里夫人似乎对他也心有所动，不然，为什么要时常把他单独留在小客厅直到深夜？为什么在节日给他寄去鲜花？巴尔扎克一旦被这几个为什么说服，心中就立刻被甜蜜的感觉笼罩了。也许，不久以后，卡斯特里夫人就会温柔地投入他的怀抱了！一个高不可攀的贵族妇女成为他的情妇，这对巴尔扎克来说是多么大的荣耀啊！每每想到这一点，他的情绪就比获得一个女人真诚的爱情更加激动。对巴尔扎克来说，有一种贵族情结永远也解不开，他一直梦想着贵族社会的一切，对这个阶级有一种无法铲除的倾慕。

卡斯特里侯爵夫人再次向他发出邀请：八月份到艾克斯温泉与她相会，然后陪她前往意大利和瑞士。此时巴尔扎克刚刚出了车祸，医生命令他必须卧床休息；另外，即便前往，又缺少足够的路费，忙乱中的他真是焦头烂额。他把所有能想的办法全部用上，终于在八月到来时克服种种困难奔赴艾克斯。

路上，不幸的大作家再度遭受车祸之苦。因为要好好欣赏沿途风光，

他坐在公共马车的上层。在多姆山的梯也尔站停车后重新上车时，他被突然狂奔起来的马甩了出来，摔在马车脚踏板上，大腿胫骨被刺伤。

到艾克斯后，巴尔扎克在卡斯特里夫人预先为他订好的房间里养伤。夫人为他在生活方面安排得井井有条，却没有满足他热烈的情欲。他的苦恼无人可诉，便写信给忠实好友珠尔玛·卡罗。珠尔玛一方面十分不满意巴尔扎克不把她看做是女人的态度，另一方面痛恨他对贵族的崇拜，把这个阶级奉若神明，于是回信中毫不客气地告诉他："可怜的奥诺雷！您痛苦得很，我可不来安慰您！"不过，珠尔玛在信尾还是预祝他能够得到幸福："这种事不可能马到成功。不过你们在一起吃晚饭，并且住在一个地方，虚荣心和爱情的欢乐会使你们结合，您将得到您追求的东西。而且，请相信我，您的对手太想征服您了，因此不会让您轻而易举地得到庸俗的爱情。"

珠尔玛的预言没有实现。巴尔扎克和夫人之间的关系仍然在原地打转。巴尔扎克清楚卡斯特里侯爵夫人"天生有一套卖弄风情的本领，她那大胆而富于表情的眼神，温存的声音和亲切的话语里，蕴涵着爱情所能给予的一切欢乐。她叫人相信她是一个高贵的神女……一旦解开胸衣肯定是最消魂的情妇"。可是，夫人不向他敞开胸衣。

为什么卡斯特里夫人对他进行挑逗，却又编出一大堆理由拒绝他？巴尔扎克百思不得其解。家族遗传的乐观主义情绪帮了他的忙，使他把一次次的失望变成对下一次机会的渴望。

不久，亨利埃特·德·卡斯特里计划去瑞士和意大利旅行，巴尔扎克随同前往。在阿尔卑斯山区美妙景色的包围中，卡斯特里夫人该受到美丽景色的激励，给他以爱的回报了吧？结果再度让这位不再想做精神恋人的人大失所望。卡斯特里夫人只是感到巴尔扎克的作家声望能够满足她的虚荣心，他的聪明才智和激情能活跃她的生活，使她得到消遣。这位自私而傲慢的贵族妇女根本就没把他放在眼里，她和别人一样认为巴尔扎克形象太糟糕，但她没有像那些认识巴尔扎克可爱之处的人们那样看到他内在的美。对于这位"徒有其名"的大作家，她摆出的是一副高高在上的面孔。

因为文名一直在情场一帆风顺的巴尔扎克尝到了爱情失意的痛苦。"智慧受到刺激达到绝妙的顶峰，在这一刹那间，分娩的痛苦让位于精神上极度兴奋所产生的愉快"。他要把刚刚体验到的强烈情感写进小说。但经过构思和拓展，这种痛苦仅仅成了小说诞生的催生素，难以看出作家的真实经历在作品中的完整体现。

还没有离开游览胜地，巴尔扎克就迫不及待地给母亲写信，报告他的突发灵感怎样使他飞速勾画出一部小说的轮廓："我工作了三天三夜，我写了一本十八开本，题为《乡村医生》的书。"在这部小说中，男主人公心灵受了伤，退居到"隐与静"之中，从事一个山村的文明建设，使他的隐居生活有了意义。创作伊始，巴尔扎克想把贝纳西写成一个教士，但他知道自己对教士生活并不了解，无法把他的生活写得富有生气。至于医生，他倒是知道得多些。在游览沙尔特勒达修道院时，他看到被医生罗姆改造过的村庄。这使他想起不久前在亚当岛的维埃-拉法耶家做客时，他所结识的那位为家乡做好事的博西翁医生。也许这些都为人物身份的确定起了作用。

当然，巴尔扎克仍对亨利埃特·德·卡斯特里侯爵夫人加在他身上的屈辱感到无法释怀。在小说草稿中，通过贝纳西医生的一段自白，巴尔扎克交代，为了躲避一个没有心肝的女人，医生才过起隐居生活的：

> 这就是我的经历，可怕的经历！在几个月内我尽情地享受着大自然的美，沐浴着阿尔卑斯山的灿烂阳光，可是我瞎了眼了。是的，先生，几个月的欢乐之后却一无所得。……前一天我还是她的一切，第二天却什么也不是。头天晚上她还是那么温柔妩媚，第二天就变得生硬淡漠，冷若冰霜。一夜之间我所爱的那个女人死去了。这是怎么回事？我不得而知……有几个小时，复仇的魔鬼在引诱我，我真想让全世界都来恨她，把她钉在耻辱柱上遭受众人的唾弃……

虽然在定稿时把这段怒气冲天的自白删去了，但巴尔扎克心灵的受伤处还没有掉痂，要在一本小说里将这个挑逗他的女人钉在"耻辱柱"上的想法还顽固地占据着他的头脑。但冷静下来后，他是不会把这段生活那么直截了当地在小说中表现出来的。不过，应该感谢卡斯特里夫人，不然，巴尔扎克不会产生那么强烈的激情，《乡村医生》的问世也就成为疑案了。而且，在另一部小说《幽谷百合》中，女主人公的名字恰是亨利埃特，这常常让人们联想到作家那段不堪回首的爱情往事。也许，他是以这种特殊方式对那场没有结果的情爱进行一番薄奠吧。

7. 小仲马与《茶花女》的原型
xiǎo zhòng mǎ yǔ chá huā nǚ de yuán xíng

小仲马做梦也没想到，他能成为巴黎最美丽、最著名女人的情人，虽然她的身份不怎么体面——是一个出入上流社会的高等妓女，但对于刚刚迈入二十岁门槛的他来说，这份殊荣足以使他受宠若惊了。

小仲马像

这位美人名叫阿利芬茜娜·普利西，但她更喜欢人们称她玛丽·久普列西。小仲马是在一个非常偶然的机会与她相识的。

巴黎的瓦里叶泰剧院是个名人云集的场所，在那里可以看到全巴黎最美丽或最走红的女人，那么，自然也就能同时看到围绕在美女身边的巴黎最有身份和地位的男人们。他们如蜜蜂逐花一样，却俨然一副护花使者的做派。小仲马对那个地方也心向往之，却一直未了夙愿。

一天，他在圣日尔曼街头与过去的相识、一位著名女演员的儿子欧仁·杰扎泽不期而遇。二人到郊外闲逛半日后，决定晚上去瓦里叶泰剧院看戏。当然，他们都非常清楚，看戏是假，看美女是真。

　　走进剧院双双坐定后，二人就迫不及待地举起长柄眼镜打量起剧院台口和包厢中那些迷人的姑娘。这里真是美女如云哪！小仲马初入此境，不禁产生晕眩之感。可是，当他把目光落在靠近台口包厢里的一位年轻女性身上时，竟恍入仙境，目光无法从这位"仙女"的身上移开。整个剧院的其他美女在她的比照之下立时黯然失色。后来，小仲马记下了自己对玛丽·久普列西的最初印象："她是一个身体修长、非常纤细的金发女子，皮肤白里透红；头不大，一双椭圆形的眼睛跟日本女人一样，像用晶莹的珐琅质镶成，只是显得更加水灵也更加骄傲；嘴唇红得像樱桃，牙齿雪白而整齐。整个身形使人想起一座用萨克森细瓷制成的精美雕像来……"

　　并非小仲马眼力非凡，而是玛丽·久普列西的确太出众了。不论是她婀娜的身材、挺拔的脖颈、披散在双肩的金发，还是佩戴在她身上的各种饰品都仿佛是浑然天成，使人觉得上帝专门创造了这样一件完美无瑕的艺术品来供人们欣赏、享受。

　　可是，如此美丽的女子落进尘俗之世，却变成了男人们寻欢的对象。当小仲马成为久普列西的心上人后，他了解了她沦落的过程。她是一个出身低微的女子，祖先大多都是小商人和农民。父亲是个毫无怜悯心且性情十分暴躁的男人，母亲在对他无法忍受的情况下，撇下他和两个年幼的女儿，跟别人跑了。久普列西没有接受过任何正规的教育，她的人生课堂设在无边的旷野上，设在无爱可寻的痛苦生活中。她的记忆中残存着母亲关爱的温暖，她只能用它来慰藉自己的精神，如同寒冬里燃亮火柴的小女孩一样。可是，年深日久，那种爱的影像越来越模糊了，有时，她甚至说不出什么是被爱的滋味。而越是这样，她越是强烈地渴望得到爱。十五、六岁以后，她出落成一个动人的姑娘，父亲便毫无人性的将她卖给了一个茨冈人，赚回了所谓抚养她的费用。她就这样跟着茨冈人到了巴黎。学裁缝活儿的过程中，她结识了巴黎一帮花花公子式的大学生，开始跟他们跳舞、调笑。后来，一位饭店老板把她带到了圣-鲁克，为她租了一处住所，但不久，她就成了一位年轻公爵的情妇。她的生活和社交圈子从此发生了巨大的变化，公爵将她带入了上流社会。

她的美貌和天生的孤傲之气赢得了巴黎几乎全部最有名望的男人的赞赏，他们把得到她作为炫耀自己身份、地位、财富和男人荣誉的资本，于是，争相在她身上大把大把地花钱。小仲马第一次见到她时，她正在被前驻俄大使什塔克利别尔克伯爵包养着。他为她在马德林街11号购置了一所房子，还送给她一辆双座马车和两匹纯种马。这位在年龄上做她父亲还绰绰有余的老头子在占有她时还编了个冠冕堂皇的理由：她使他想起了自己死去的女儿！玛丽无论如何也感觉不到他对自己表现出过些许父爱，相反却充满了无耻的淫欲。她渴望摆脱他却无法做到。她在这些男人的培养下已经养成了挥霍无度的生活习惯，一年十万金法郎的消费，只有那些社会名流们才供得起，而且，她害怕没有男人追逐、宠爱的生活，害怕一个人时，内心忽然窜上来的一种感觉：朦胧的期待中夹杂着绝望，咬啮着她的心，很痛很痛。

那天晚上，玛丽·久普列西发现了一双久久盯住她的眼睛，并且在不被对方发现的情况下仔细地审视了这个陌生的年轻人。"是个美男子！"作了这番评价后，她特别注意到了年轻人眼神中充溢着的幻想色彩，还有他脸上掩饰不住的坦荡与真诚，这不禁让她怦然心动。未及散场，玛丽就坐进自己的双座马车，离开了剧院。正当小仲马怅然若失时，一个女人来到他和欧仁·杰扎泽身边。欧仁认识这女人，她叫克列曼斯·普娜，是玛丽·久普列西的邻居。她告诉两位年轻人，她是替玛丽请二位前往马德林街玛丽的住处做客的。

小仲马真是受宠若惊，同时又有点糊涂，想不明白对方怎么注意到了他。就这样，他怀着兴奋而又莫名其妙的心情走进了美人的宅邸。进入女主人的会客室，映入眼帘的是到处摆放的鲜花。在竞相开放的各色花朵中，最惹人注目的是茶花。茶花遍布室内的各个地方，看得出主人对它的偏爱。"为什么你这么喜爱茶花？"有一次小仲马好奇地问她，"茶花不是靠它的香气惹人喜爱。"玛丽淡淡地回答。今天来给她送花的是个伯爵，可玛丽却极不礼貌地暗示他离开。当屋子里只剩下他们三人时，玛丽一下子变得非常快乐。晚饭过后，她仍然兴犹未尽，恣意大笑。突然，她大咳不止，口吐鲜血。小仲马这才知道玛丽有严重的肺病，不禁对她的健康担心起来。

从此以后，小仲马成为玛丽家的常客。他发现，玛丽虽然是个妓女，但她的内心有一道坚不可摧的屏障，保卫着她的骄傲和尊严；在人们看来似乎已无情感可言的她却常常表现出对真情的企盼。小仲马对她的理解和尊重换来了她爱的回报。有一阵子，玛丽几乎断绝了与她有钱的保护者之间的任何往来，全身心地爱着小仲马。他们一起到森林里游玩，或者躲藏在房内数日不出，享受着安静、幸福的两人世界带给他们的无限欢乐。玛丽仿佛回到了俗尘未染的少女时代，喜怒中都掩饰不住天真和纯洁的情怀。

伊甸园般的美好时光太短暂了，这使玛丽不禁想到了母亲留下的爱的微弱气息。几个月后，小仲马身上奔腾着的情爱就出现了断流。的确，离开有钱人的玛丽并不能一下子改变已经养成的生活方式。与玛丽在一起时，他要担负许多奢侈的花销，如戏票、茶花、糖果、晚餐以及说不上名目的各种费用。对于生活尚无自立能力的小仲马来说，弄钱来满足情人的需要，已经成了沉重的精神负担。但是，对他离开玛丽的决定起关键作用的是他所谓的"良心"、"荣誉"观念。他给玛丽写了一封诀别信后，不考虑这种行为会给玛丽造成多么大的伤害，连招呼都不打就离开了法国。

失去爱人的玛丽重又回到了从前的生活中，谁都看不到她内心的新伤，只能看到她比以前更加放纵地出现在上流社会的男人们面前，使他们更加神魂颠倒地拜倒在她的石榴裙下。可是，这样的时光没持续多久。她的身体迅速地走下坡路，面颊上"激动的苍白"已经被肺病的红晕所取代，昔日的魅力已经毫不犹豫地离她远去。曾追慕她多年的艾杜阿尔德·佩列戈伯爵带她到英国，与她举行了婚礼，以满足这位来日无多的人产生的古怪愿望。这桩婚姻未得到法国政府的认可，因此玛丽的生活没发生任何改变。

很快，玛丽的人生进入到凄凉的季节。男人们把热情投入到"新出道"的少女身上，早就把这位身体日渐羸弱的旧日情人忘得一干二净。玛

《茶花女》封面

丽无法维持最简单的生活，只好把值钱的首饰、珠宝等拿出来一件件地卖掉。1847年2月3日，临近谢肉节的狂欢热潮越来越高涨了，喧闹声从窗外一阵阵传进来，灌进躺在床上迎接死神降临的玛丽的耳中。二十三年的时光里，她有多少次是在真正幸福的感觉中度过欢乐的节日的呢？想到这里，两行热泪禁不住沿着她瘦弱的面庞流淌下来。

玛丽·久普列西死后，她的房间已找不到什么值钱的东西，她全部的装饰品只剩下了两只手镯、一支珊瑚胸针、几根骑马用的鞭子和两支手枪。她的葬礼也非常简单，只有两位昔日朋友到场。而此时，巴黎的男男女女正沉浸在节日的欢乐气氛中，没有人对这样一个低贱生命的消失感到一丝的伤感。

小仲马是在马赛得到玛丽的死讯的。悲哀和痛悔之情立刻攫住了他。其实，离开玛丽之后不久，他就从马德里给玛丽写信请求她的原谅：

……如果我能……那怕收到您的一封短简，从中能得知您宽恕了近一年来我对您所做的一切，如果您能饶恕我的罪过，那么在我回到法国的时候心情就不会太沉重；而如果到时候我能够发现您的健康处在一种良好状态，我将感到极大的幸福。

信发出后，小仲马没有得到任何回音。他作了种种揣度，却没想到玛丽这么快就离开了这个世界。当他来到马德林大街11号时，那里已人去楼空，只剩下少量的物品在拍卖，以偿还玛丽活着时欠下的债务。他买下了玛丽的一条金链作为纪念，睹物思人，不禁黯然神伤。

一天，小仲马不意间来到圣日尔曼街上，跟欧仁·杰扎泽相见并同去戏院的情景立刻浮现在眼前，这唤起了他对玛丽的深深怀念。他前往"白马"旅馆，拿出玛丽写给他的所有信件重新展读，并决定以玛丽的一生为素材写一部小说。

幽雅的茶花一直在小仲马的眼前出现，它们仿佛负载着玛丽的灵魂，或者就是玛丽一生精神的寄托，于是，他毫不犹豫地在小说封面上写下了"茶花女"几个字。从此，玛丽·久普列西通过玛格丽特·戈底叶的名字获得了永久的艺术生命。

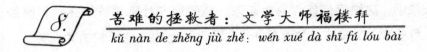

苦难的拯救者：文学大师福楼拜
kǔ nàn de zhěng jiù zhě：wén xué dà shī fú lóu bài

居斯达夫·福楼拜于 1821 年 12 月 12 日生于法国北部鲁昂市立医院外科医生的家里。

小的时候，福楼拜常常一个人陷入冥思之中。上小学时，他很淘气，不遵守学校规则，对老师信口雌黄，常常挨罚。他的哲学成绩非常优异，历史一直考第一，但他永远弄不懂数学。多么奇怪，让人难以理解，而又有谁知道这怪异中是不是孕育着一种非凡的智慧呢？

福楼拜的父亲有两个儿子，于是他指定了长子继承他的衣钵习医，同时也为次子安排好了未来——学习法律。和父亲的愿望相反，福楼拜极其厌恶法律，在巴黎大学学习生活的两年，成为他一生中最痛苦、最难捱，而且最不耐烦的两年。他给妹妹写信道："你想想，自从我离开你，我没有念一句法文，没有念一行不幸的诗，没有念一个可读的词句。《法制大要》是拉丁文写的，《民法》更不知是什么东西写的，反正不是法文罢了。"

他住在巴黎东街一家公寓里，这里的学生们追欢逐乐，福楼拜对此很反感。于是他关上门，抓过一本法律书，看不上两眼，马上又丢开，躺在床上，拼命吸烟。在烟雾缭绕中，沉醉于虚无缥缈的迷惑中，他感到一百二十分的无聊。法律这种违反他的爱好的工作实在令人难以忍受下去，他自甘沉沦，出入烟花巷中消磨时光。忧郁、苦闷、放荡，他的身体受到了严重的影响。

1844年1月的一个黄昏，福楼拜和他的哥哥坐车外出。路上，他突然像中了风，一下子跌进车里，一动不动，足有十分钟。坐在他旁边的哥哥以为他死了，但经过一个晚上，他又活过来了。他认出了哥哥给他放血的房舍、对面的树林（而且事物与观念神妙地和谐），就在这时，一辆货车从他的右边过去，好像不远的十年前……忽然之间，福楼拜觉得自己卷入了一阵火流里面……此后，这种病症反复发作。有时，他正在写作或是同朋友说话，这种病症就会向他袭来。他的朋友杜刚这样描述他目睹的现象：好些次，又受惊，又没有办法，我见到他的这些可怕的紧要关头。他们来的情形总是一样的，发生以前也是经过同样的现象。忽然之间，看不出什么可以欣赏的动机，居斯达夫举起头，变得惨白；他感到一种神秘的嘘息，仿佛精灵的飞扬，扫过面孔；他的目光焦急，带着一种碎心的失望的情态，他举起肩膀，说道：“我左眼里冒火，我右眼里冒火；我觉得全成了金色。”这还只是警告，随即他倒在床上，全身抽搐，发出撕裂人心的呻吟。在这令生命震撼的瘫痪之后，接着总是一阵疲倦和熟睡，一来就要好几天。

对于这样一种荒诞不经的病症，连他那医术高明的父亲也束手无策，在绝望的时候，他父亲甚至替他挖好了墓穴。然而，命运并没有安排福楼拜去冥王那里报到。为他预备的墓穴，待到三十六年以后真的要掩埋他的尸骸的时候，已经长满蓬蒿，而且因泥沙淤塞，竟难以容下他那过大的灵柩，于是，“只听见绳索叫喊、棺木泣诉……几位赶来送殡的老朋友龚古尔、都德、左拉，只好避开下葬，不忍伫看这场入土的活剧。”

为了这场莫名的病，福楼拜不得不退学，离开巴黎，来到爱子情深的父亲为让他养病在塞纳河边购置的乡间别墅里。“塞翁失马，焉知非福”，福楼拜的这场大病，倒使他摆脱了恼人的法律课业，在这幽静的环境中从事写作了。

1846 年 1 月，老福楼拜怀着对这个体弱多病、"不务正业"的儿子的深切忧虑，离开了人世。他留给长子一个待遇优厚的职位，留给次子一份丰厚的年金和收入相当可观的田产。福楼拜既不再受父亲的管束，又有了可靠的经济来源，也就可以无忧无虑地坐下来舞文弄墨了。料理完父亲的丧事，福楼拜就跟母亲及外甥女一同搬去克瓦塞居住，从此正式开始了他的写作生涯。创作成了他的生活，字句是他的悲欢离合。他坚持着自己的理想，缔造了一个完美的艺术世界，在理想中追求精神的永恒。

其实，做一个文学家并不是福楼拜的一时冲动，他很小的时候，便有着对文学的感悟。最早把他带入这个王国的可以说是他们家的女佣人玉利。她来自一个山城，那里有幽邃的山谷、绵延的树林、华丽的贵族府邸和古老寺院的废墟。小福楼拜常常在她的身边，一坐就是一天，听她讲家乡那些富有迷离色彩的爱情和鬼怪的故事。在医院对面街上，住着一对老夫妇，他们很喜欢小福楼拜。每次到他们的家里，小福楼拜都吵着要老爹给他讲故事。这时，老爹就把他抱上膝盖，给他讲莎士比亚、堂吉诃德，老妇人则为他们拿来香喷喷的点心。上小学时，他开始读雨果的剧本，十岁就自己动手写剧本，而且还组织上演。剧场是大台球室，舞台是大台球桌，旁边放一条凳子，登着它上台。演员是他和他的同学。他的妹妹负责管理服装和道具。打开妈妈的衣橱，找出旧围巾，往身上一披，就像古时候妇女的长袍。他又请来妈妈、佣人、朋友甚至一些著名的演员来当观众，并且煞有介事地发放入场的票子。十六岁时，福楼拜在一家小报上发表了处女作《自然历史的一课：古猿类》，在这前后，他还写了一系列作品。

如果说在某种程度上，他应该感谢那场大病，它使他有机会走上了文学之路，那么，那场病带给他的还不只是这些。他从中感悟出了若干非常深刻的道理。

就是这场病，同一切生存的过程一样，只是人生的一部分，虽然有害，但也有利——增加他的经验，帮助他的整个发展。他自己说过，他因

为脑病，却得到不少经验。在他的头脑里，有许多想象的冲动，让他禁不住联想起非常奇特的意象。他不断地进行"自我观察"，并由此在晚年创作了他最后的著作《三故事》。

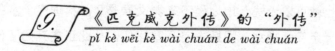

9. 《匹克威克外传》的"外传"
pǐ kè wēi kè wài chuán de wài chuán

《匹克威克外传》的问世，缘于一个偶然的机会。

年轻的查尔斯·狄更斯很小就对文学产生了极强烈的兴趣。在生活条件十分艰苦的情况下，他通过刻苦努力，在二十岁时就开始尝试着把自己在生活中所遇到的各种事情写下来，把它们变成文学作品。在他的头脑中，未来作家的美好蓝图已经被勾勒出来了。

可是，自己到底能不能成为梦寐以求的作家呢？年轻的狄更斯还无法把握。他决定首先尝试着把写出来的东西寄到杂志社，以便投石问路。

1834年的一天，天色已晚。路上行人匆匆，归家的脚步声渐渐稀少了。可是，一个青年却长久地徘徊在一个醒目的信箱前，时而在箱前站定，时而又畏缩地离开。昏暗的路灯下，他的影子一会儿拉长、一会儿又缩短。最后，他像是下了极大的决心，挺直了腰身，终于将一个信封投进信箱，然后头也不回地走了。

这个年轻人就是狄更斯。当他把在生活中的所见所闻写成速写式的短篇故事后，就打算寄给杂志社。他郑重其事地在作品上署上一个笔名：博兹。可是，他总觉得忐忑不安，害怕稿子被杂志社"枪毙"。等待的日子太难熬了，有时他甚至用走路时哪只脚最后到达目的地的方法来猜测稿子行还是不行。一个星期以后，他在市面上看到新一期的杂志刚刚上市，便立刻买来，迫不及待地在上面寻找着博兹的名字，"找到了！"文章此时似乎还散发着油墨的芳香，他的心被成功的喜悦充溢了。

从此，博兹的名字不断出现在杂志和报纸上。读者渐渐从他的文章中读出了一种特殊的风格：真实却带有淡淡诗意的伦敦市景、云笼雾锁中从窗口散射出温暖和魅力的家庭。这些伦敦人最熟悉不过的景象在博兹的笔下有了鲜活的生命，而且也激发了读者们对生活的新感觉。读者还从短小的篇幅里获得了轻松和愉快——他的语言充满智慧与幽默。博兹，成为伦敦人喜爱的作家之一。

有一位喜爱博兹的读者是个漫画家，名叫西摩。有一天，西摩专程找到两位著名的出版商查普曼先生和霍尔先生，向他们俩举荐博兹，极力夸赞博兹文章的别致和语言的幽默，并提出一个设想：由他本人绘画，请博兹为他的画编配文字，一定能获得大量的读者，得到可观的效益。

这一设想立刻得到两位出版商的首肯。于是西摩便找到狄更斯，跟他谈了自己的想法。西摩擅长画滑稽画，比如说画人从马上摔下来、画愚蠢笨拙的猎人、画落水被淹的滑冰者等，这些都是他的拿手好戏。他建议狄更斯虚构一个体育爱好者俱乐部，俱乐部成员偏偏都很笨拙，无法从事他们所喜爱的运动，因而闹出许多笑话来。狄更斯对这个建议很感兴趣，他觉得自己在幽默文学方面并不逊于西摩，完全能够做得出色。可是，他不愿意自己的文字受已经成型的绘画的控制，却希望把文字作为读物的主体。没想到，这个要求西摩竟然同意了。作品是以连载的方式在杂志上与读者见面的。按照西摩的建议，狄更斯在作品开头设置了一个俱乐部，形象已经固定下来的主人公匹克威克先生和他的俱乐部成员首先和读者见了面。从此，匹克威克先生和他的眼镜、白背心、紧身短裤在读者心目中确定下来，博兹的名字也与他一道传遍了英国内外。

狄更斯的文学创作从一开始就显得紧张而匆忙。因为是为杂志撰稿，所以每一期杂志的出刊就是一道不能违拗的命令，必须按时将稿子交到编辑手里。狄更斯一边创作，一边构思，常常是这一期写完时，还不知道下一期怎样写，人物的经历、见闻怎样展开还是个未知数。但狄更斯自信的是，只要人物在他笔下诞生，他们的性格、行为乃至命运就在他的掌握之中了，他能够随意向读者展露他们生活的方方面面，而自己并非是他们的主宰，不过是他们生活轨迹的一个忠实记录者。

刚开始时，狄更斯和西摩都对他们的作品过于乐观了，第一期问世，读者的反应却出奇地冷淡。精神状态本来就有点问题的西摩受不了这个打击，竟自杀身亡了。出版商原也抱着大赚一笔的心态等待着杂志的成功，面对这种情形，也打算放弃这部小说的连载。可是，想到只有投入没有产出，出版商真不甘心就此罢手，而狄更斯当然更不愿意认可这个事实，他觉得，自己的才能还没有在读者面前完全显露出来，他们还没有被他引入到小说的最佳情境中去，过不了多久，他们就会离不开他的匹克威克先生。

经过商议，出版商和作者决定继续合作，并找来一位叫菲兹的画家做小说的插图作者，杂志继续惨淡经营。渐渐地，一小群读者被可爱的匹克威克先生和他俱乐部成员吸引了，他们成了杂志的固定读者，这一小小的成绩使经营者和作者都受到了极大的鼓舞。

当小说连载到第六期时，狄更斯产生了一个天才的想法：别人都把匹克威克先生比作堂吉诃德，这位敢于除强扶弱的"骑士"身边怎么没有桑丘呢？于是，一位风趣、智慧、充满正义感的好仆人山姆·维勒诞生了，他随后便跟随主人开始了旅行生涯。

这一天才的设想使小说获得了惊人的成功。从山姆出现的那一期开始，杂志的订数就直线上升，到第十五期未出版前，杂志的预订数已高达四万多份，这在英国国内是绝无仅有的现象。那个时期，谁若是不知道匹克威克或者山姆·维勒，大家就会认为他智力不正常，不然就是来自蛮荒之地，因为到处都能看到跟这两位可爱的人物有关的事物。大街上，有各种各样贴着匹克威克商标的商品，如匹克威克拐杖、匹克威克帽子等，山姆的形象出现在招贴画上，时时刻刻跟喜爱他的人们见面，从而更加强了人们对主仆行程及其遭遇的关注。

《匹克威克外传》已经融进人们的生活中，成为人们生活的一部分。读者等待新一期杂志的出版，就好像等待一件期盼已久的喜悦之事降临一样，有一种激动且不安的心情。有一段时间，由于狄更斯深爱的妻妹玛丽·霍格思夭逝，给作家带来巨大的悲伤，所以他暂时中断了小说的创作，杂志的连载也只好停止。读者们每天都与小说中的人物"见面"，这种突然的中断使他们焦灼不安，他们给杂志写信，要求作者快点把匹克威克的行程告诉他们，他们已经等不及了。一天，一位病入膏肓的人在医院等待牧师来为他做临终前的准备工作，当牧师完成工作离开病房时，这个病人竟长吁了一口气说："哎，谢天谢地，不管出什么事，《匹克威克外传》的下一期明天就出版了。"

《匹克威克外传》使二十五岁的狄更斯一举成名。这位年轻漂亮的小伙子成了伦敦受人瞩目的人物。法国传记作家莫洛亚借他人的描述记载了年轻时代狄更斯的形象："博兹是个漂亮小伙子，有一双聪颖明亮的蓝眼睛，眉毛弯曲得令人惊讶，一张大嘴，一张活泛泛的、富于表情的脸。当他说话时，脸上所有的器官（眉毛、眼睛、嘴）都以一种特殊的方式在活动。"而他的第一部小说和他的形象一样以漂亮的姿态和读者见面，它也以生动活泼的性格赢得了读者的喜爱。

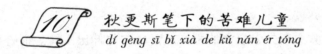

10. 狄更斯笔下的苦难儿童
dí gèng sī bǐ xià de kǔ nán ér tóng

对于苦难，狄更斯有着非常深切的感受。

说起他的出身，还算不得苦大仇深。他的父亲约翰·狄更斯是海军财政部门的一个小职员，虽说这种职位的人支撑起的家庭肯定达不到富足的生活水平，但还可以维持正常的生活。可是，狄更斯先生却是个嗜酒如命的人，不仅将自己所挣的那点钱全部送到酒馆里，而且还想方设法借别人的钱送到酒馆去，直到酩酊大醉。结果，狄更斯先生沉入到债务的汪洋大海中，妻子和八个孩子也跟着他尝受被债务人追逼的痛苦。

那时，他们家还住在朴次茅斯，周围人开始因为喜欢狄更斯先生风趣幽默的谈吐、乐于听他讲各种各样生动有趣的故事，所以每当他略带羞涩却显得非常急迫地向他们借钱时，他们也就只好成全了他的这一要求。可是，久而久之，大家都感到这种有去无回的借贷给他们带来的担忧完全超过了借债人讲故事带给他们的欢乐，于是，一家家的大门便向狄更斯先生

关闭了。

狄更斯先生并不是一个容易被生活的苦难压倒的人，他总能够寻找到新的出路，给全家以精神安慰。故乡不给他温暖的体贴，那就离开它投入更温暖的怀抱吧。在大英版图上，伦敦恐怕是所有外省人的向往之地，狄更斯先生也不例外。想到那里有那么多人在创造生活，他自信也能在那里开辟出一片新天地。用不着跟什么人商量，他一个人就做主把家搬到了伦敦。

当时，小查尔斯·狄更斯还是个不谙世事的孩子，但对故乡及自家生活的印象却已经非常深刻了，他觉得那一段生活非常幸福，父亲总是兴致勃勃给一群小孩子讲故事，逗得大家哈哈大笑。他还不懂得，家庭生活因为父亲的酗酒而变得危机四伏，随时都有人用极不客气的语气要求父亲快点还钱。小狄更斯是不了解父亲在债权人面前的举动的，每到这时，孩子们绝对不能在大人面前露面。这样，狄更斯先生才在他的孩子们的心里保持了非常美好的形象。

伦敦完全没像狄更斯先生想象的那样热情地向他伸出双臂。而柠檬潘趣酒却不辞劳苦地紧紧跟随着他，像个至交好友那样帮助他搜罗所有可能弄到的钱，然后双方融为一体。狄更斯一家在伦敦的生活丝毫没有起色，反而越加艰难。作为长子的小狄更斯需要承担家庭的重担了，他不再像当初在朴次茅斯的时候那样只看到生活的表象，而能够听到父亲醒酒后目睹逐渐空荡的家时那沉重的叹息声，也能看得到母亲和弟弟妹妹们由于饥饿而消瘦苍白的面孔。他天真的小脸上有了大人才有的凝重，他稚嫩的心灵开始成熟。

狄更斯太太年轻时受过一些教育，穷极无奈时想到了自己所掌握的知识，便打算用它混口饭吃。她郑重其事地在大门正中的木板上钉上一块铜牌，上面写着："女子学校·狄更斯夫人。"小查尔斯担负起挨家挨户分发广告的任务。可是，狄更斯学校没有接待过一个前来报名的姑娘，而夫人好像事先就预料到这种现状，根本也没做任何接待学生的准备工作。脱贫致富的梦想还没容展开翅膀就夭折了。

　　小查尔斯明知道分发广告肯定劳而无功，但他宁愿毫无结果地在外面跑，也不愿意呆在家里。在家只能看到债主们把最后几样家具搬走，听到债主得不到还账时愤怒的叫骂声。他尤其不想看到父亲在别人面前忍气吞声的可怜相，这副形象与他心中保留的那个美好的形象相差太远了，他接受不了。

　　约翰·狄更斯终因无力偿还债务遭到逮捕，被关进马歇尔西的债务监狱。他的在家务方面能力极差的妻子带着八个孩子，在凄风苦雨中艰难度日。

　　刚刚十岁的狄更斯一下子长大了。他成了一家之主。所有的活计都被他承担下来，擦全家人的皮鞋、照顾弟弟妹妹、精打细算购买日常生活用品，在与旧家具商讨价还价时，他已懂得怎样让对方商家同情他而给他一点让步。艰苦生活把他从孩子的世界拽出来，使他过早地结束童年，进入成人的生活氛围中。

　　忙完了家里的事情，狄更斯就赶忙前往马歇尔西债务人监狱探望父亲。约翰对监狱生活还是比较适应的，那里的条件虽然艰苦，但毕竟没有了债务人的催逼，儿子来时还能给他带来少得可怜的食品，唯一的缺憾就是没有酒。

　　看到儿子跟他年龄极不相称的神情，约翰知道全是因自己酗酒造成的。他非常痛恨自己，下决心出狱后好好生活，重新做人。为了让儿子高兴起来，他又拿出当年风趣幽默的本事。可是，这点乐趣对狄更斯来说，无异于干渴的大地上洒下几滴雨水，很快就蒸发掉了。从监狱出来，他的小脑袋就立刻被需要解决的生活问题装得满满的。

　　一年后，狄更斯到远房亲戚拉墨特家开办的制鞋油的作坊当学徒。他生活的年代，工厂主招募童工的现象极为普遍，一是因为童工工薪非常低；二是因为他们年幼，工厂主管理他们要比管理大人容易得多。

　　狄更斯在鞋油作坊的工作是先用油纸、再用蓝色的纸把鞋油罐封上，用绳子系好，再贴上标签。为了每个星期六个先令的工薪，他努力工作，在同年龄的童工中表现得很出色。看着他做工时那认真且有些天真的可爱表情，老板竟突发奇想，决定让他到镶着宽大玻璃的橱窗里表演。的确，狄更斯是个人见人爱的漂亮孩子，长着一双湛蓝色的眼睛，一头金黄色的卷发，神情机巧活泼。当他出现在作坊的橱窗里时，果然招来了许多人的围观。很多有钱人家的孩子，手里拿着沾满果酱的蛋糕，一边吃着美味的食品，一便带着怜悯和好奇的神情观看他的表演。孩子的心痛苦地抽搐着，他知道自己因为穷，所以没有能力要求什么尊严，但他痛恨这种把穷苦儿童的人格任意践踏的行为。这种意识非常强烈地占据着他的头脑，使他在日后成为作家时，用了大量篇幅创作出描写苦难儿童身世及遭遇的作品。从《奥列弗·特维斯特》中的奥列弗、《老古玩店》中的小耐尔、到《远大前程》中的匹普，还有《艰难时世》中的西丝，更不必说《大卫·科波菲尔》中的大卫，都反映出狄更斯对童年生活痛苦的感受。

狄更斯永远无法忘记这段时光对他的心灵所造成的严重伤害，从这时起，他就产生了对不幸儿童的怜悯心。对于一个作家来说，他不可能像政治家那样通过政治、经济改革达到使儿童过上幸福生活的目的，但他能够倾其全部热情描写儿童不幸的遭遇，在作品中用作家才有的特权给他们创造一个幸福的归宿，让他们最后都能得到有钱人的帮助而摆脱贫困。尽管这种人为的、带有非常明显的理想主义色彩的结局并不能发生在所有的不幸儿童的生活中，但他所表达的愿望则能够促使整个社会认识到穷苦儿童现状并督促政府实施一定的解决方案。对在鞋油作坊的经历，狄更斯一直把它作为难于对人启齿的往事，甚至连他的妻子都不知道他的童年生活里还有这么一段黑暗的日子。隐埋在内心并不意味着忘却，相反，它始终都十分清晰地保留在记忆中，随时会因某件事的触动而使他心痛。于是，在小说中塑造跟他有着相类似经历的人物就成了他松动自己压抑精神的一个途径。

1870 年，狄更斯去世的前一个夜晚。那天是圣诞节，他感到身体不舒服，就躺在沙发上和孩子们玩接词的游戏。虽然孩子们对他的话感到莫名其妙，但他们发现狄更斯在说这几个词时语气里有一种古怪的混合着痛苦的情感。儿孙们都不知道他们的亲人这段艰难屈辱的童年生活。

直到狄更斯去世之后，他的好友、也是他传记作者的福斯特先生在他的传记中提到了这件事。当初，狄更斯也是在一个偶然的机会向福斯特谈起他的儿时经历，否则，这将成为永远不被人所知的秘密。狄更斯的儿子也是通过福斯特的传记才知道父亲在告别人世前艰难地、情不自禁说出的那几个词到底是什么意思。

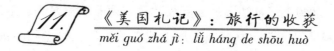

11. 《美国札记》：旅行的收获
mēi guó zhá jì：lǚ háng de shōu huò

1842 年 6 月末，偕夫人凯特·狄更斯一同访美的英国作家查尔斯·狄更斯结束了为期半年的访美历程，回到了伦敦。这次出访收获甚大，回来两个星期以后，狄更斯就开始着手写他的美国观感了。9 月，他的《美国札记》与广大读者见面。

狄更斯怎么突然间产生了访问美国的念头呢？有很多人试图寻找理由。其实，产生这种动机的理由非常简单，无非是对大西洋对岸的国家有着强烈的好奇心，想看一看这个年轻的共和国到底是个什么样子；此外，狄更斯还想亲自感受一下他这位了不起的英国作家在美国会受到怎样热烈的欢迎，享受一下明星被追逐的乐趣。

在美国半年的访问，狄更斯最初的愿望都一一得到实现。美国这个曾经在他头脑中模糊且有些神秘的国度在他眼前变得清晰透亮了，而且，当他以一个外邦人审视的目光看待这里的各种事物时，他发现了一直沉醉于其中的美国人所看不到的东西。这些东西被写进他的《美国札记》，使这部作品有了相当的分量，但也使得被描写国家的民众对他产生了强烈的愤怒之情。不过，好在这些都发生在狄更斯从美国归来以后，一点也没有影响到他在美国所受到的史无前例的热烈欢迎，狄更斯想象中自己应该享有的殊荣也一样都没少。尽管在欢迎人群中也传来过令他听起来不那么舒服的不谐和之音，不过都被狄更斯很轻易地消化掉了，没影响到他的脾胃。

1842 年 1 月 22 日，狄更斯乘"不列颠号"轮船经过半个月的颠簸，

到达了波士顿。在这里，他受到欢迎的热烈程度，通过他写给朋友福斯特的信件能了解得很清楚，"我如何才能向你最简单地描述一下我在这里所受到的欢迎呢？如何才能描述整天涌进又涌出的来访者，我外出时站在街道两侧的人群，我去剧院时人们发出的欢呼声，一本又一本的诗集，一封又一封的贺信，五花八门的欢迎仪式，没完没了的舞会、晚宴和集会？要使你最粗浅地了解到他们对我的热忱欢迎，或响彻全国的呼声，得如何把这一切描述出来啊！我见到了从边远的西部长途跋涉两千英里来到这里的代表团，他们来自湖区、河区、林区、木屋、城市、工厂、村庄和小镇。几乎所有的州政府都给我写了信。我也接到了大学、国会、参议院和各种各样的公共或私人机构的问候。"信中的语气显得得意洋洋。

随后，在纽约、费城、华盛顿，狄更斯的身边总是围满成群的追逐者，甚至在火车上，他也难得片刻的安宁。此时，他所感到的就不是幸福，而是焦灼不安了。

与对狄更斯表现出无以复加的崇拜相对立的，是美国上流社会人物对他的挑剔和指责。在美国绅士们看来，他说话口无遮拦，做事情缺乏风雅之气。在波士顿的一次晚宴上，他从镜子里发现自己的头发有点乱，便迅速拿出一把袖珍梳子，当众梳起头来。周围人从未见过这阵势，免不了要大惊小怪一番；在另一次宴会上，大家偶然争论起萨瑟兰公爵夫人和卡罗琳·诺顿夫人谁更美丽时，狄更斯说："喔，我不知道，或许诺顿夫人更美丽一些，但是我认为公爵夫人是一个更值得一吻的人。"出语不多，但分量太大，在场的人无不大惊失色。于是，他本来就十分扎眼的服装又成为大家不堪忍受的对象。美国的绅士在穿礼服时都在里面衬着黑色的绸缎背心，可他却穿嫩绿或鲜红的丝绒背心，挂两条表链，戴一条别出心裁的领带，遮住了衣领，还妖艳地折叠、垂挂下来。这一切都使当地的高雅人士感到忍无可忍。

在纽约，狄更斯先是因当众提出作品版权问题而搞得身份显赫的人士很难堪，后来，他们还针对这件事在报纸上对他进行恶意中伤。狄更斯说："对这种怯懦狭隘的行径感到轻蔑和愤怒，可以对天发誓，这种感受是我有生以来从未经受过的巨大痛苦。"接着，他私下又对美国蓄奴制和奴隶主的残忍表达了无法遏制的痛恨——他称蓄奴制是"最丑恶的污点和最肮脏的耻辱"，把奴隶主叫做"比身穿猩红长袍的哈里发——哈罗恩·阿尔拉希德还要苛刻、残酷和肆无忌惮的恶霸"。

美国人的许多生活习惯同样也让他感到厌恶。他看不惯这些人在饭桌上用餐刀把食物送到嘴里；看不惯美国男人用手指擤鼻涕的习惯。从纽约前往费城的旅途中，狄更斯正在火车上欣赏夕阳西下的景色，突然，"从我们前面一列绅士车厢的窗子里出现了一种奇特景象，吸引了我的注意。我起初以为这是因为车厢里有几个人不辞劳苦地在撕着羽绒床垫，然后把羽毛撒向空中，让羽毛随风飞舞。但后来我终于意识到他们只不过是在吐痰。事实也确实如此，虽然我对一个车厢所能容纳的区区几人怎么能吐痰吐得犹如一场不停的阵雨一事依然大惑不解。我后来对吐痰现象所获得的一切经验仍解答不了我的困惑。"还有，美国人吐痰的水平也亟待提高。在华盛顿，"有几位绅士来拜访我，他们在谈话的时候常常把痰吐的离痰盂五步之远，而且其中一人（但他一定是近视眼）错把三步外紧闭的窗扉当成了敞开的窗子。另一次我出去吃饭，在饭前与两位女士和几位绅士围坐在火炉旁，其中一个人非常清楚地有六次未能吐到壁炉里去。"

狄更斯承认美国人好客、慷慨、坦率、友善、热心、彬彬有礼并富有骑士风度，对他们的这些长处也表示了由衷的喜爱。但他无法将自己融入这个国度，"我不喜欢这个国家。我无论如何也不愿意住在这里。它与我格格不入……我想，要任何英国人住在这里并感到愉快是不可能的，绝对不可能的。"在写给英国朋友的信中，狄更斯直截了当地说出了对美国的感受。这里面除个人的喜好以外，还有他当初对这个国家的幻想遭到的毁灭。"这不是我前来参观的共和国，这不是我想象中的那个共和国。我宁愿要一个自由化的君主制，即使附带着令人作呕的宫廷通告，也不要一个这样的政府……言论自由！它在哪里？我在这里看到的新闻比我所知道的任何一个国家里的都更卑鄙、更下贱、更愚蠢、更可耻。"狄更斯用他尖刻的语言来嘲讽美国自由舆论的代表——报纸，说它"是如此肮脏和残

忍，以致没有一个正直人会拿一张到他家中去当厕所的擦鞋垫。"

在弗吉尼亚州里士满居留的三天里，狄更斯主要访问了蓄奴区。在与当地人的交谈中，一个人竭力为美国的蓄奴制辩护，遭到他愤怒的反驳。还有一次，狄更斯告诉一个认为英国人对奴隶制问题的成见和无知既可怜又可鄙的法官说："我认为我们审判奴隶制暴行和恐怖的能力远远超过在这种暴行或恐怖之中长大成人的人。"他说，"把奴隶制说成是上帝的一种赐福、一种理所当然的事和一种令人向往的事的人真是丧尽了理智，他们居然也来谈论什么无知和成见，简直荒谬绝伦，不值一驳。"

回到英国后，狄更斯把写给福斯特的信借回来重新阅读，并通过这些信唤起他对美国之行的回忆。《美国札记》开始发行时，狄更斯与福斯特和其他几个朋友正在外面游玩。当他回到伦敦时，发现这本书卖得很快。但美国的读者和评论者对他的反应则显得火气十足，很多人对这部作品冷嘲热讽，爱默生干脆评价它肤浅、无知，"是最笨拙的滑稽模仿之作"。

当然，美国人并不知道，这股怒火发的还为时过早。如果他们知道将来狄更斯还要把他访美的收获写进他的一部小说，并表现得更加让他们难于容忍，那么现在的心态一定能非常平和。狄更斯其实已经在酝酿这部作品了，因而对来自大洋彼岸的反应只是一笑置之。

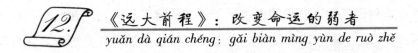

12. 《远大前程》：改变命运的弱者
yuǎn dà qián chéng: gǎi biàn mìng yùn de ruò zhě

1860年9月，狄更斯宣布，他"终日寝食不安，正在酝酿一部长篇新作。"这部新作就是他的另一部小说《远大前程》。

在写作《远大前程》时，狄更斯又回想起青年时代的种种经历。小说主人公匹普的早年生活不免带上青年狄更斯的印记。作家还不断重访库林沼泽，把对那儿的印象和进入沼泽的感受都融进作品中，于是，库林沼泽成了《远大前程》中的一个角色，阴森可怖的气氛是狄更斯通过幻想的手法创造出来的；当时，狄更斯还乐于到附近的罗彻斯特及其附近游逛，边散步边构思他的小说。结果，他所游逛的地方不自觉地进入到他的作品中，他笔下的人物也跟他一起散步于此地的大路和小径。在这儿出现的人物跟现实中狄更斯所见到的人们相比，要生动有趣得多了。

《远大前程》中的穷孤儿匹普在一位古怪孤独的老女人家里当差期间，爱上了给这个老女人做侍女的姑娘艾斯黛拉。但这个也是孤儿出身的姑娘在变态主人的培养下，对匹普进行挑逗从而惹得年轻人热血沸腾后又报之以冰霜一般的冷酷，给刚涉爱河的匹普巨大的打击。狄更斯写这些时，不自觉的把自己的遭际融入其中。他与埃伦·特南之间的关系成为小说中人物——匹普和艾斯黛拉形象及其关系的蓝本。

埃伦是狄更斯倾注热情去爱的第三位心上人。她还在孩童时期就认识了狄更斯。十八岁时，她在曼彻斯特再遇狄更斯，唤起了作家心中已经沉睡了的爱情。但她却如玛丽亚的反应一样，不给这种炽热的爱以回报。狄更斯在苦恼与渴望中挣扎着，立志要锲而不舍，达到目的。

当时，埃伦家境十分贫寒。尽管出身于演员家庭，但她和她的几个姐妹都不是技艺超群的人，剧院随便在大街上找来几个人便足以取代她们在舞台上的角色。缺乏竞争力的埃伦一家实在需要有人伸出援助之手，帮他们脱离苦海。现在，这只手已经伸出，只等他们搭上来。

尽管埃伦曾经拒绝过狄更斯的追求，而且可能还在其他场合说过一些不宜让狄更斯听到的话，但最终她还是做了狄更斯的情妇。她并不是被狄更斯的真诚之爱所打动，而是投降于他的名望和金钱。

狄更斯当然满足于自己这场"战役"的胜利结局，但他并没有被胜利冲昏头脑。他清楚自己的成功取决于什么，并在小说中将对她的认识反映在蓓拉·维尔弗身上。

关于埃伦·特南，狄更斯在其他小说中已经控制不住地塑造过了。作家对她的印象始终非常深刻，由于她的形象总在狄更斯眼前晃动，所以每当描写可爱的女性人物时，他首先想到的就是她。这样，她的模样赋予了《双城记》中的路西·曼纳特，《我们共同的朋友》中的蓓拉·维尔弗也是以她为原型创造出来的。

创作《远大前程》的前半部分时，狄更斯正处于爱情"悬空"的状态。他早就向埃伦·特南表白了炽热的爱，但对方总以各种各样的理由对他的亲切行为加以回拒。如果她对狄更斯的态度就是冷酷无情，那么作家也就会知趣地退下来。偏偏就当狄更斯感到绝望、下决心斩断情思时，她便在那片浓云密布的天空透下几缕阳光。真是欲罢不能啊！那种被焦灼的情爱折磨的滋味好像是上帝送给狄更斯的永远的礼物，使他一生都"享用"不尽。从青年时代开始，一直到他功成名就的晚年，这些痛苦的经历和感受成为他文学创作中难以寻觅的素材，为他作品提供了多少生动有力的形象啊！

匹普狂热地爱上了艾斯黛拉，后者却以令他琢磨不定的态度对待他。她先以各种方式诱使匹普误以为对方爱着自己，然后再摆出一副拒人于千里之外的架势，使匹普陷入感情的陷阱中痛苦得难以自拔，她从中获得乐趣。匹普在这样痛苦的情感中却仍在痴情："尽管与她交往从未使我得到过片刻的幸福，但是无论白天黑夜，我却每时每刻都在反复幻想着和她白头到老的幸福情景。"经过一番自我鼓励，匹普终于鼓起勇气向艾斯黛拉表白了爱情，但对方的回答却向他热气腾腾的头上泼了一盆冰水："你说你爱我，从字面上我也能理解你的意思，但是也仅止于此而已。你打不动我的心，触动不了我一根心弦。你说的话，我一句也不放在心上。"匹普痛苦得大喊起来："你是我的生命，我的血肉。……从我第一次来到这儿起，我只要一读书，字里行间就会浮起你的身影。我看到的每一个景色，都会出现你的风姿——大河边，帆船上，沼地里，云霞中，白天黑夜，风里雨里，森林海洋，大街小巷，哪儿不看到你！……哪怕我到了临终的时刻，你也不能不和我整个的人息息相关。"

狄更斯通过匹普把自己的心情毫不掩饰地表达出来。埃伦·特南并没有被他的挚情打动，她无法对狄更斯产生亲切的感觉。小说中的匹普从艾斯黛拉口中得知她打算嫁给别的男人时，他撕心裂肺般的感觉就是狄更斯的。他从罗彻斯特步行到伦敦，希冀"累得筋疲力尽，我的心才会感到稍许好受些。"

狄更斯曾给他的好友威尔基·柯林斯写信，倾吐内心的痛苦情怀："这几天我心中苦恼异常，我一定要对你说说。定一个日子，或是我上你那儿去，或是你来。我敢说，我是会战胜它们的，因为我是不容易被打败的，只是这些苦恼越积越多。"他又给福斯特写信，告诉他："我当然可以强迫自己坐在这张书桌边做我已经做了一百次的事情，但是在我心乱如麻、垂头丧气的时候，我能否写出一本独树一帜、令人耳目一新的作品来，就是另一回事了。"

艾斯黛拉嫁给了别人，说明匹普的爱情没有见到曙光。其时，狄更斯也没有从埃伦·特南的身上发现自己希望的曙光。因此，他在作品中先为匹普安排了一个不幸的结局。

但是，狄更斯后来修改了小说的结局。按照匹普和艾斯黛拉的关系，他们俩无法找到结合的可能性。本来狄更斯打定主意就以这种不完满作为结局，但人们今天所读到的小说末尾则是：匹普在外几年，后来回到故乡。他再遇艾斯黛拉，才得知艾斯黛拉的婚姻非常不幸，但不幸中的幸运是这个凶恶的丈夫在最近一次事故中刚刚受害死去。艾斯黛拉这才认识到自己当初把幸福抛掷掉的错误。她不能再失去机会了，匹普当然也是这样想。于是，匹普的爱情终于得到了回报。

据说，狄更斯同时代的一个平庸文人布尔沃·利顿曾主张狄更斯修改小说原来的结局。高明的狄更斯竟然听从了这个无名小辈的建议，为小说做了大手术，这样说不可能是完全正确的。一定是这种建议切中了狄更斯的某种心意，才使他对之加以采纳的。埃伦·特南后来出于生活舒适和摆脱穷困方面的考虑委身给狄更斯之事，便可成为作家改造小说结局的根据。

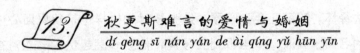

13. 狄更斯难言的爱情与婚姻
dí gèng sī nán yán de ài qíng yǔ hūn yīn

在狄更斯后期创作中，有一部小说《小杜丽》，其中描写了一个名叫弗洛拉·芬琴的女人。从这个女人的体貌特征和她的性格来看，很多人毫不怀疑地肯定她的原型是狄更斯少年时代初恋的情人玛丽亚·比德奈尔。事隔多年，狄更斯怎么会突发奇想，竟把一直埋藏在心底的年轻时代的爱情作为小说的一部分呢？而更加令人不可思议的是，小说中的这位初恋情人原来的优点后来荡然无存，出现在读者面前的是个庸俗不堪的女人。这一切难道是狄更斯想象的结果吗？

狄更斯怎样在小说严肃的主题中掺入了这样的内容呢？这还得从小说创作前狄更斯遇到的一件事说起。

1855年2月，狄更斯打算和好友威尔基·柯林斯到巴黎小住几日。临出发前，他收到一位名叫温特夫人的来信。温特夫人？完全陌生的名字。狄更斯想不起来和他交往的人中有这么一位夫人。也许，是哪一个崇拜者给他寄来的信件也未可知。作为一位知名作家，遇到这类事是太习以为常了。

他打开了信，这才知道，原来所谓的温特夫人正是自己当年狂热爱着的玛丽亚·比德奈尔。一瞬间，往昔分别的日子"就像梦一样的消失了，我就像我那堕入情网的年轻朋友大卫·科波菲尔一样。"而那份深爱着的情感却如同重新获得雨露滋润的干枯禾苗一样焕发出生机。往事泉水般涌入他的心田，那段刻骨铭心的爱让他永生难忘。

与玛丽亚相交往的过程、被玛丽亚冷热不定的态度折磨得痛苦难耐的感觉，狄更斯不论何时想起，总感觉像是昨天刚发生过似的。尽管他非常清楚玛丽亚对他的感情根本没有回报的打算，但他仍对这个艳丽、傲气十足却又眉目传情的姑娘念念不忘。玛丽亚在感情上显然玩弄了狄更斯，但即便他知道这种情况，他还是无法斩断对她的思恋。以后，每当有谁提到玛丽亚的名字，或者看到谁像玛丽亚那样皱眉头，他对玛丽亚的思念立刻便被勾起，无法释怀。玛丽亚会弹竖琴，她弹琴时的模样也是狄更斯心中一幅永不贬值的名画，因而，一当听到竖琴声，他就心潮起伏，陷入对往日情感的追想中。

可是，玛丽亚后来在他的身边消失了。多少年了，狄更斯只在作品中回忆与她交往的酸甜苦辣，却无从得知她的近况。他是多么想再见一见玛丽亚啊！如果见到她，狄更斯一定会告诉她，作为生活上的"导师"，玛丽亚都教给了他哪些可贵的东西："在那几年苦恼的岁月（我回顾这段岁月时的心情是既喜且惧）里，我对您的无限依恋和没有结果的一往深情给我的性格带来了深刻的影响。我学会了克制——这是我性格中原先没有的，但它们却使我变得不动感情，甚至使我对自己的孩子（除了在他们小的时候）也很少流露感情。"

玛丽亚奉献给狄更斯的还不止上述那些。当狄更斯在一次晚宴上大胆向她吐露了心底的情愫后，她眨着脉脉含情的眼睛，说出的话却是"不行"！更加令狄更斯难堪的是，这位小姐还从一个在爱的痛苦中难以自拔的青年人身上寻找笑料。从她身上，狄更斯了解了外表美丽却长着一副铁石心肠的女性们的真面目。于是，在长篇小说《远大前程》中，狄更斯使她成为那位美貌却无情的艾丝黛拉。

直到此时，狄更斯的初恋情感还被他非常仔细地保存在记忆深处。当他突然间得到玛丽亚的消息，其激动兴奋之情可想而知。尤其是当初那个无名的小子已经成为全英著名的人物，在这种时刻得到初恋情人的消息可谓恰逢其时，能够补偿他内心长久存在的遗恨。

玛丽亚的信再度唤起了他的爱情，像初次产生时那样令他激动不已。他猛然醒悟到，原来他的心里始终只有玛丽亚，别人不过是玛丽亚的幻影而已——激情使狄更斯瞬间夸大了对旧日恋情的投入。他写信给玛丽亚："往事依然历历在目，犹如我从那以后一直生活在真空里，在自己房子以外的地方再也没有看到或听到过我的名字。要不是那样，我还有什么价值可言！写作和成功还有什么价值可言！"在信中，他告诉玛丽亚，他正准备去巴黎，问她能否允许他在巴黎为她或她的孩子买点什么。言谈中不断流露出对玛丽亚的关切和思恋之情。

到巴黎后不久，狄更斯就收到了玛丽亚的第二封信。在信中，玛丽亚毫不掩饰对当初拒绝狄更斯的追悔之情。她说，当年为了追求名誉和舒适拒绝了狄更斯的爱，结果反而弄得名利双失。如今，狄更斯在信中仍旧对

她充满热情，使她非常高兴。她觉得并非一切都不可挽回，她愿意和这位当代最著名的作家保持友谊，如果世人能知道她曾经是这位大作家的初恋情人，她真的没有什么遗憾了。

狄更斯的第二封信将他当年尚未表达完的热情几乎倾囊而出，"在我一生中最天真、最热情、最无私的日子里您是我的太阳"；"自从您使我遭受痛苦以后，我就再也没有像从前那样善良了"；"我深信——说希望也无妨——您可能有一两次把书放下，想'那青年爱我爱得多深！他把往事记得多么真切！'"

收到狄更斯如此深情的回信，玛丽亚的心里真像搅翻了五味瓶。恨只恨当年有眼无珠。现在，能够得到狄更斯热情洋溢的信就该满足了。她赶忙给狄更斯回信，表示当年的分手源于一个误会，否则，那段美好的感情肯定会以婚礼进行曲作为路标的。信中充满了她从未在狄更斯身上用过的温柔美妙的语言。同时，她向狄更斯描述了自己当前的样子，"牙齿脱落、肥胖、苍老和丑陋"。狄更斯相信她会老的，毕竟时光已经流走了二十多载。但对玛丽亚对自己的形容，他认为过于夸张，也许是她想通过丑化自己，使他有充分的心理准备，从而在再见时重睹她昔日的秀美容颜——狄更斯这样推测着。

下一封信，狄更斯以"我亲爱的玛丽亚"开头。在信中，他写道："啊！字迹依旧。然而我读到的字句却是我以前从未读到过的。显然为时已晚，我还是怀着极大的激动读完了它。我怀着往日的柔情读着它，柔情化成更加悲哀的追忆，那是我无法用简短的几句话表达出来的……如果您早告诉我您现在所告诉我的话，那我完全相信我的诚挚而热烈的爱情会克服一切。"狄更斯把玛丽亚的那番理由当了真，竟对这段失之交臂的爱情表示由衷的遗憾，"您要我在心灵深处珍惜您告诉我的一切。啊，您看，经过这么些年和这么多的变化，在我心中珍藏着什么啊！……记住，我全心全意地接受并报答一切。您的深情的朋友。"

信中，狄更斯提出与玛丽亚见面的请求，然后，他打算再把两家人约到一处，这段真情就算有了一个大而圆的句号了。

可是，见面的结果与狄更斯的想象大相径庭。一直在他心灵的天空飞翔的精灵忽然像泡泡一样破灭了。他所见到的初恋情人竟然变成了愚蠢、庸俗的肥胖妇人！在《小杜丽》中，他把再度见到玛丽亚的感受全部写了进去："克伦南姆的目光一接触到他往日的爱人，他往日的爱情便立刻荡然无存了……他离开弗洛拉时，她是一朵娇艳欲滴的百合花，现在却变成了一枝芍药。不过，这倒也罢了，糟糕的是这位曾经在言谈和思想中似乎有一股迷人魅力的弗洛拉现在已变得傻里傻气，说起话来啰里啰唆。以前她那种受到溺爱而撒娇、忸怩作态的样子尚有几分可爱，此刻她竟依然故我，搔首弄姿，这就是致命伤了。"

《小杜丽》把严肃的主题和调侃的情节极其巧妙地联系到一起，形成了独特的风格。如果不是这样，狄更斯真不知道应该怎样才能把自己刚刚得到的对初恋情人的印象写进小说。

在与变成庸俗妇人的温特夫人相见后不到一个月，他就给这位曾让他痛彻骨髓的恋人写了一封信，告诉她自己每天都忙得不亦乐乎，而且以后"一连几个星期天"都不在伦敦。实际上他这是在向玛丽亚暗示，不要再与他保持什么联系了。玛丽亚也知道自己在狄更斯身上恐怕无力再唤醒昔日的爱情，伤心之余只能寻求一种精神安慰，但让她没想到的是，连这一点希冀都无法实现了。狄更斯没有兴趣在她身上再浪费任何精力。甚至玛丽亚的孩子夭折，他都没有出面，只是写了几句场面上的话："我确信我还是不来看你为好，不过，我会想你的。"此时的言语毫无疑问带有当年玛丽亚对待他时的味道了。

《小杜丽》写出了玛丽亚形象的巨大改变。通过作品中的人物弗洛拉·芬琴，狄更斯彻底埋葬了年轻时代的爱情。

再来看他的婚姻，狄更斯尚未成名时，曾以记者身份为《晨报》撰稿。当时报社资深编辑之一霍格思先生很喜欢狄更斯的文风，同时对他本人也颇为赏识，便时常邀请他到家中做客。狄更斯来到霍格思家里，就产生了宾至如归的亲切感。这不仅是因为在这里他受到全家人一致的赏识，大家为他的聪明、机智和幽默而喝彩，使狄更斯的才能得到了很好的激

发，从而表现得更加出色；更重要的是，向他喝彩的人中有三个美丽、可爱的姑娘。

霍格思先生有三个女儿，当时大女儿凯瑟琳二十岁，二女儿玛丽十六岁，小女儿乔治娜还是个小孩子。凯瑟琳和玛丽喜欢和狄更斯在一起，姐妹俩常常围在他的左右，用让男孩子心动的崇拜眼神听他讲故事、念诗、唱歌。狄更斯感觉霍格思先生的家有一股强大的吸引力，使他不自觉地寻找机会到那里去。而一到那里，他的全部热情和精力就都迸发出来。这种感觉，在他第一次爱上一个姑娘的时候曾体验过，难道这次他爱上霍格思先生的哪一个女儿了吗？的确，霍格思先生的长女和次女都非常可爱。在狄更斯眼中，凯瑟琳风姿绰约、美丽可人，像一朵已经伸展开叶瓣的鲜花，芬芳四溢；玛丽却还是个天真的女孩，眼神纯净无瑕，对他的喜爱完全是一种小妹妹对哥哥的感情，没有姐姐那样令人魂不守舍的感觉。狄更斯这样想来，觉得自己显然是在凯瑟琳身上找到了相别已久的爱情。

狄更斯在确定恋爱"目标"后便毫不迟疑地展开了爱的"攻势"。他在这方面本不外行，尽管过去曾遭受过挫折，但一旦进入状态，所有的才华仍能得到充分体现。他给凯瑟琳写了数不清的情书，在文字方面把他的全部优势尽情地发挥了出来。他向凯瑟琳推荐自己喜爱的书籍，在她生病时前去探望，这一切都明确表现出他对凯瑟琳的特殊感情。而凯瑟琳实际上也已春心荡漾，在心底为自己许下了这桩不错的婚姻。

1836年4月2日，狄更斯携凯瑟琳步入了教堂，在庄严神圣的气氛中互相宣誓，双方永结爱心。但二人之间的感情在婚前曾出现了一丝阴影。他们在订婚时大吵一场，因为一点根本不值得争吵的小事，他们闹得很别扭。在初恋中领教过任性女子的狄更斯在这方面对姑娘的要求十分严格，当他发现凯瑟琳在这点上有蛛丝马迹的表现时，就立即夸大到无法忍受的地步。

结婚后，狄更斯与凯瑟琳的感情再度降温。在他看来，凯瑟琳同自己心目中温柔、贤淑的爱人形象有着很大的距离。见过凯瑟琳的人曾描绘出她的模样：个子小小的女人，有一双昏昏欲睡的蓝眼睛，一个向上翘着的鼻子，毫无意志的人特有的溜下巴。的确，凯瑟琳不是个如花似玉的女人，但她的美丽与否并非取决于她的五官，而是取决于狄更斯对她的感受。其实，凯瑟琳的性格是有些急躁任性，但还不至于达到狄更斯所想象的那种可怕程度。他的想象强化了他对凯瑟琳的不满，而他的不满则又加强了凯瑟琳对他的爱更苛刻的要求，于是，二人之间的关系在误解中变得很紧张。

当凯瑟琳的二妹玛丽不时来到姐姐的新家做客时，狄更斯猛然发现自己在婚姻上犯下了一个致命的错误——原来霍格思先生家吸引他的女儿并不是凯瑟琳，而是玛丽！这个不可弥补的过失使狄更斯终生感到遗憾。玛丽性格温柔、善解人意，而正当怀孕期的凯瑟琳因为身体不舒服，加上为人妻后不加克制，经常发脾气，相比之下，更体现出了玛丽的优长与可爱之处，而玛丽的性格正是狄更斯梦想中爱人所应具备的！

后来，狄更斯最不愿想到的就是玛丽告别人世的那一幕，而那一情景却刀刻斧凿般留在了他的记忆中，时时使他心痛。1837 年 5 月的一个晚上，狄更斯夫妇带着玛丽去戏院看戏，回来的路上，玛丽忽然感觉身体不适，到家后没过几个小时，她就永远地离开了这个世界，离开了爱着她的人。

接连几个星期，狄更斯无法从悲痛中自拔。他放下了一切工作，包括当时正处于发行旺期的连载小说《匹克威克外传》的写作，任由悲伤的情感控制自己。玛丽死去很久以后，狄更斯仍无法克制对她的思念。

狄更斯把对玛丽的思念融入他的文学创作中。因而，我们在他的小说中看到了小耐尔的形象，耐尔的纯洁、善良、善解人意，实际上就是玛丽身上最使狄更斯心动之处，可以说，从灵魂深处，耐尔已经成了玛丽的再世。

当然，狄更斯希望通过耐尔使自己的思念得到永久的寄托，那么，耐尔最终也应该获得完美的结局，这不仅满足了作者情感的需要，也正符合他创作的一贯作风——历经磨难的主人公在好心人的帮助下，终于获得幸福。但小说刚写到一半，他的朋友福斯特先生就提醒他，应该改变原来小

说大团圆结局的套路，干脆狠下心让女主人公年纪轻轻就死去，这样既可以唤起读者哀婉怜悯之情，又能够使女主人公永远保持可爱、纯洁的形象。狄更斯思来想去，觉得福斯特的话非常有道理，但他总是不忍下手"杀死"他的小耐尔，直到小说最后一章，才不得不按照朋友的忠告安排了耐尔死亡的结局。

小说写完后，狄更斯还无法从耐尔悲剧的伤感中走出来。他给福斯特写了一封信，信中说："她（指耐尔）的死在我身上投下了最可怕的阴影，我刚能十分勉强地写下去。在很长一段时间里，我难以恢复平静。没有一个人会像我这样对耐尔感到惋惜，这件事对我来说是太悲痛了，以致我真的无法表达自己的痛苦。我只要一想到必须照这种模式写下去，所有的老伤口就都开始流血。这项工作到底如何，上帝知道！当我想到这个悲惨的故事时，就好像可怜的玛丽昨天刚刚死去一样。"

玛丽之死使狄更斯把她的形象想象得超凡入圣了，恰如耐尔之死在读者心中所产生的效果一样。从《老古玩店》开始，玛丽在狄更斯的不同小说中幻化成不同名字的女性，她们都年轻、温柔、十全十美。狄更斯用这种方式纪念玛丽，从而使真实的人物通过艺术进入到了永生的境界。

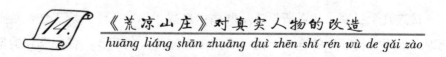

14. 《荒凉山庄》对真实人物的改造
huāng liáng shān zhuāng duì zhēn shí rén wù de gǎi zào

狄更斯创作长篇小说《荒凉山庄》时，有很多朋友向他发出一起出去游玩的邀请。面对那么多具有相当诱惑力的旅游方案，喜欢聚会欢宴的狄更斯经过对自己顽强的克制，终于还是以拒绝来回复朋友们的盛情。

他必须把全部心神都放在小说的创作上。"我对《荒凉山庄》如醉如狂，每天清晨五时即起，奋笔疾书，到中午时分知觉都麻木了。""认真地说，当我撰写一本书的时候，我必定把它放在我的生活的首位，专心致志，决不他顾，这是我从长期写作中悟得的经验。我心甘情愿地放弃交际酬酢的快乐而在创作的苦思冥想中得到满足……还是让被我虚构出来的那些朋友去筵席的上座就座吧。"

狄更斯创造出的人物并非全部是虚构出来的，其中还有相当多的人物是来自于作家的身边人。这在狄更斯以前的小说创作中已经一再得到了证明。《荒凉山庄》中也有这样的人物，哈罗德·斯金博尔即为一例。

狄更斯在塑造哈罗德·斯金博尔时，是以与他关系相当亲近的一个朋友李·亨特为原型的。当然，作品中对他的描写是忠实的，但这种忠实是在对其身上某一方面作了夸大的甚至变形的艺术处理的情况下实现的，因而作家常常在朋友们分辨出自己的形体相貌后遭到尖锐的指责。

李·亨特在狄更斯小说中化成的哈罗德·斯金博尔的确不那么高尚。这是一个善于钻营牟利的利己主义者和享乐主义者。作品中写到斯金博尔的时候，他正以装腔作势的高姿态为他的利己主义行为寻求支持：

> "只有你们这几位好人儿我最羡慕，"斯金博尔先生用一种泛指的口吻对我们（他的新朋友）说，"我羡慕你们那种办事的能力，本来我自己也应该在这方面热心点儿才对。我觉得不必向你们表示什么庸俗的感激。我简直觉得应该由你们来感激我，因为我给了你们一个机会，让你们体会到乐善好施的乐趣。我晓得你们喜欢做这种事情。总而言之，我到这个世界上来，也许为的就是要增加你们的快乐。也许我生来就是你们的恩人，常常给你们一些机会，在我遇到一些小困难的时候给我帮个忙，既然我由于不会办理俗务而带来这样一些好处，那我又有什么可惋惜的呢？因此，我就不惋惜了。"

说出这种话的人如果出现在我们身边，想必我们只有向他挥舞拳头的份儿了。

这位斯金博尔乐于把这种向债主们"施恩"的"善行"多做一些，于是便决不只向一个人借钱——当然，他知道这样做的结果是他再也借不到钱，因而不断转向他可能结交的新相识们，"宁可让乐善好施的行为在新的土壤上开花结果。"

　　李·亨特是在生活上对狄更斯多少有些依赖的朋友。出于过去得到狄更斯对他诸般关照方面的考虑，他对狄更斯在作品中对自己的改造一事应该无需发表更多的看法。但李不能容忍狄更斯把自己都觉得不光彩的行径加以大肆渲染，却没有把他自认为优良的品行写进去，为人们提供一个学习的样板。这种对人某种被外界广泛了解的、需要加以克服的弊病所进行的夸张性描写，会使李·亨特失去创造生活和开辟新生活渠道的机会，这是他不能容忍作家朋友这种举动的主要原因。他找到狄更斯，表示对他这一做法的强烈不满。

　　当狄更斯把李·亨特作为斯金博尔的人物原型时，福斯特就向他发出过警告，不要把离我们太近的人那么尖锐地写进作品。狄更斯接受了福斯特的建议，从而把斯金博尔的多方面表现与李·亨特拉大了距离，而且还先站出来，解释小说中人物和大家可能会猜测到的生活中人物之间本没有什么关系。这种解释使李·亨特更加不满，他摘出作品中对斯金博尔的种种描写作为佐证，迫使狄更斯承认他所写的并非与李·亨特无关。狄更斯只好点头说是，并表示对自己的这种描写感到深深遗憾。

　　但遗憾归遗憾，人物形象该怎样塑造还得怎样塑造。斯金博尔满不在乎地借钱、花钱，而偶尔靠自己的劳动挣点儿钱时的态度也照样是满不在乎的。这一点，同样与生活中的李·亨特惊人地相似。小说里有一段描写，是斯金博尔挣钱后的一席话，但怎么听都像是亨特的腔调：

　　　"霍尔斯吗？亲爱的克莱文小姐，我当初跟他认识，就和我跟他的几位同行认识的情况是一样的。有一回，他态度和蔼、客客气气地干了一件什么事情——我想，大概是叫起诉吧——其结果是要把我关进牢里。当时幸亏有人出面调停，把钱付清了——数目是多少多少钱零四便士；我记不清是多少英镑和多少先令了，可是我知道零数是四个便士，因为我当时很奇怪，我怎么会欠人家四便士——那以后，我就介绍他们两人认识了。那是霍尔斯让我给他介绍，我才这样做的。现在我想起这件事情了，我想，霍尔斯大概是贿赂我了吧？"他发现了这一点以后，便坦然的笑了笑，一边用诧异的眼光看着我们，"他给了我一点钱，说是佣金。大概是一张五英镑的钞票吧？我想起来了，一定是一张五英镑的钞票！"

于是，亨特反复找狄更斯，向他倾诉被作家当众出丑的痛苦，要求狄更斯为他弥补损失。狄更斯在那段时间最怕见的人就是李·亨特，总是一听到跟他相似的声音，就赶紧躲起来。直到 1855 年，亨特请狄更斯到他家里做客，狄更斯答应了。但他提出一个要求，"我希望你不要再对我重提那件不愉快的往事"。

亨特去世后，狄更斯再次在杂志上向他的读者保证说，李·亨特和斯金博尔之间只在两人的举止言谈方面有些相像，除此再无任何关联之处。其实，狄更斯是在抓住亨特人生哲学的实质后将它体现在作品中人物身上的，他在斯金博尔身上注入了亨特的灵魂，这比两人外在言行的相像更加令当事人不堪。但他撒了个谎。狄更斯的善意谎言对死者在天之灵是个安慰，至于细心的读者是否相信，那就另当别论了。

除了李·亨特以外，小说中还有一个人也是以作家的同时代人为原型。这就是沃尔特·萨维奇·兰多。在小说中，他变成了波依桑。狄更斯自认为对他的描写是友好的，但兰多对他的这一番善意并不领情。他在波依桑身上看到了自己的滑稽表现，而这种表现多少还显出了自己的可笑，这使他心里很不高兴。本来，他是带着近于崇拜的感情与狄更斯交往的，没想到这位作家竟把与他知心的朋友不该道与外人的秘密大张旗鼓地写进他的小说，把那些荒唐事毫不留情地展览出来，看来与作家交往是需要相当谨慎的，或者干脆就不与他们有更密切的私人关系。这是兰多总结出的经验教训。果然，二人以后的表面关系虽没有改变，但兰多对狄更斯已没有了从前的亲热。

《荒凉山庄》对伦敦大法官法庭的描写已经成为这部作品的巨大成就之一。对法院内幕的认识和了解还得追溯到二十多年前的经历。1828 年，

狄更斯作博士民事法院的采访记者。当时的博士民事法院经办的都是日后归遗嘱检验法庭受理的案件。"热恋的情人在这里获得他们的结婚许可，变心的夫妇则在这里得到离婚的许可。这里检验、注册人们所立下的关于自己财产的遗嘱，还负责处罚在心急慌忙中对女士们口出不逊的绅士先生。"正是在这里，狄更斯首次看到了英国法律的不合理性和荒谬性，而且从此以后一直关注这个问题。在博士民事法庭期间，狄更斯不仅对法官和律师们的真相有了非常明白详细的认识，而且还发现，证人在作证时，也暴露出本性的虚荣、多变等许多荒唐可笑的地方。像作家后来所说的那样，在博士民事法院当采访记者时，他度过了一生中最有收益的阶段。他一直储备着这些宝贵的资料，结果在许多年以后，将它用在了创作当中。

因为对大法官法庭的描写，狄更斯又招致来自法院的抨击。他的老朋友、前审判长登曼勋爵写了好多篇文章对这部作品进行指责，声称这是对法律的有意侮辱；还有许多学问精深的律师也因为生计受到危害而发表意见和看法，认为这是对事实的可怕歪曲。但无可否认的是，小说问世后不久，大法官法庭的诉讼程序果然进行了改革。

狄更斯一面接受着来自各方面读者的热烈欢迎，一面还得承受着来自各方面的谴责。对这些，他不会感觉太痛苦，他知道，作家在获得荣誉时，也要付出很多代价，其中就有献出自身任他人随意责骂这一项。

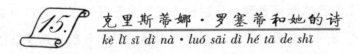

15. 克里斯蒂娜·罗塞蒂和她的诗
kè lǐ sī dì nà · luó sāi dì hé tā de shī

19 世纪中叶，英国的一家贵族客厅里，既做为女主人又兼做主持人的德布斯太太正在家里举行一次很有文化味道的茶会。与会者天南海北聊得兴致正浓，忽然有人提起了诗歌的话题。对诗歌，大家都很敏感。如同会弹钢琴就等于迈进艺术殿堂一样，懂得诗歌就意味着文化品位的层次。于是，大家的热情一下子高涨起来，纷纷争先恐后地充当诗歌批评家，甚至有人把事先准备好的大诗人的名篇佳作拿出来吟诵高歌。

就在这时，坐在角落里的一位中年妇女站了起来。她个头不高，长得娇小瘦弱，穿着一件黑色的衣服。当她向人群中央走过去时，大家这才注意到她的存在。她径直走到房间的中央，神色庄严地说："我是克里斯蒂娜·罗塞蒂！"说完，她就回到了自己的座位上。

谁是克里斯蒂娜·罗塞蒂？恐怕当时在场的人知道的并不多，但今天热爱诗歌的读者能告诉我们，克里斯蒂娜·罗塞蒂是英国19世纪一位非常了不起的女诗人，她的诗作得到后世的高度评价。

克里斯蒂娜是意大利人，父亲加布里埃尔·罗塞蒂是位爱国志士，也是诗人、作家，在19世纪30年代流亡到英国伦敦，以教意大利文维持生计。克里斯蒂娜继承了父亲的文学天赋，很早就表现出对创作的热爱。她立志要当一名诗人，而且自信所写出的诗都是优秀之作。当她长大成人后，她果然致力于诗歌创作，但她的诗是否成为优秀之作，却需要读诗人的眼力和艺术水准。许多年来，人们看不到她诗歌的美和威力，常常将她的好诗弃置不顾，被印成铅字的不过是她的二流诗作。今天人们所读到的她全集中的上品，当年都毫无例外的被编辑们作为退稿处理了。

但那时的确有慧眼辨认出了克里斯蒂娜的价值。他们夸赞这位女诗人的诗富有独到性，但他们夸赞的角度是何等的不同！史文朋读了克里斯蒂娜的诗，兴奋地说："我一直认为，在整个诗歌领域中还没有人写出过这样辉煌的作品。"接着，他又对这些辉煌作品中的一首名为《新年颂歌》品评道：

> 这好像是蘸着火焰，沐浴着阳光，按照海洋起伏的天籁而写下的诗句，她那音韵和节奏非人间管弦所能奏出，乃是天上静穆而嘹亮的潮音的回响。

另一位品评者是圣茨伯里教授，素以学识渊博著称。他对克里斯蒂娜的一首名为《鬼市》的诗加以细细品读后评论道：

> 主要一篇诗歌《鬼市》的格律可以说是加倍打油诗化了的斯

刻尔顿（英国乔叟之后的一位诗人）诗体，同时杂采斯宾塞以降各家诗体的节奏，用以取代乔叟仿作者的那种生硬呆板的调子。在这首诗里，还可以看出一种想要对诗行进行变化的企图，而其表现不一，或者采用流行于 17 世纪末 18 世纪初的品达罗斯式的不规则押韵体，或者采用赛尔斯和阿诺德先生前后使用过的无韵体。

还有一位英国文学评论家瓦尔特·罗莱爵士也抢着发表了他的见解：

> 我认为她是目前在世的最佳诗人。……糟糕的是，愈是纯粹的诗就愈不好评论，正如你无法对于完全纯粹的水的成分加以评论一样——对于那种掺了假，变了质、掺了沙子的诗，倒可以大讲特讲。读了克里斯蒂娜的诗，我要做的唯一一件事是想哭泣，而不是评论。克里斯蒂娜倒不在乎人们对她的诗发表哪些不同的看法，她完全按照自己的心性写她的诗。那么，她也就告诉了我们读诗的真义：不在乎别人怎么去评价诗作，要看自己从诗中感悟到了什么。当然，评论者尽可以从历史、文学、技巧等诸角度去品评论证，那是他们的事，唯有感受诗作才是我们自己的事。

克里斯蒂娜有两次险些进入婚姻殿堂，但都因为宗教信仰问题而远离了婚姻。

当年，青年画家詹姆斯·柯林森爱上了她，她也对这个年轻人产生了爱情。但柯林森是个罗马天主教徒。只因为宗教信仰的不同，克里斯蒂娜便狠心地将这份感情压在心底。柯林森出于对爱情的执著抛弃了原有的宗教而改信英国国教。眼见得一朵久遭寒霜的爱情之花即将怒放，不想柯林森最终还是没有抵御得了对原有宗教的那份痴心，摇摆一阵后又退回到罗马天主教。在克里斯蒂娜的人生天平上，最重的砝码就是宗教，她痛苦而又果决地将这朵能盛开爱情之花的幼苗拔掉了。

伤痛的情感使克里斯蒂娜多少年来不敢言爱。直到一个"书痴"在她的生活中出现，她封冻多年的感情之湖才重泛涟漪。

查尔斯·凯莱是个看上去懒懒散散的青年，神情中透出一副心不在焉的态度。由于他整日沉迷于书的世界，不注意自己的形象和外表，所以穿着上随便到不修边幅的地步。这后一点倒是跟克里斯蒂娜一家人的生活习性不谋而合，他们不同于传统的英国人，从不讲究衣着服饰。

虽然据说是"没有哪一个女人像她那样深地爱着这个男人"，但克里斯蒂娜最终还是毫不容情地斩断了她的情丝。原因还是出在宗教上。查尔斯·凯莱是个自由思想者，他的思想不受任何东西的控制，所以做事也非常随意，竟至于使得许多人无法接受。比如，他在宴会上会向时髦女士们提出"对于墨西哥湾流是否感兴趣"这类的问题；而他送给克里斯蒂娜的礼物则是一只用酒精浸泡着的海鼠！而且，克里斯蒂娜不能容忍他随心所欲地解释福音书。总之，查尔斯·凯莱在宗教这绝对的标准前遭到女诗人的淘汰。

在克里斯蒂娜的心中，还有一个始终不能被改变的东西，那就是对天真、美好的事物的爱，其中还包括对未染尘俗的自然之美的发现、对憨态可掬的小动物的喜爱。这些，都成为她诗歌创作的重要内容。在她的诗中，能听见动物走路时发出的吧嗒吧嗒的声音、白嘴鸦怪声怪气的喉音、以及那些笨头笨脑的动物们发出的各种声音，诗中还出现孩子们跑跳说闹的声音。在她的诗篇中，有些诗句是牢牢地熔铸在一起的，没有什么力量能把它们拆开，如：

> 带给我罂粟花——充满着催人长眠的汁浆，
> 还有那常春藤——它的花环缠得人窒息而亡，
> 再给我樱草花——在黑夜里向着月亮开放。

在她的诗中，人们会发现一个独特的自然界，在那里，我们看到了灯芯草怎样长着"天鹅绒一般的冠顶"，蜥蜴的身上又如何长着"奇妙的、金属似的盔甲"；在那里，世界也变得如"那芳香的天竺葵似的变化万千的明丽"。

想当年，克里斯蒂娜鼓足了勇气走出人群大声宣布："我是克里斯蒂娜·罗塞蒂！"那时，她的诗作用绿色的封皮包裹着来到这个世界还没有多久，读者们还不熟悉这些诗篇的作者的大名。她的宣告之声留在了历史这架巨大的留声机上，她的诗就是按钮，只要打开它，任何时代的人都能清晰地听到她当年发出的声音，然后意味深长地说："这就是克里斯蒂娜·罗塞蒂！"

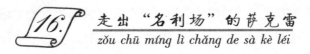

16. 走出"名利场"的萨克雷
zǒu chū míng lì chǎng de sà kè léi

19世纪30年代，欧洲最先进的工业国英国首先从浪漫主义中解放出来，走上了一条现实主义的道路。在这一派的作家当中，萨克雷和狄更斯是同时代的两个齐名的作家。不过，两个人走的道路却并不相同，萨克雷主要写的是上流社会人的丑恶和上流社会的黑暗面，而狄更斯则侧重写贫苦人（小市民）的生活痛苦。

萨克雷像

萨克雷，1811年出生在印度，他的父亲是东印度公司的一名收税员，他是家里的独生子。当萨克雷四岁时，他的父亲不幸因病去世。父亲的去世并没有使萨克雷的生活跌入低谷，因为他从父亲那儿得到了一笔不小的遗产，总共有一万七千英镑。萨克雷六岁时，到了上学的年龄，他的家人把他带回英国。在那里，萨克雷先后进了几个专门为世家子弟开设的学校。但是，这些学校里的教育方式并不符合他的胃口。中学时，他只爱读与文学有关的课外书籍；而到了大学，他更是不顾剑桥大学历来注重算学的校风和别人异样的眼光，酷爱涉猎算学家瞧不起的文学和学院里瞧不起的现代文学。由于萨克雷对于大学生活的厌倦，他没拿到学位就到德国游学去了，不久之后又回到英国伦敦学习法律。可是他对枯燥的法律感到非常厌恶，根本学不进去，所以事实上只是挂名学法律，整天东游西荡，混迹于伦敦的大街小巷，把伦敦的各种生活摸得很熟。面对这种无所事事的生活，萨克雷自己也觉得浪费生命，他不止一次地责备自己的懒散奢侈，他曾懊悔地说过：回首过去，没有一天不是虚度的。

1833 年冬，一次意外改写了萨克雷的生命轨迹。他存款的银行突然间宣布倒闭，他的财产几乎一扫而光，只剩下每年一百英镑的收入。此时的萨克雷虽然不至于一贫如洗，但是，他的日常生活立刻陷入了困境。面对着这突如其来的打击，萨克雷并没有像一般人那样哭天抢地，觉得活不下去了，相反，他很快从焦虑和懒散中振奋起来，认为生活上的困顿也未始不是一件好事，因为这可以替他解除原来社会地位所给予他的拘束。因为在当时的社会，像他这样出身于富裕家庭并且受过高等教育的人是要走世俗所规定的道路的，否则就会有失身份和体面。如果他还是一个腰缠万贯的富豪，社会允许他选择的职业不外乎律师、法官、医生、教士、军官这几种工作。在当时的社会，文人和艺术家的行当是上流社会所瞧不起的低等行业，像萨克雷这样有身份的人是万万不能从事的。不过，当萨克雷破产后情况就大不相同了，他已经不再是上流社会中的一员，他失掉了闲适生活的保障，不得不为生活而奔波。当陷入困顿的萨克雷正不知该走哪一条路时，他想到了自己一直倾心的艺术创作。可以说，跳出了有钱有闲的上流社会生活，他终于可以不必再担心他人的风言风语而名正言顺地放下绅士的架子当一名艺术家了。所以他在当时给母亲的一封信上甚至怀着喜悦说："我应该感谢上天使我贫穷，因为我有钱时远不会像现在这般快乐"。此后，萨克雷走上了艺术创作的道路。

因为他从小喜欢绘画，所以他决定先到世界艺术家之都——巴黎学习绘画。在巴黎的时候，他并不擅长画正经的油画，而只擅长夸张滑稽的素描，但当时这种画没有多少销路。一年以后，萨克雷觉得学画没有希望，就半途而废了。他转而作了巴黎一家名叫《立宪报》的通讯记者。1836年，他的感情生活泛起了波澜，他结识了一个爱尔兰陆军上校的孤女伊莎贝拉·萧。他们彼此倾心，坠入爱河。经过一段时间的交往，他们发现对方就是自己梦想的终身伴侣，于是一对有情人很快就结婚了。伊莎贝拉的性格温顺，我们可以在萨克雷后来的小说《名利场》中爱米丽亚的身上找到她的影子。萨克雷婚后不久，《立宪报》就停刊了，他不得不回到英国。在那里，他靠为杂志和报刊写稿为生。由于没有稳定的收入，他的生活状况非常贫困。但是，让萨克雷感到高兴的是他的家庭生活十分愉快。伊莎贝拉是一个性情温柔贤惠的好妻子，她常常在萨克雷失意的时候鼓励他、支持他。然而不幸的是，伊莎贝拉不幸在婚后第四年因产后神经失调而变得疯疯癫癫，不久之后就去世了。这对萨克雷的打击非常大，可以说失去相濡以沫的爱妻是他胸口永远难以平复的伤痛。不过，生性坚强的萨克雷还是站了起来，他决定把自己的爱奉献给他所热爱的文学创作事业，但是，他也知道这是一条充满荆棘的路。

当时，英国全社会对小说的看法很像旧日中国人对它的看法，人们认为小说是供人消遣娱乐的"闲书"，并没有其他正经的用途。萨克雷因为社会上的这种看法而感到苦恼。有一次，他看见了一个下戏之后的小丑又腻烦又忧闷的样子，深有同感，他认为自己所从事的娱乐公众的行业就像那个小丑一样，也是辛辛苦苦地逗观众嬉笑来谋取生活必需的衣食。但是，萨克雷的伟大之处就在于他能认识到文学作品作为生存工具之上的价值。正像他自己形容的小丑一样："那个滑稽假面具所罩盖的，即使不是一幅愁苦之相，也总是一个严肃的脸"。可见，他虽然自比小丑，但觉得自己在逗人发笑之外另有责任。他认为"在咧着大嘴嬉笑的时候，还得揭露真实。总不要忘记：玩笑虽好，真实更好，仁爱尤其好"。他把自己这类幽默作家称为"讽刺的道德家"，认为描写真实就"少不得要暴露许多不愉快的事实"，尽管那是"不愉快的"，可是还得据实描写，因为作家的责任不仅应是娱乐读者，还应该教诲读者，应该把真实、公正和仁爱牢记在心，作为自己职业的目标。也就是说，小说家不仅要逗人发笑，而且要达到讥讽丑恶、暴露丑恶的目的。

可以说，萨克雷在他的一生的创作生涯中也确实实践了他的观点。当时，上流社会的一切生活都令他感到窒息，那里有满身铜臭的大老板，有投机发财而破产的股票商，有吸食殖民地膏血而养得肥肥胖胖的寄生虫，他们或是骄横自满，或是贪纵懒惰，并且都趋炎附势，利益受损就翻脸无情，忘恩负义。那些小贵族地主为了争夺家产，骨肉竟变成仇人，勾心斗角、倾轧争夺。那些败落的世家子弟往往把富商家的纨绔子弟作为财源，变着法地想从他们身上骗钱。那些小有资产的房东、店主等往往由侵蚀贵族或富商起家，而往往也被剥削得倾家荡产。在萨克雷看来，资本主义社会就是一个弱肉强食、没有道义、没有情分的世界，所谓"人不为己，天诛地灭"就是它的真实写照。这些丑恶现象和对社会的责任感驱使他去写一部反映上流社会真实生活的小说，所以就有了现在流传于世的小说《名利场》。

《名利场》电影剧照

在这部小说中，萨克雷对上流社会的丑恶现象给予了毫不留情地揭露，它揭开了资本主义社会五光十色的繁荣外表，具体展现了像资产阶级人物老奥斯本、宫廷贵族斯丹恩勋爵、乡间贵族毕脱·克劳莱男爵、殖民地收税官乔斯、纨绔子弟乔治·奥斯本、得夫托将军和女骗子利蓓卡……各式各样的人是怎样不择手段地追求浮名浮利的种种丑态。正如萨克雷所说的那样，书中描写的"全是死亡、争吵、金钱和病痛"。《名利场》让人

们看到资本主义社会的本质———一个唯利是图、巧取豪夺的欺骗世界。

《名利场》中所描写的社会正像 17 世纪英国作家约翰·班扬在《天路历程》里描写的"名利市场"一样，市场上所出卖的是世俗的名、利、权位和各种享乐，傻瓜和混蛋都在市场上欺骗争夺。当时，萨克雷挖空心思要为这部小说找个适当的题目。一天晚上，他偶尔想到班扬书里的名称，快活得跳下床来在屋里走了三圈，嘴里不停地念叨着"名利场，名利场……"，因为这个名词正概括了他所描摹的社会。

1847 年，小说《名利场》在《笨拙杂志》上发表。它最终确定了萨克雷在英国文学史上的地位，大家公认他是个伟大的小说天才，并把他称为 19 世纪的菲尔丁。他的作品从此有了稳定的市场，他的生活也渐趋富裕。但他觉得生活还是没有保障，所以就一部接一部地写作，除了《名利场》之外，他较为出名的作品还有小说《亨利·埃斯孟德》和《纽康氏家传》；散文《势利人的脸谱》和《转弯抹角的随笔》；批评集《英国幽默作家》；诗集《歌谣集》，这里需要提到的是，萨克雷的诗歌也很有特色，作品风格轻快活泼、富于风趣，而且还带些惆怅的情调。萨克雷的画也别具风格，《名利场》的插图就是他自己的手笔，可惜刻版时走了神韵。

现在让我们假设一下，如果当时的萨克雷没有破产，那么也许世界上只会多一个碌碌无为的律师而少了一位伟大的文学家，这将是一件多么令人遗憾的事啊！由此可见上帝是聪明的，他不会放过任何一个伟大的天才。

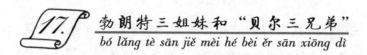

17. 勃朗特三姐妹和"贝尔三兄弟"
bó lǎng tè sān jiě mèi hé bèi ěr sān xiōng dì

1846 年，英国伦敦。派特诺斯特街的两位出版商艾洛特先生和琼斯先生出版了一本作者署名为柯勒·贝尔、艾利斯·贝尔和阿克顿·贝尔的诗集。诗集没有产生什么影响，也没有什么人有兴趣对诗集给予更多的关注，直到这三个名字再次出现在三本不同的小说作品上，并引起广泛的反响，人们才想起那本有他们署名的诗集。

这三位诗作者是三位同胞姐妹，生活在英国偏远的乡村。今天的读者当然都非常熟悉她们的真实名字：夏洛蒂·勃朗特（1816—1855）、艾米莉·勃朗特（1818—1848）和安妮·勃朗特（1820—1849）。可是，当年她们遥望着高高的文坛并下定决心朝着那个目标前进时，在泥泞中跋涉的脚步有多么艰难！

三姐妹的父亲勃朗特先生是约克郡的一位副牧师，原来也曾在文学方面表现出一定的天赋，并在年轻时出版过几部文学作品。可是，暗淡的岁月和过多的生活挫折（妻子早逝，给他撇下了年幼的五女一子）使他丧失了文学趣味，此后他基本上断绝了与文学的缘分。勃朗特先生根本没想到，他的女儿不仅继承了他的文学天份，而且在这方面的表现已远远超出当年他的水平。

她们的家在约克郡的哈沃斯，那是一片生满了灌木的荒原。那里的生活缺乏都市的喧闹和各种各样的情调，夏日的石楠和冬日的白雪都能给她们的生活平添几丝新意。她们的性情趋向于安静，不喜欢与外界过多地接触，因而更增加了生活的封闭性。由于姐妹们的日常安排除了针织缝纫以外便是读书，所以为了使了无生趣的时光具有色彩，她们开始尝试进行文学创作。

最初，她们和家中唯一的男孩、在文学才能上远在她们之上的勃兰威尔一起创办一份小杂志，编写《岛民故事集》，她们在上面发表自己得意的作品，那时，最大的夏洛蒂只有十三四岁。就是在自己开垦的创作园地上，她们的文学之花悄然盛开了。

姐妹们的文学才能渐渐显露出来了，但周围人一点也不了解这些。只有一位邻居在从事文具生意时，发现三姐妹经常到他的店里购买大量的书写纸。店主感到很奇怪，于是他想到了她们可能是给杂志投稿。但这也不过是随便猜猜而已，没有人对之过多地加以关心，甚至勃朗特先生对女儿们写作之事都不甚了然。

安妮曾试着把诗稿投给《商会杂志》，想不到竟然很顺利地发表了。

这不仅对她本人是个极大的鼓舞，而且对两位姐姐也起到了激励的作用。但艾米莉一直没向她的姐妹透露她创作的情况。

安妮·勃朗特

有一天，夏洛蒂偶然看到艾米莉忘记藏起来的一本诗歌手稿，她禁不住读了起来。"我知道她会写诗而且确实在写诗，所以我当然不感到吃惊。我看了一遍，感到的不只是惊奇——更感到一种深深的信念，相信这不是普通的抒发感情，也根本不像女士们一般写的诗。我觉得这些诗精炼、简洁、遒劲、真诚。在我听来，还具有一种独特的音乐感，狂放、忧郁、振奋人心。我妹妹艾米莉并不是个性格外向的人，而且，即使是同她最亲近的人，如果不经她同意闯入她的心灵和感情的深处，也一定会受到惩罚。我发现了她的诗，花了好几个小时才使她同我言归于好，又花了好几天功夫才说服她，使她相信这样的诗值得出版。……在这期间，我的小妹妹安妮悄悄地拿出几首她自己的作品，说艾米莉的诗叫我看了高兴，也许我会喜欢看看她的诗。……我们早年就梦想有朝一日成为作家。……我们一致同意从我们的诗中选出一些，编成一个小小的选集，如果可能的话，还要出版。……"

夏洛蒂向妹妹们提出三人合作出版一部诗集的打算。小妹安妮表示赞同，但艾米莉却强烈反对，因为她从来也没发表过独创的诗作，没想到过她的诗还值得出版。她的确写了很多诗，而且都来自于她的心灵深处，她的喜怒哀乐、她的幻想、她的追求，都化作了诗行。不过，她是不愿意让人们知道她创作了这些东西的。

夏洛蒂决意说服艾米莉，她提出以笔名代替真名的想法，立即得到两个妹妹的赞同。艾米莉的顾虑被打消了。经过几次商讨，最后她们决定保留自己名字的第一个字母，选择了柯勒、艾利斯和阿克顿·贝尔作为她们的笔名。夏洛蒂后来解释了选择这样笔名的理由：“选择这种模棱两可的名字是因为自己觉得有顾虑，不敢用肯定是男人的名字。可我们又不想告诉人家我们是女人，因为——当时没有想到我们的写作方式和思想方式并不是人们所说的女性化的——我们有个模模糊糊的印象：人们会怀着偏见来看待女作家……”

　　夏洛蒂给爱丁堡的钱伯斯先生写信求教如何能顺利出版她们的诗集，对方给她回了一封近似公文的信件，但给她出了很好的主意。她就按照钱伯斯先生的说法去做，向帕特诺斯特街的艾洛特和琼斯提出申请。1846 年1 月，她给出版商写信询问，如果是由作者自付印费，可否接受出版一本八开本的诗集。对方的回应很爽快，这使勃朗特姐妹感到非常兴奋。为了准备出书，夏洛蒂专门买了一本关于图书出版方面的技术手册，开始研究，然后她给两位出版商写信，告诉他们用“十点的活字”来排印诗集，并给他们寄去了出书的费用：三十一英镑十先令。

三姐妹故居

　　通信过程中，夏洛蒂一直被对方称为“夏·勃朗特先生”，夏洛蒂写信给艾洛特公司说，她希望对方寄信给她时用她的真实称呼"勃朗特小姐"，为免去对方的猜疑，她暗示说她不是为自己联系，而是作为几位真正作者的代理人与他们交往。在一封信中她提出应该给那些当时在英国较有权威的报刊或杂志寄去即将出版的诗集的广告稿，但艾洛特先生建议她再增加几家杂志时，夏洛蒂婉言拒绝。她认为，目前在她最初提出的报刊上登广告就足够了，她只打算在广告上花两英镑，不打算多花了，因为"一部作品的成功更多是靠期刊的评论，而不是靠广告的数量。""如果诗集得到好评，我打算多花些钱登广告。另一方面，如果这些诗不被注意或者受到攻击，我想即使登广告也毫无用处，因为无论书名还是作者的名字，都没有什么东西能吸引哪一个人的注意。"

大概在1846年的5月底，这本诗集问世了。可是，外界评论对它的反映过于冷淡，这是几位作者根本没有想到的。只是在7月4日，在《雅典尼恩》的《大众诗歌》栏下登了一篇评论柯·埃和阿·贝尔的诗歌的短文。评论者称他们为三兄弟，对其中的艾利斯评价最高，说他是"一个杰出而古怪的人"，他的"翅膀显然很有力量，能够达到迄今为止这儿没有人达到过的高度"，还说他的诗歌"给人一种具有独创性的印象，超过了他在这几卷中做的贡献所体现的水平"。

尽管只有寥寥几行的评论，但姐妹们仍怀着极大的热情研读它，并试图从字里行间找到对她们才能的哪怕是含糊的指导，但除了看到对艾米莉诗歌的赞誉外，她们没有发现更多的东西。

诗集售出情况也很不乐观。7月里，夏洛蒂与艾洛特先生几次通信，核心的问题就是谈诗集出售和当时评论的情况。在一封信中，她问道："因为你们没有写信来，我想大概是还没有其他评论发表，这部作品的需要量也没有增加。可否请你们赐告是否又售出一本或几本了？"出版商始终没有给她们欢欣鼓舞的消息。

一年后，夏洛蒂提到诗集时，不无伤感地承认它是一本滞销书，"没人需要它，也没人注意它。在一年之中我们的出版商只处理了两本，而且，花费了多大的力气才卖出这两本书，那只有他自己知道了。"

过了几年，当艾米莉和安妮去世后，在给两个妹妹的小说作传记性评论中，夏洛蒂不禁又提起了当年她们诗集出版时的情况：

书出版了，几乎无人注意，唯一值得引起人们注意的是艾利斯·贝尔的诗。

我过去和现在对这些诗歌的价值都抱有坚定的信念，这信念确实还没有被多少好评所证实；然而，我还是必须把这信念继续保持下去。

即便在诗集出版的当时，三姐妹也没有被她们诗歌遭到如此冷淡击倒。她们早就在创作新作了。其实，夏洛蒂当初与她们诗集的出版者曾商讨过是否可以出资为她们出版小说的事宜，但遭到对方非常坦白的回拒。不过，这没有打消她们的创作热情。一年之后，三位贝尔的名字又出现在三部小说上，作品受到了整个社会不同程度的关注，"贝尔三兄弟"也引发了人们各种各样的猜测。诗集的问世不过是个征兆，它预示着三颗年轻而美丽的文学新星正在哈沃斯悄悄地却无可阻挡地升起来了。

18.《简·爱》：夏洛蒂的回忆和梦想
jiǎn · ài: xià luò dì de huí yì hé mèng xiǎng

《简·爱》中的许多情节是夏洛蒂个人生活的再现，写作中，作家倾注了极大的感情，因而读者很快就被作品流溢出的强烈情绪引进作品之中。

简·爱是个孤儿，小时候寄养在舅母里德太太的家中，受到舅母和其家人的蔑视和欺侮。后来，这个孤苦的孩子被送到一个名叫劳渥德的寄宿学校学习。夏洛蒂是这样用第一人称描写劳渥德的可怕生活的："我在劳渥德的第一个季度似乎有一个时代那么长。……我们的衣服太单薄，抵不住严寒，我们没有靴子，雪钻进了我们的鞋子，在鞋里融化了；我们没戴手套的双手冻麻了，冻疮累累，跟我们的双脚一样。……食物供应不足也是令人苦恼的，我们这些正在发育的孩子们的食欲是很强的，可是我们的食物几乎不够养活一个虚弱的病人。营养不良造成不良风气，这就害苦了

夏洛蒂·勃朗特像

年纪小一点的学生，大姑娘们饿坏了，有机会就用哄骗或者是威吓，要小姑娘把自己的口粮拿出来。有好几次，我在吃点心的时候，把那一小口珍贵的黑面包分给两个向我要的人，还把我那杯咖啡分一半给第三者，然后，我咽下剩下的一半，同时也咽下了饿极了而偷偷掉下的眼泪。……"

夏洛蒂写下了一个年仅八岁却心思明敏的女孩对寄宿学校噩梦般的回忆。那里，那个穿着黑色长袍的牧师，不断用停尸床、地狱的黑暗、鞭打来恐吓、教训孩子们；他对孩子们要求十分严格，对一些细小的事情十分在意，甚至亲自挑选织针、检查挂在外面的袜子上的毛病，但他竟没有注意到孩子们因为处在物质上饥寒交迫、精神上痛苦的境地，已经个个羸弱不堪了。

对劳渥德寄宿学校的恶劣条件的详细描写，都来自夏洛蒂少年时代在柯文桥的经历。当地的人们读到这一段时，立刻辨认出了劳渥德正是柯文桥的艺术再现。当盖斯凯尔夫人在《夏洛蒂·勃朗特传》中提到这些情况时，当时柯文桥寄宿学校的校长威尔逊的后人们感到不满，他们用非常严厉的语气宣称盖斯凯尔夫人所叙述的关于夏洛蒂在柯文桥的遭遇均属诽谤。但一系列的事情都可证明，夏洛蒂所描写的柯文桥的境况是再真实不过了。在柯文桥学校保留下来的学校登记表中可以看到，学校第一年入校学生有七十七人，但第二年底就有二十八人被除名。这些被除名的学生有一个死在学校，有七个离校后死在家中，其他二十个只记录为"离校"，没有原因。可以想见，这样大批的孩子在学校得上致命的病症，对家长们会产生多么恐怖的影响，谁还会把孩子安心地放在那样的学校里呢？因此，势必出现柯文桥学校学生大量流失的现象。

夏洛蒂无法忘怀自己和其他几个姐妹在这里的可怕生活。她把这种凄惨的回忆写进《简·爱》，是要使人们认识到深深刺伤幼小孩子心灵的寄宿学校恶劣的管理和强制性的纪律。学校保留的计划书记录着柯文桥学校的教师配置情况。其中有一个叫芬奇小姐的教师，专门负责唱歌、惩罚，在那里，惩罚已经被当做一项专门的课业了，这对孩子们来说有多么可怕就可想而知了。

简·爱在劳渥德生活那一段中，有一个女孩儿叫海伦·彭斯，柔弱善良却备受虐待。夏洛蒂以其刻画人物性格的神来之笔，通过海伦·彭斯惟妙惟肖的再现了长姊玛丽亚·勃朗特的形象，而小说中的"史凯契尔德小姐"的行为态度无论从哪个方面看都显然是那位负责惩罚"工作"的芬奇小姐。

夏洛蒂永远无法忘记芬奇小姐是怎样折磨可怜的玛丽亚的，哪怕是为了释放多年以来积郁在心中的那股悲愤之情，她也要通过海伦受苦的场面把玛丽亚的痛苦遭际表现出来。当时玛丽亚的遭遇实际上也跟小说中的描写没有任何区别。

玛丽亚的宿舍紧挨着芬奇小姐的小卧室，而她的床又和芬奇小姐卧室的那道门最近。一天早晨，玛丽亚病得很重，肋部涂上了发疱药。当起床的钟声响起时，她十分痛苦地向同伴们说，她太不舒服了，还想在床上躺一会儿。可是，她害怕芬奇小姐，不敢在床上继续躺下去，只好浑身发抖地爬起来。正当她艰难地把黑色羊毛长袜慢慢拉上细瘦雪白的腿上时，芬奇小姐从她的房间走出来。她看见了正在穿袜子的玛丽亚，不由分说便抓住她涂着发疱药那边的胳膊使劲一推，把那十岁的瘦弱女孩儿一下子推到了房间的中央，同时还责骂她养成了肮脏邋遢的坏习惯，然后要求她站在那里，根本不管可怜的孩子有什么反应就走开了。其他孩子们都对芬奇小姐的做法愤怒了，玛丽亚除了求那些孩子不要生气，几乎没有说别的话。她用哆嗦、缓慢的脚步停停走走，好不容易挨到了楼下，结果因为迟到受

到了更严厉的惩罚。

这种屈辱在玛丽亚的心里造成多么大的伤害，人们已经无从得知了，因为此事过后不到半年，这个本来就疾病缠身的小姑娘便匆匆告别了人世。但它在夏洛蒂的心里留下多么深刻的印记，却可通过《简·爱》得到证明。在真实的描绘中，夏洛蒂对并非只在一个郡里才有的慈善事业进行一次有的放矢的鞭笞，它所产生的作用当然也决非只停留在表达一个小姑娘对姐姐悲惨遭际的回忆和愤怒上。

简·爱再也无法忍受寄宿学校牢狱般的生活，决定离开那里寻找做家庭教师的工作。这个已长大成人的姑娘将怎样面对眼前的世界呢？在设计简·爱的形象时，夏洛蒂跟两个妹妹产生了分歧。艾米莉和安妮当时也正在创作小说，她们笔下的女主人公都是容貌出众的人物，在她们看来，不把女主人公写成美丽的人，就无法赢得读者的喜爱。但夏洛蒂不这样认为："我要向你们证明你们错了；我要写一个女主角给你们看，她和我同样貌不惊人，身材矮小，而她却要和你们所写的任何一个女主角同样能引起读者的兴趣。"于是，她就写了这个在外表上毫无吸引人之处的简·爱的形象，来向公认的标准挑战。

很多人把《简·爱》看成是女作家的自传。的确，小说的女主人公和夏洛蒂一样靠做家庭女教师的工作谋生，夏洛蒂也是个貌不出众的人，这些都使人们自然把二者联系起来。而且，简得到传教士圣约翰求婚的情节也来自夏洛蒂的个人生活。真实的"圣约翰"是夏洛蒂的好友艾伦的哥哥亨利·纳西。他向夏洛蒂求婚，并不是出于强烈的爱情。他在日记中为自己结婚后的生活作了种种打算，但夏洛蒂并不占据主要地位，"上星期二，我收到了 M·A·L 的父亲的决定性答复，这是一个损失，但我坚信：这是天意。……上帝最知道什么对我们、对他的教堂、对他的光荣有意。给约克郡的朋友夏洛蒂·勃朗特写封信吧。"

夏洛蒂收到亨利的求婚信后，很明确地感到自己是个"爱情至上主义者"，而她对亨利还没有产生难以割舍的爱，因而，她在给亨利的回信中写道："你对我不了解，我不是你所想象的那种严肃、庄重、头脑冷静的人。你会认为我是浪漫又偏执，你会说我爱讽刺、太严峻了。"在给艾伦的信中，她更是直截了当说明二人之间不合适的原因："我意识到亨利他对我的了解甚少，他甚至于几乎不知道给谁写信。为什么呢？如果他看到我在家中不加做作的性格，他会感到惊讶的，他真会认为我是一个粗野、浪漫的狂热分子。我不能整天在我丈夫面前板着一副严峻的面孔。我要哈哈大笑讽刺人，我想到什么就会说什么。如果他是聪明人，而且爱我，那么整个世界放在天平上来称和他最小的愿望一样

《简·爱》电影海报

是微不足道的。明知我的思想是这般状况，难道我还能自觉地嫁给像亨利这样严肃沉静的年轻人吗？"

夏洛蒂的心中确曾产生过深切的爱，这份爱最初是那么朦胧却那么顽强地在她心底生成。布鲁塞尔永远是她心中无法言说的痛，因为那里有一位她渴望见到其形、渴望听到其声的艾热先生。然而，要实现它恐怕是十分艰难了。当她在《简·爱》中写到女主人公经历各种难以克服的困难、最终与她所爱的罗切斯特先生结为伉俪时，是不是把自己的梦想付诸文学，使之得以实现了呢？

尽管夏洛蒂在谈到小说中的简·爱时说过："但她不是我，仅此而已"，许多人还是根据作品内容和作家自称的"自传"认定这是那位署名为柯勒·贝尔的女作家个人生活的生动写照。然而，它的意义远比自传大得多。小说一问世，法国评论家欧仁·福萨德就在他的《〈简·爱〉，一部自传》中高度赞誉了它所具有的普遍意义："……这是一个沉静而严肃的故事，它描写了英国妇女一个人数众多而值得注意的阶层中的人，把她们

那可怜的依附地位写活了。……这些英国妇女当中，我们常发现一种由她们的境况造成的内心冲突，一种不幸的宿命感；那些缺衣少食的中产阶级痛苦地感到这一点，而其根源乃是出身、教育和财产的悬殊造成的失调。我们这位作家正是从这个阶层里选出了一个人作他的女主人公。……"当小说在广大读者中获得认可时，简·爱的幸福就已经不是夏洛蒂个人理想的一种寄托，而是千千万万出身寒微却同样渴望幸福的女性的愿望的一种表达了。于是，简·爱的幸福追求就成了无数普通女性的一种梦想。

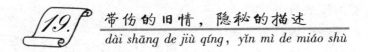

19. 带伤的旧情，隐秘的描述
dài shāng de jiù qíng, yǐn mì de miáo shù

当夏洛蒂的小说《维莱特》于1853年问世后，马上就有敏感的评论者用肯定的语气说："维莱特就是布鲁塞尔。"这种定性的评论显然来自小说中那些情感无法掩饰的透露给读者的信息。

布鲁塞尔的生活在夏洛蒂的记忆中是永远也无法抹去的。她为这段生活献出了热情，也为之蒙受了许多痛苦。

在《维莱特》中，这种痛苦的情愫在女主人公露西·斯诺身上弥散着。这个普通得不能再普通的家庭女教师没有也不可能有浪漫的爱情史——不知是什么人形成的这种观念，似乎爱情与美丽才是同胞——，她长得不好看、贫穷、遭人冷落。但她同任何一个年轻姑娘一样渴望爱神的降临与垂青，这使她感受到了被上帝所照拂的女性们不曾品尝过的苦痛。这种苦痛像空气一样散布在她生活的每个角落和每一天，并穿透字行直入读者的心灵，牵动起隐在每个人情感深处的抑郁和失败感：

"我的心几乎已在体内死去。9月的日子是那么漫长！那么没有生命的气息！凄凉的屋子是那么大，又那么空荡！荒芜的花园是那么阴沉——随着城市夏日的消失，布满尘土的花园一片灰色。眼看那八个星期即将开始，我真不知道我怎样才能活到第八个周末。"

在"漫长的假日"一章中，露西·斯诺在发高烧的幻觉和孤寂的痛苦中，独自一人走出空无一人的校舍，伴着黄昏的阴影信步走向教堂，在一间忏悔室里找到神父，跪下来向他表白了内心的痛苦。"我迫切希望能得到的是听到一句宽慰的话，我几个星期以来生活十分孤独，我生过病，我思想上有苦恼的压力，我几乎再也不能承受它的负荷了。"

这些痛彻骨髓的感受决非一个伟大小说家的凭空臆想。真正伟大的、能在灵魂上震动读者的作品都来自作家生命的深处，是作家真诚心灵的外化。露西·斯诺的际遇无疑来自夏洛蒂。

布鲁塞尔，这个名字起初在夏洛蒂头脑中出现，除了具有地域色彩以外，恐怕引不起她的任何感觉。可是，当她在那里生活了一段时间后，布鲁塞尔在她心中成了一片生长着玫瑰的园地——既让人渴望摘取那爱情之花，又害怕花梗上满布的尖刺。在那里，生活着她爱慕的既如父兄、又似师长、还像情深意重之友的艾热先生。

1842年，夏洛蒂和妹妹艾米莉为了使自己具备办学的条件，决定前往比利时的布鲁塞尔接受一段正规系统的教育。通过他人介绍，她们选择了艾热夫人寄宿学校。接到她们的入学申请，艾热先生和妻子被信中简朴诚恳的语调打动了，于是，夫妻俩决定接收她们："这是些英国牧师的女儿，她们以简朴的方式渴望来进一步考察如何对别人进行教育。为了有所收获，她们冒着付出一笔额外费用的风险。让我们给他们拟一个包括所有费用的特别数目吧。"

这一年，夏洛蒂二十六岁。这个特殊的学生在艾热先生的培养下进步很快。到了第二年，夏洛蒂不仅是艾热夫人学校的一名学生，还是这所学校的一位英语教员了。她在给朋友的信中谈到做英语教师的经历时，还是兴致勃勃的："……我应该承认境况还不错，也应对我的好运知足了。……我以前告诉过你，艾热夫妇是此处我唯一尊重和敬爱的两个人，当然，我不能总和他们呆在一起，甚至不能经常呆在一起。……"

然而，不知从什么时候起，布鲁塞尔的气氛发生了一点变化。艾热夫人尽管还像以前那样对她彬彬有礼，可这种态度中不再包含亲切和友好。夏洛蒂感到困惑不解。为什么呢？

不管夏洛蒂怎样无意识或者有意回避，不可否认的是，在她内心深处，艾热先生不知不觉间成了她无法忽视的一个重要存在。女人是敏感的。艾热夫人首先就感觉到了夏洛蒂在先生面前的情绪表现是在其他人面前所没有的，于是把她这种表现与不应有的感情联系起来。二人之间的关系变得紧张起来。

又一个漫长的假期到来了。夏洛蒂此时的心绪显得十分烦乱。睡眠不好、噩梦不断，神经衰弱的病症很严重，而外界的环境对她似乎也十分不利。艾热夫人对她的态度仍然十分冷淡，而艾热先生在夏洛蒂看来也和他夫人没什么两样，他"出奇地受夫人的影响"，"他脸上的笑容也消失了。"

夏洛蒂的精神进入了最低落的时期。不找到一种方式加以解脱，真的就有可能崩溃了。孤苦无处可诉，她竟然走进了当地的圣古都尔达教堂，向神父忏悔了她不宁静的情绪。她在给艾米利的信中讲述了她前去向神父忏悔的事："在教堂的一个单间里，六七个人跪着忏悔。我看见一位神父。我感到我对我的所作所为并不在乎，只要不是完全错误的就行了，只要能使我的生活有些变化，使我对生活产生一点兴趣。我想象自己改变为天主教徒，去做一次真正的忏悔，看看它会是什么样子。正如你对我的了解一样，你会认为这很古怪。可是，当人们独处时，他们会有特别的想法的。……我确实忏悔了，——一次真正的忏悔。"可是，实际上，夏洛蒂并没有向妹妹讲明她忏悔的具体内容。而《维莱特》中露西·斯诺的忏悔则写得很详细。人们从露西对文学教师保罗的爱恋中发现了夏洛蒂情感生活的蛛丝马迹，并重新认识她和艾热先生的关系，从而找出夏洛蒂孤独痛苦情感的因由。

夏洛蒂觉得布鲁塞尔的生活必须结束了。1843 年 10 月，她找到艾热夫人，提出离开这里的想法。可是，艾热先生非常强硬地要求她一定得留下来。夏落蒂给好友埃伦写信，信中说："那时，我如果坚持我的意愿就会激怒他，所以我答应他再呆一段时间，……埃伦，我有好多话要说。……许多古怪的、令人不解的小事我不愿写在信里。但是，也许某一天，最好是在一个晚上，假如我们还能在哈沃斯相聚或是在布鲁克洛伊德的炉火旁，把脚放在栅栏上，卷着我们的头发，我会告诉你的。"究竟是什么事情她不愿意在信里披露，人们最后通过她在《维莱特》中对露西·斯诺和保罗之间感情的描写判断，这不愿意披露的很可能就是她对艾热先生的感情，那时，她并没有明确意识到她对艾热先生的喜爱就是爱情。

当年 12 月，勃朗特先生双目几乎失明的消息传到布鲁塞尔，艾热夫妇决定让夏洛蒂返乡。夏洛蒂带走一份精通法语的证书，还带走一份难以割舍的感情。

回到哈沃斯的夏洛蒂，心仍然牵挂着布鲁塞尔。她开始把收到艾热先生的信件视为生活中最激动人心的事情，为什么会这样？难道她爱上了先生吗？

也许夏洛蒂不敢正视这份渐露"庐山真面目"的爱，但她在给艾热先生的信中已经不自觉地将这种感情流露出来了。"我日日夜夜不能休息，也不得安宁。我如果睡了，就会被折磨人的梦境所干扰，梦中我看到了你，总是那么严肃、庄重、总是对我发脾气，假如我重新开始给你写信的话，先生，就请原谅我吧。……"艾热先生对夏洛蒂的感情不会一无所知，尽管他非常理智地以少回信拉开二人之间的距离，但他在信中也不免对夏洛蒂的热情给予回应。夏洛蒂不敢奢求什么，只要能经常读到老师的亲笔信，就是最大的幸福了："……我知道给一个你过去的学生回信对你来说不会是很有意思的事，可是，这对于我，就是生命啊。你最后的一封信，对我来说，是一种持久的力量，我的支柱——滋养了我半年之久。……禁止我给你写信，拒绝给我回信，这将会夺去我在世界上唯一的乐趣，剥夺我最后一点特权。……"还有怎样的感情能够达到这样痴迷的程度？恐怕除了爱情，别的情感无法对这份痴迷作出解释。

在给艾热先生的信中，夏洛蒂表示要写一本书，"把它奉献给我的文学老师——我唯一的老师——奉献给你，先生。"夏洛蒂悄悄地实现了这个愿望，也许小说《维莱特》正是她对自己承诺的一个兑现吧！

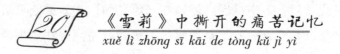

20. 《雪莉》中撕开的痛苦记忆

xuě lì zhōng sī kāi de tòng kǔ jì yì

1849 年 10 月，夏洛蒂的又一部以柯勒·贝尔作为作者署名的小说《雪莉》出版了。评论界如同对待她的第一部小说《简·爱》一样，立刻做出了反应。

然而，《雪莉》不同于《简·爱》，它的背景是一场大的社会运动，即关于卢德派——机器破坏者——的起义。夏洛蒂在宪章派工人运动到来时，描写了第一批自发的工人暴动的作品，表现出了强烈的社会责任感。然而，细心的读者会发现，小说中的主要人物雪莉的形象不知不觉间在悄悄地发生着改变。究竟是什么使夏洛蒂笔下已经构思成型的人物发生大幅度的扭转呢？

1849 年，是夏洛蒂·勃朗特最为灾难深重的一年。在不到一年的时间里，她接连送走了三个最亲爱的人：头一年的 9 月，弟弟勃兰威尔去世，接着，圣诞钟声尚未敲响，二妹艾米莉又告别了这个世界。这位诗人兼小说家的女性，拒绝任何医疗手段的帮助，使得姐姐夏洛蒂只能无奈地、眼睁睁地看着她的生命像游丝一样飘然而去；当失去亲人的痛苦仍像巨石一样沉重地压在她的心上时，小妹安妮的身体又表现出了可怕的症状。"千万千万不要再出现艾米莉的情况了！"夏洛蒂恐惧地暗自叨念着。可是，命运无情，重大打击再次落在了她的身上：经医生诊断，安妮不幸染上了跟艾米莉一样的病——肺结核。这种病在当时无疑等于被宣判了死刑。

无论如何要把小妹治好，哪怕她只能多活上一年半载！她太年轻了，才只有二十九岁，对未来生活有着那么多的憧憬，对文学还有那么多的打算没有来得及实施！夏洛蒂开始为给小妹治病到处奔跑。她几乎打听遍了治疗这种病方面的权威医生，用上了据说治疗有效的各种药物，又带着安妮去英国南部海滨德斯卡勃罗疗养。但所有的努力没有阻挡得了死神无情而有力的脚步，最后，1849 年的 5 月 28 日，安妮还是撒手尘寰，撒下了孤苦伶仃的姐姐夏洛蒂。

就是在这种情境下，夏洛蒂仍没有放弃小说《雪莉》的创作。尽管她是一位坚强的女性，她要通过全心投入小说创作来摆脱痛苦的纠缠，但她心灵的深处仍然笼罩着不久前惨痛经历的阴影，这种情感难免要在小说中不自觉地流露出来，因而，我们在作品的某一章看到这样的题目："死阴的幽谷"。在这一章的末尾和以下几章的开头，夏洛蒂写下了这样一些忧伤的词句：

天亮以前，一直在真诚的祈祷中同上帝搏斗。

并不是所有这样敢于同神争斗的人都能获胜的。一夜又一夜，前额上会暗暗冒出痛苦的汗水；恳求者会用无声的心声祈求怜悯，心灵只有在向上帝求助时才用这样的声音。"饶了我心爱的人儿吧，"它会这样苦苦哀求。"治愈我生命的生命吧。别把那长期的感情用来缠绕我整个天性的东西从我这儿拿走吧。天堂里的上帝啊——俯身——倾听——发发慈悲吧！"在这一阵哭号和争斗之后，太阳会升起，看见他被打败。破晓，以往用西风的低语和云雀的欢歌向他致敬，如今却会一开始就从那双失去血色和热气的亲爱的嘴里发出这样的低语："哦！我这一夜真痛苦啊。今天早上我更糟。我曾竭力想起来。我不能。我不习惯作的噩梦骚扰了我。"

然后，那守夜的人走近病人的枕边，看到那熟悉的五官有了一种新的奇怪的模样，立即感到，那难以忍受的时刻临近了，知道那是上帝的意旨，要粉碎他的偶像，于是他低下头来，使自己的灵魂屈服于他不能避开又难以忍受的宣判。

失去亲爱的妹妹的痛苦已经不自觉地流露在小说的字里行间。

而且，从对她们三姐妹的经历和痛苦命运的思考引发的许多思想也进入到小说当中，间接地反映出作者的心路历程。

《雪莉》中的女主人公雪莉是个出身于贵族家庭的女子，长大以后成为以自己利益为至高准则的地主和贵族，但她不主张对工人采取残酷压迫的手段。对她的塑造，夏洛蒂颇费了一番苦心。在雪莉身上，显现出充沛的精力、出众的才智、大胆热情和富有想象的特征。小说中她的身份在逐渐发生着变化，由于作者在她身上注入了更多的关爱，她已经从原来被设定的身份中逃离出来，成为一位具有许多优秀品质的富有魅力的女性。她和家庭等级观念相对抗，与一个既无财产又无地位的家庭教师结了婚；她关心工人们的命运和他们的生活状况。读者发现了她的行为中的高尚情怀，不免产生了对她的敬意。

雪莉的各种优秀品质由何而来呢？当然其中有一部分产生于作家的想象，但主要还是基于对妹妹艾米莉的怀念，从而将艾米莉的性格特征全部移植到了雪莉身上，并因此使这一形象赢得了读者的喜爱。

盖斯凯尔夫人在《夏洛蒂·勃朗特传》中说："雪莉这个人物本身就是夏洛蒂描绘的艾米莉。……她的姐姐凭着比较深刻的了解，说她'真正善良，确实伟大'，她借雪莉·基尔达赖刻画她的性格，把她写成艾米莉·勃朗特在健康和顺利的情况下可能成为的那种人。"

夏洛蒂在小说中塑造雪莉形象时，的确把艾米莉当成了这一形象的原型。艾米莉常把自己比作具有强大力量的男性，而雪莉的家庭女教师也责备她经常以男性自居。作品中写到雪莉与卡罗琳的谈话，甚至有关疯狗事件，都不是作者的臆造，而是妹妹艾米莉活着的时候发生的事件，它们都那么清晰地在夏洛蒂的记忆中反复出现，使她在写作时无法将它们忘怀，只有写进小说才能感到一丝畅快。

夏洛蒂还把小妹安妮的性格特征赋予了小说中的另一个人物——卡罗琳。这是个好幻想的姑娘，聪明、敏感，与周围充满伪善与罪恶的环境格格不入。尽管这个人物没有像雪莉那样在小说中占据主导地位，但作者仍然在她身上寄予了对妹妹的怀念之情，并通过对卡罗琳日后美好幸福生活的构造，在小说中帮助妹妹获得了生前没能享受到的爱情、家庭、健康。

《雪莉》创作初期，艾米莉和安妮的身体还没有衰弱的迹象。那时，夏洛蒂写这部作品是受本地一些利用山涧水利创办毛纺织业并且大发横财的人们故事的启发。当时英国工人革命运动势头强劲。在夏洛蒂很小的时候，她的父亲帕特里克·勃朗特牧师、还有家中的老女仆塔比给她讲了很多卢德派工人运动时期的事件。二人对待这场运动立场观点都不一致，夏洛蒂兼收并蓄，再根据自己的认识加以规整，从而在小说中形成独特的立场。

十五岁那年，夏洛蒂进入邻近的罗海德私人寄宿学校，恰逢当地爆发特别激烈的卢德派起义。附近一家工厂被焚毁，工厂主遭到杀害。这些事给她留下深刻的印象，回到家后，她把听到的关于人民革命的事件通过幻想的笔法写进她和妹妹们编写的假想国家安格里亚的编年史中。

正式开始小说写作时，夏洛蒂已经三十四岁，而且成为一位知名作家。近年来工人革命运动的高涨使她想起了从前所作的种种笔记和历史故事。在这部小说里，许多身边人经过她的一番改造进入了她的世界。1849年9月，夏洛蒂写信给威·史·威廉斯，信中提到了她创作中以生活中人为原型的情况：

要说明书中的人物是怎样处理的，可以举赫尔斯通先生为例。如果这个人物有个原型的话，那就是一位在若干年前以八十高龄故去的教士。我只见过他一面，那是在一个教堂举行圣职授任典礼时，当时我还是一个十岁的孩子。他的相貌和威严的军人风度给我留下了很深的印象。后来，我听到他主持的那个地区的人谈论他，有些人热情赞扬他，有些人憎恨他。我听取了种种轶事，把各种证据进行比较平衡，做出一个论断。……

可是，后来由于两个妹妹相继去世，夏洛蒂怀念亲人的伤痛之心对小说创作产生很大影响，雪莉的形象逐渐改变了小说的格调。这种改变甚至影响到了小说的标题。在给威·史·威廉斯的信中，夏洛蒂明确表示了她在小说中的这种改变。她说："若是我没有记错，康希尔的批评家们反对用《霍洛工厂》，我也认为不甚妥当。宁可叫《菲尔海德》，但我以为《雪莉》最好。我想，雪莉后来成了书中最突出最独特的人物。……"这种改变不用说，来自于她对亲爱的妹妹的深深怀念。

目光敏锐的评论者发现了夏洛蒂这部小说创作中前后的不协调，并把它作为小说的一大缺憾。玛丽·沃德在《雪莉》导言中就说："……从文学观点看，《雪莉》无疑受到它创作期间作者紧张烦乱心情的严重干扰。它既没有《简·爱》的那种统一性，可喜的老式的统一性，整个说来，也没有《维莱特》的那种激情的真实性。小说在半中间的地方，故事突然中断。……"

且不论评论者对小说的评价是否正确，有一点他们看到了，夏洛蒂将对妹妹们的思念融入了这部特殊时期创作的作品中。《雪莉》不再只是时代的呐喊，而且也是一颗饱尝失去亲人之痛的心灵匍匐在思念之路上留下的轨迹。

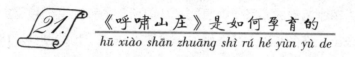

21. 《呼啸山庄》是如何孕育的
hū xiào shān zhuāng shì rú hé yùn yù de

1837 年，十九岁的艾米莉·勃朗特前往由洛希尔山庄改建的"帕切特少年女子学校"担任教师。来到这里，艾米莉听到了有关洛希尔山庄修建者的故事、了解到与山庄修建者杰克·夏普相关的另一古老家族华克家族

艾米莉·勃朗特像

财产易主、家族没落的历史，她对此产生了浓厚的兴趣，便在教书之余细细研究记载着古老家族兴衰历史的大宅，倾听当地乡民于茶余饭后作为谈资的有关华克家族世代相传的故事，并将它们小心地收藏在自己的记忆深处……

华克家族早在 16 世纪就在英国北部约克郡豪渥斯地区瑟索兰姆的华特克劳建起了庄园。18 世纪时，庄园归老约翰·华克所有。老约翰是个出色的商人，理财经商，颇有才干。老约翰曾收养妹妹的儿子杰克·夏普，对他宠爱有加。杰克长大后，便利用老约翰对他的慈爱和信任，逐渐插手舅舅的生意，并一步步将进项和财产划归到自己的名下。老约翰退休后，离开庄园，过起隐居的日子，庄园落在了杰克·夏普手里。而庄园真正的继承人小约翰·华克由于从未经商、不胜继承家业的重任，只得暂弃家业，远走他乡。

　　几年后，小约翰·华克成家立业，便带着年轻漂亮的妻子回到昔日的家族府邸。他赶走了杰克·夏普，开始靠父亲的地产维持生计。但杰克已经颇有资财，且得到舅舅的经商"真传"，他被逐出华克家族后，就在华特克劳庄园附近修建了"洛希尔"山庄，并继续从事舅舅的商业经营，仍是获利不菲。直到多年后，杰克离开此地，洛希尔山庄还保持着兴旺的势头。后来，这里便改造成一所女子学校。

　　主管帕切特女子学校的帕切特小姐是离洛希尔不远的又一古老家族的后代，对华克家族和距洛希尔不足两英里的另一大的家族——桑德兰家族很熟悉。她曾多次带领学生到保存得十分完整的"海桑德兰庄园"散步，不厌其详地向大家介绍庄园的建筑、讲述庄园主人的故事。艾米莉到洛希尔教书，不止一次跟随帕切特小姐前往海桑德兰庄园。她第一次到那里，便被奇特的建筑强烈吸引住了。主建筑正门上刻着古怪石雕：左侧有一个较大的裸身男性，门楼顶上有不规则出现的笑面头雕，顶壁上有含古怪面孔头像的浮雕，门楣的内外两侧都刻着拉丁文字母。海桑德兰庄园的建筑激发了艾米莉对庄园历史和家族历史的好奇心理，她决定通过读书，更多了解桑德兰家族被时间掩埋的故事。她亲自到学校图书馆，那里藏有关于当地历史的书籍。艾米莉找到了记载庄园和桑德兰家族历史的书籍中比较权威的由华森写的《哈里法斯地区史》，发现其中不仅记载了这个家族许多重大的更迭事件、许多重要人物，还把许多流传的关于这个家族神秘甚至阴森恐怖的故事记录保存下来。据传说，海桑德兰曾经闹过鬼，有人看见过无头鬼在夜间游荡在庄园附近，还有人听到过怪异而可怕的声音时而在大宅内响起。艾米莉对此饶有兴味，渐渐地，在她的脑海里，一个破败阴冷却充满奇异色彩的庄园古宅里发生的故事清晰起来……《呼啸山庄》

的故事发生在英国外省偏僻角落一个阴森可怖的地方，在一名为"呼啸山庄"的庄园里发生的希斯克利夫复仇的故事在一种阴森怪诞的氛围中被讲出来。整部小说充斥着"梦魇和恐怖"的"哥特传奇"的味道。可见作者是受了她了解的庄园历史的影响。

艾米莉还曾走访过离豪渥斯约两英里半、坐落在山丘丛林中的"普登庄园"。庄园共有两座大型建筑：山丘顶上的那座后被定名为"普登庄园"，是以伊丽莎白式的建筑风格为主调，分为上下两层：楼下进门右侧是宽敞的客厅，楼上是卧室，窗前枝丫伸展着长着干果的枞树枝子。山丘脚下离普登庄园不远，是那座被称作"古宅"的建筑，曾经以十分舒适豪华的宅邸引人注目，室内那座半圆拱形架下的大壁炉曾燃着金黄色的火焰，映照着普登庄园的主人——希顿家族每代人或成熟或稚嫩的面孔、也唤起过他们每一个人温暖的梦想。可惜，艾米莉见到这个壁炉时，它已在大宅的断壁残垣中变得面目全非，一切经历只能从残破的砖垒中追索、联想。

希顿家族有两样保存完好的祖传珍宝，一样是古式大橡木立柜，另一样是藏书。1634年，罗伯特·希顿修缮"古宅"。后来，他的孙子罗伯特在经历了失去生父、寄于继父篱下的遭际后，早早成家立业，并将继父占用的家产全部买了下来。他一生住在普登庄园，未曾离开。临终前，他在遗嘱中特别提到了祖传家产"大橡木立柜"，并对它的归属作了专门的交代。他的继承人历经几代，都没有辜负他的嘱托，将"大橡木立柜"完好地保存下来。艾米莉到普登庄园拜访，不仅目睹了这一祖传家珍，还受到主人的热情款待，有幸接触到收藏的既多又全的书籍。艾米莉是个非常喜欢读书的姑娘，能够得到这样一个阅读珍稀典籍的机会，真是喜不自胜。她在来往希顿家读书的时期，又对这个古老的家族历史产生浓厚兴趣。同前两个家族一样，希顿家族也流传着许多古老神秘的传说，其中也有关于庄园闹鬼的故事，它们被传说得活灵活现。譬如说鬼魂的书经常预言希顿族人物的死亡。据说最后一代罗伯特死前，女佣看见自己外出的表兄在花园行走，久呼不应。她便把这件事告诉了罗伯特。过了不久，女佣的表兄去世，罗伯特也在一个月后去世。这种传说使艾米莉不禁想起了海桑德兰庄园那些神秘恐怖的故事，她的头脑里又浮现出古宅幽魂游荡的景象，久久挥之不去。

1847 年，勃朗特姐妹三人商定各写一部小说化名发表，姐姐夏洛蒂的《教师》被退稿，安妮的《艾格尼斯·格雷》和艾米莉的《呼啸山庄》却顺利地与读者见面。几乎所有的《呼啸山庄》的读者都对艾米莉会创作出这样一部奇异的小说感到惊奇，

《呼啸山庄》电影海报

他们从艾米莉的个人经历中找不到一点与其小说情节及人物形象的相似之处。但艾米莉心里明白，自己是怎么样将那三个古老的庄园、几座古老的宅邸、围绕着它们而流传的神异故事精心安排，天衣无缝地融进她的作品的。她把华克家族收养杰克·夏普的故事演绎成希斯克利夫的遭际；而希顿家族的"古宅"主人罗伯特和养父卡森的关系也被巧妙地融进故事中，成为希斯克厉夫和哈里顿·恩萧的故事的依照。

呼啸山庄的主人恩萧在利物浦街头收养了一个无家可归的男孩希斯克利夫，并将他带回呼啸山庄，视如己出，关爱备至。他与恩萧的女儿卡瑟琳两小无猜，情深意笃。可是，恩萧死后，希斯克利夫遭到恩萧之子兴德莱的迫害，被赶到地里，罚做苦役。而卡瑟琳则因年少无知，难敌诱惑，因此背弃二人的爱情嫁给了他人为妻。愤怒的希斯克利夫离开呼啸山庄，下决心有朝一日回来复仇。后来，他果然归来，以极残酷的手段向兴德莱及其亲人、下一代施行报复。但最终他的良心受到谴责，他放弃了复仇的

行动。故事是由一个女管家和另外一个人讲述出来的。艾米莉借讲述人渲染神秘怪异气氛的过程，将她所了解的附近庄园奇异的传说自然而然融会其中。

在描写呼啸山庄建筑外形时，艾米莉想起了海桑德兰山庄建筑上那些奇异的雕像，于是，呼啸山庄的建筑在她笔下成形了：

"在跨进门槛之前，我停步观赏房屋前面大量的稀奇古怪的雕刻，特别是正门附近，那上面除了许多残破的怪兽和不知羞的小男孩外，我还发现'1500'年代和'哈里顿·恩萧'的名字。"

进入到艾米莉的"呼啸山庄"，我们能看到曾经笼罩着普登宅卧室的枞树覆盖在凯瑟琳曾住过的卧室的窗前，"一棵枞树的枝子触到了我的窗格，它的干果在玻璃窗面上碰得嘎嘎作响；而希顿家族的"大橡木立柜"，也进入到呼啸山庄的起坐间：在屋子的一头，在一个大橡木柜上摆着一叠叠白银鼠盘子"。而那些流传的闹鬼的故事早已被融入呼啸山庄阴森可怖的气氛中，似乎已成为小说故事当然的一部分。

如果没有家乡哈沃斯独特的景象、古老的乡情，如果没有勃朗特姐妹共同的文学志趣，如果没有艾米莉的颖悟力和对当地庄园家族历史的兴趣和了解，呼啸山庄的面貌何以会形成、山庄内的复仇故事何以会产生、发展，那就会真的令读者百思不得其解了。

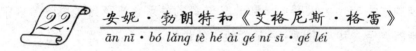

22. 安妮·勃朗特和《艾格尼斯·格雷》
ān nī · bó lǎng tè hé ài gé ní sī · gé léi

当一本作者署名为阿克顿·贝尔的小说《艾格尼斯·格雷》在伦敦出版问世时，读者虽然没有像对与之同时面世的柯勒·贝尔的小说《简·爱》和埃利斯·贝尔的小说《呼啸山庄》反响那么强烈，但评论界还是十分中肯地给予它很高的评价，乔治·穆尔称它是"英国文学中最完美的散文叙事作品……像一件薄纱一样单纯而美丽……是英国文学中文体、人物和主题三者完全协调一致的一个故事。"

　　这部小说最初名为《一个人的生活片断》，显然安妮是打算把这部作品写成一部自传的，两度做家庭教师的经历成为她创作这部小说的基本素材。

　　安妮第一次做家庭教师是在1839年。这年的4月，她到米尔菲尔德·布莱克府第的英汉姆夫人家做家庭教师。安妮是个性情随和的姑娘，比起姐姐夏洛蒂来，她适应新环境的能力要强得多。因此，她做家庭教师似乎更适合一些。

　　主人英汉姆夫人是个善良的女人，尽管安妮说话有些口吃——这在家庭教师恐怕是个非常大的弊病，夏洛蒂担心夫人会因此而辞掉她，但没想到雇主并没有在这方面挑三拣四。可是，安妮无法带好夫人的几个孩子。安妮的工作是负责照看英汉姆夫人的两个大孩子，几个小的放在幼儿室里，不用她管。可是，即便只有两个大孩子，安妮也感到她这个家庭教师工作难度相当大。夏洛蒂曾记载过安妮学生的情况："……她的两个学生是两个小笨蛋，他们连字母也看不懂。最讨厌的是这两个小皮猴子非常受宠、肆无忌惮，而她又无权采取任何惩罚手段。孩子的妈妈要求她：当他们行为不轨时去告诉她。安妮说这一点是完全不可能做到的，因为这样她只能从早到晚地去抱怨了。所以，她一会儿骂，一会儿哄，一会儿吓唬。她总是坚持她说的第一句话，并尽量和睦相处。……"可是，最终，安妮还是离开了英汉姆夫人家，她实在无力管理夫人的孩子，"使他们老实呆着就像一场漫长而要命的斗争"。

　　按说安妮在英汉姆夫人家所受到的待遇在从事家庭教师工作的人当中已经是非常好的了，可是，她心里的许多苦楚是没做过这项工作的人无法体会的。在这一点上，勃朗特姐妹们有着共同的认识。在主人家里，家庭女教师既要受到主人的支使，又不能得到仆人的同情。微薄的收入、低下的地位、脆弱的体面，使他们身心都十分疲惫。做家庭教师期间，姐妹几个最强烈的愿望就是回到荒凉的哈沃斯，回到亲人们身边。那儿在她们心目中就是充满幸福和美好感情的"圣地"。

　　在家虽好，但不能解决生活问题。想到哥哥勃兰威尔生活上的挥霍，更想到年迈体衰的父亲，还有姐姐们从事着的同样对她们极不适应的家庭教师工作，瘦弱的安妮咬着牙再度离开家前往梭普格林府的罗宾森家任家庭教师。在这里，她任家庭教师时间最长，近五年之久。大概是在这里的第二年，即1842年，安妮开始了她的小说《一个人的生活片断》的创作。也有人认为小说创作的起始时间比这要早得多，估计是在她离开英汉姆家后在家生活的那一段时间就已经开始了。

在小说中，安妮描写了她的第一个主人给予家庭教师的待遇："布卢姆菲尔德先生是一位退休的商人，他虽然已经拥有一笔非常丰厚的资产，可是谁也没法劝说他付给他孩子的女教师多于二十五英镑的薪俸。"

在这种难挨的工作环境中，安妮和她的姐姐夏洛蒂一样渴望通过别的途径赚钱养家。对于除了掌握相应的教学知识以外没有其他更好的谋生手段的三姐妹来说，她们要自己干也只能在办学方面动些脑筋。于是，在通信中，她们开始商讨有关创办学校的事情。

然而，办学在当时风险很大，因为附近曾出现过很多类似的学校，后来这些学校又很快由于缺乏生源而停办了。三姐妹都知道这件事很冒险，但她们仍对此充满了期待与信心。夏洛蒂在给好朋友埃伦的信中同她商量办学之事，但她的关注点是在如何集到更多的资金上。安妮和在哈沃斯家里的艾米莉对这项计划十分关注。安妮在日记中写道："……我不喜欢目前这个职位，我希望能换个工作。……我们正在考虑自办一所学校，什么事情都定不下来。我们都不知道我们是否能办得起来，我希望我们能办成。"

为了使办学成功，夏洛蒂决定带艾米莉前往布鲁塞尔去接受教育，从而使她们掌握更多的技能。同时，她也想到安妮，她要为安妮找到适合的工作环境。办学的动机恐怕也来自对小妹的考虑。安妮的性格她是最了解的了："……关于安妮，她忍受了比我还多的痛苦。当我想到她，似乎总把她看成一个有耐心的、被迫害的陌生人。而人们则认为她目空一切，傲慢又专横，你是无法想象的。我了解她的天性中隐藏的敏感性。……她比我更是孤身独处，更缺乏结交朋友的能力。"

而且，安妮的身体一直非常弱。她能支撑着在罗宾森家继续做家庭教师，是因为她的内心有一种希望：真正属于她们自己的学校能够办起来。在别人的监管之下的生活她真的过够了。尽管罗宾森一家对她很满意，但她不喜欢家庭教师的生活，无法在整天对付那些被宠坏了的难管教的孩子中拿出永不熄灭的热情。这一时期她内心的种种感受、在各种事情触发下心情的细小变化都深深烙在她的头脑中，后来进入了她的小说里。

这部小说以其难得的真实和坦诚获得了很高的文学地位。当一位著名的文学家刘易斯先生指责《简·爱》的夸张和不大可能时，夏洛蒂在反驳中提到了《艾格尼斯·格雷》："刘易斯先生这样的评论家想必会喜欢《艾格尼斯·格雷》，因为它是够'真实'而'不夸张'的。"对这本书本质的真实性，任何具有真正文学评论水平的人都能看得很清楚。一位书评作者说："这位作者如果本人不是一位女家庭教师，那么他必定使用大量的爱情或金钱贿买了某个女家庭教师，让她把她那座监狱里的秘密透露给他……"的确，没有做过家庭教师的人永远不会体会到这项工作给人带来的"细小的折磨和无止境的繁琐操劳"。也永远不会想象出这些身为家庭教师的人对自由主宰自己的生活会有多么强烈的渴望。

在勃朗特三姐妹的创作中，安妮的作品恐怕较少被评论界所关注。但这不过是相对于她两个姐姐的创作而言。如果单就她的创作来看，其值得研究之处会给当时的人们和今天的读者以现时代的和历史的思考。1868年，安伯利夫人在日记中写下了她阅读《艾格尼斯·格雷》的感受，这在很大程度上代表了当时一段时间人们从作品中获得的教益，她说："读《艾格尼斯·格雷》，勃朗特姐妹之一的作品，愿将它赠送给每个有女家庭教师的家庭，当我有一位女家庭教师时，我将重读此书，以便提醒我以人道精神待人。"

安妮创作此书是否有此明确的目的，因为没有相应的资料作为佐证，无法给予肯定的答案。不过，她要通过自己做家庭教师的经历把这种职业的酸甜苦辣反映给读者，让读者认识她们的现状，这一点是毋庸置疑的。

23. 政治敏锐的盖斯凯尔夫人
zhèng zhì mǐn ruì de gài sī kǎi ěr fū rén

　　在英国 19 世纪的女作家群中，盖斯凯尔夫人（1810 — 1865）的小说远没有其他作家的作品那样广为人知，她在艺术上的造诣也不深，但是她在英国 19 世纪小说发展史上却占据着十分重要的地位，马克思将她与萨克雷、狄更斯、勃朗特姐妹一起列为英国当时"一批杰出的小说家"。小说《玛丽·巴顿》是她的代表作，小说第一次把产业工人做为主人公写进文学史卷，在 19 世纪英国文学史上，她是比较独特的一位。她更多关注政治生活，开创了一种新的题材。

　　盖斯凯尔夫人原名伊丽莎白·克莱格霍恩·斯蒂文森，1810 年生于英国的一个唯一神教派的牧师家庭。身为基督教牧师的女儿，盖斯凯尔夫人少女时期受到了良好的文化教养，像勃特姐妹一样，她在父亲的教导下掌握了更多的文化知识，家境的宽裕也使她比一般妇女更多地接触了书籍，这为她后来的文学创作打下了基础。她在英国南部的一个小镇度过了童年。1832 年，二十二岁的伊丽莎白嫁给了唯一神教会牧师威廉·盖斯凯尔，并永久定居于英国棉纺织工业的中心——曼彻斯特，和丈夫一起研究了曼彻斯特工人的贫苦生活。与盖斯凯尔先生的婚姻成为盖斯凯尔夫人一生具有重大意义的事件。

　　19 世纪三四十年代的曼彻斯特是产业工人聚居的地方，也是英国宪章运动的中心。盖斯凯尔夫人作为下级牧师的妻子，与教区的工人家庭有频繁的接触，对下层人民的日常生活有了更多的了解。盖斯凯尔夫人随丈夫在工人夜校任教，对产业工人的生活和思想都有了进一步的了解，她关心工人的生活和命运，试图将他们从经济的困顿中解救出来。她频繁出入普通下层工人的家庭，了解他们的疾苦和愿望。这些都与盖斯凯尔夫人敏锐的政治目光密不可分，牧师之女、牧师之妻的特殊身份决定了她对政治的敏感，对劳苦的产业工人的同情，也为她的小说创作提供了丰富的第一手材料。

盖斯凯尔夫妇对文学有着共同的志趣，在丈夫的鼓励下，盖斯凯尔夫人开始了文学创作道路。曼彻斯特的工业蓬勃发展，隆隆的机器声给了她艺术创作的灵感，使她豁然开朗，在机器轰鸣的厂房里，在自己的周围，原来竟有着那么多"深刻动人的传奇材料"。于是，盖斯凯尔夫人把眼光投向了生活在社会底层的产业工人，关注他们的命运，关心社会政治变幻。1848年，她怀着对工人的莫大同情出版了她的第一部小说《玛丽·巴顿》，小说的出版遭到了一些批评家的严厉指责，认为它是对产业雇主的敌意挑衅，但是它却得到了狄更斯的认可。

盖斯凯尔夫人也写过一些故事，多是描绘恬静的小镇生活和淳朴的乡土人情，有以幽默笔调著称的小说《克兰福德》，有以18世纪沿海地区的冒险生活为背景的《西尔维亚的恋人》。1854至1855年，她写了《南方与北方》，这部小说与《玛丽·巴顿》不同，它描述了工人与资本家之间的尖锐冲突，主张通过两大阶级间的妥协解决其矛盾。她最后一部小说《妻子与女儿》或许会成为她最出色的一部作品，但是她尚未完成这部小说就离开了人世。

《玛丽·巴顿》以19世纪30年代末40年代初的英国宪章运动和罢工斗争为背景，真实揭示了曼彻斯特的劳资矛盾。老工人约翰·巴顿是英国文学中崭新的宪章派革命者形象。他很关心工人的生活，后来因为遭到资本家歧视，长期失业。他的妻子、儿子因为贫困和饥饿相继死去，资本家剥削工人的残酷现实让他认识到必须为自己的权利而进行斗争，从而由消沉走向斗争。他后来成为工会的积极分子和罢工领袖，曾代表工人去伦敦请愿。但是议员老爷们对请愿工人骄横无礼，这让约翰和工人们更加失望和愤恨。所以，当资本家的儿子小卡逊拒绝提高工人工资的请求并用漫画讽刺工人的穷困时，约翰表示要"牺牲我最后的一滴血，在那个家伙身上替大家出口气"。他执行了工人的集体意志，枪杀了小卡逊。约翰·巴顿的形象反映了产业工人的悲惨命运，指明了其命运悲剧的原因来源于两大对立阶级的尖锐矛盾，也表达了作家对劳苦工人的深切同情，小说也以现

实主义的手法，通过老约翰由忍受走向斗争的历程，反映了广大工人阶级的觉醒。

玛丽·巴顿与小卡逊和工人杰姆·威尔逊的爱恋关系也是这部小说的重要内容。玛丽是老约翰·巴顿的女儿，她是一个制帽工人，由于虚荣和幼稚，她曾经幻想与卡逊一家人共同生活，对于物质的盲目追求使得她常常同小卡逊来往。但是，当工人威尔逊出现之后，她开始动摇了，可是虚荣心却迫使她拒绝了威尔逊的爱情。后来，玛丽·巴顿终于悔悟，决心同小卡逊绝交，这时，小卡逊被暗杀了。玛丽·巴顿的形象让我们再次看清资产阶级纨绔子弟诱惑欺骗无辜少女的丑恶面孔，也反映了主人公对爱情婚姻的追求，唾弃了玛丽的姨妈那种追求浮华、爱慕虚荣的爱情观和生活观。

《玛丽·巴顿》将工人的生活斗争同主人公对爱情婚姻的追求有机结合，较好地反映了19世纪中期英国工人的精神生活面貌，大胆揭开了资产阶级标榜的大英帝国"黄金时代"的背面——广大工人阶级的悲惨命运。通过老约翰·巴顿的形象，小说真实描述了产业工人穷困潦倒的生活和反对资本家的斗争。老约翰的觉醒正是广大工人阶级思想成熟、意志坚决的诠释，具有社会进步意义。但是，盖斯凯尔夫人是一个虔诚的基督徒，她的价值观念与作品的人物性格发展产生了冲突，最后，作家从自己的仁爱思想出发，采取了和平调停的方式收尾，让资本家与工人彼此原谅，互相忏悔，老工人约翰怀着赎罪后的轻松死在了资本家卡逊的怀里。这一收场，严重违背了作家对阶级斗争的现实主义描写。巴顿的忏悔、妥协，卡逊的宽容、心慈手软既损害了人物形象，也削弱了作品的现实意义。这种阶级调和的思想反映了盖斯凯尔夫人思想的局限性，但是，她对工人生活的了解和反映是同时代作家所不及的，在同时代小说家当中独树一帜。

除了写重大的社会政治生活外，盖斯凯尔夫人也以女性作家特有的审视角度，创作了其他题材的作品。《露丝》主要描写了一个天真的女工被资产阶级男子引诱而"堕落"的悲剧。露丝是一个天真无邪的少女，在饥寒交迫的生活状况下，她只身离家外出谋生，被阔少"绅士先生"诱奸并生下私生子，遂被抛弃了。一位牧师收容了她和私生子，露丝从此以孀妇的身份教书为生。几年后，当年的"绅士先生"又来纠缠她，她断然拒绝了他的求婚，不久，露丝的真实身世被宣扬出去，她被解雇了，遭到周围人的鄙视和辱骂。但她没有放弃，经常帮助别人。城里爆发了伤寒流行病，她不顾个人安危自告奋勇去当护士，精心护理病人，却发现病人当中恰有当年始乱终弃的阔少，"绅士先生"在露丝的照料下逐渐病愈，而露丝却染病身亡。小说在揭露资产阶级阔少引诱欺侮纯真少女的同时也刻画了一个善良坚强、乐于助人、出污泥而不染的女子形象，并企图以此达到劝善的目的。

非常有趣的是，盖斯凯尔夫人的生活年代恰恰界于简·奥斯汀和乔治·艾略特之间，在英国文学史上，奥斯汀是 19 世纪初最先进行现实主义小说创作的作家，她的小说《傲慢与偏见》、《爱玛》、《曼斯菲尔德庄园》等都在英国文学史上产生了极其深远的影响。而另一位女作家乔治·艾略特虽然大器晚成，但她以她那细腻的描写和深刻的哲思为维多利亚时期的小说增添了别具一格的魅力。也许，把盖斯凯尔夫人和这样两位伟大的作家相提并论并不太妥当，但是，盖斯凯尔夫人的成就却是坚固而久远的。

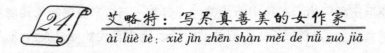

24. 艾略特：写尽真善美的女作家
ài lüè tè: xiě jìn zhēn shàn měi de nǚ zuò jiā

19 世纪的英国文坛一改昔日"英国的历史是男性的历史"的事实，一批优秀的女作家粉黛登场，在文学舞台上演绎了一幕幕清新芬芳的动人故事。乔治·艾略特就是其中很具代表性的一个。

乔治·艾略特，出生于英国中部的华立克郡，那里风景如画，空气清新，恬美幽静的农村生活给了她无尽的田园乐趣。艾略特从小就比较熟悉英国农村的风土人情，熟悉普通人的喜怒哀乐，乡村淳朴宜人的自然风光孕育了她细腻雅致的创作风格，也为她的创作提供了广阔的创作空间，回忆往昔美好的乡村岁月成为她早期艺术创作的主题。

乔治·艾略特出身低微，父亲是一处大庄园的代理人，他思想守旧，信奉正统的英国国教，艾略特在严格的宗教影响下长大，她少年时代就热衷于教会的善行，又勤奋好学，阅读了大量的文学作品，打下了扎实的文学写作功底，并且学会了法语、意大利语、拉丁语和德语。1841 年，父亲辞去了职务，艾略特随同辞职的父亲迁居到英格兰北部的考文垂，开始了生活中崭新的一页。

少女时代的艾略特并不像简·奥斯汀那么聪明伶俐，但她的性格十分坚强，读书也很用功，早在寄宿学校上学时，她就广泛阅读了文学作品。1835 年，她因为母亲病重而被迫退学回家后，就利用业余时间来自学完成自己的学业。

1841 年是艾略特人生的第一个转折点。这一年，她随父亲迁居到英格兰北部的一个重镇——考文垂，这里为艾略特展现了一个新的世界。在这个经济相对发达安定的城市，聚集着一批当时著名的青年思想家，比如查尔斯·布雷和查尔斯·汉尼尔。艾略特有幸同他们结识并很快同他们成为亲密的朋友。这些青年思想家对传统的宗教教义提出了大胆的挑战，对上帝存在的真实性提出了质疑。艾略特深深地被他们的叛逆精神和自由观点所吸引，在他们的影响之下，她放弃了传统的宗教教义，开始渐渐形成自己新的宗教信仰。她认为，真正的宗教是"仁爱"，上帝的概念就是善的理想，而"仁爱"，是植根于人的心灵的，所以她要表现的就是人的感情。艾略特接受了自由主义思想，放弃了传统的宗教教义，这在保守的维多利亚时代简直是大逆不道，更何况敢于这样做的竟是一位女性！于是在艾略特的家里，引起了种种感情冲突。当艾略特公开宣布不信奉基督教，并拒绝陪同父亲去教堂做礼拜时，父亲大为恼火，以至于拒绝和她生活在一起。接着就是因为她翻译的特劳斯的《耶稣传》引发的那场家庭斗争。因为《耶稣传》是对基督教的一种批判，所以引起了她的兄弟们的反感。艾略特十分依恋手足之情，但是由于她成了女学者、自由思想者，她感到正在失去兄弟们的尊敬："我经常像一只猫头鹰一样走来走去，使我的兄弟感到极端的厌恶。"

但是这位坚强的女性并没有放弃自己的思想，她向传统思想文化的堡垒进军时，是带着一种顽强的决心的。可以想象，艾略特每前进一步，要付出多么艰难的努力，付出多少感情的代价。在这艰苦的精神探索中，她付出了自己的青春。应该说，艾略特的经历使她缺少一般女性的妩媚动人和清纯快乐，她的青春是饱经忧患的，但是她比平常的女子多了几分成熟的魅力。

也许就是艾略特的这样一种经历、这样一种气质、这样一种魅力，打动了刘易斯。刘易斯是个颇有才气的作家和政治家，但是他的家庭生活却十分不幸。他追求思想的自由和人格的独立，而他的妻子却是个保守的传统宗教的笃信者，她绝不能接受丈夫的思想和原则，他们之间的分歧渐渐吞噬了他们之间的感情。他们分居了。正在这个时候，上天安排了艾略特与他的相识。

刘易斯和艾略特可以说是一见钟情，彼此相互吸引。接下来的日子，林阴道上、咖啡馆里，处处留下了他们的身影。他们谈天说地，谈话无所不包，从文学到哲学，从社会到人生，他们发现彼此之间有着许多共同的观点与爱好。很快他们就坠入了爱河，发展成了一对深深相爱的情侣。

然而，按照当时的宗教思想和法律制度，刘易斯不可能与分居的妻子离婚，更谈不上与艾略特结婚。因此他们的相恋遭到了艾略特家里人的强烈反对。艾略特的父亲，这个顽固守旧的老人甚至不惜以断绝父女关系来阻止女儿与刘易斯的爱情。可是，任何压力都不能阻止这对恋人对爱情的追求。艾略特冲破世俗的偏见和各种阻力，毅然与刘易斯公开同居。他们的结合使她充分享受到了个人幸福和精神自由，但是，由于社会环境和传统习俗，他们的结合又使她离群索居，她的兄弟姐妹同她断绝了来往，朋友们也同她疏远了。她愤懑而无奈地说，她"被这个世界排斥了"。但是艾略特并不后悔，确实，她的损失比起她的精神和感情的收获来是微不足道的。真挚的爱情唤醒了女作家一直沉睡的创作灵感。1857年，三十八岁的艾略特在她的日记中写下了这样的文字："1856年9月是我生活中的新开端，因为从那时起，我开始了小说的写作。"

少年时代的田园生活给艾略特留下了无法抹去的印记，她的早期作品多取材于农村，描写静谧淳朴的乡村生活。艾略特最早以《教会生活场景》为题发表了三部中篇小说。1859 年到 1861 年的三年时间里，她连续出版了三部长篇小说：《亚当·比德》、《弗洛斯河上的磨坊》和《织工马南》。这三部长篇小说都描写了英国乡村的生活场景和普通人的经历，真实地再现了古旧的英国农村风貌和习俗，展示了 19 世纪英国农村的人事变迁。

《织工马南》以 19 世纪的英国农村为背景，讲述了织布工人马南在社会文明更替的时代里所遭遇的一切。马南是当时所剩无几的独立手工业者之一，在机器生产逐步取代手工操作的变革时期，马南所苦心经营的手工业步履艰难，难以维持。他的生活日趋没落，吃了上顿愁下顿。这时，地主恶少又偷走了他多年的一点积蓄，马南的生活更是濒于垂死挣扎的边缘。地主家的大少爷乔治与酒吧女发生了私情，并有了私生女。酒吧女在那个圣诞节的前夜离开了人世，撇下了雪地中的私生女，而乔治却拒绝承认自己的女儿。于是，生性善良的马南以德报怨，捡回了这个孩子，并将她养大成人。几年过去了，乔治仍没有儿女，想领回私生女，可是女儿已经过惯了平静、简朴的平民生活，不愿做地主家的阔小姐，她拒绝了生父的请求，继续留在马南的身边，父女相依为命。小说以普通的房舍，简陋的生活为底色，描绘了马南的正直善良、乐于助人的品性，勾勒了一个心灵高洁的普通人形象。艾略特将她对乡村生活的印象以素描的形式再现出来，通过马南的善与乔治的恶的对比，表达了作家的道德心理选择。

《弗洛斯河上的磨坊》是艾略特较具代表性的作品。故事发生在 19 世纪英国弗洛斯河岸边的圣奥格镇。吐立弗经营着祖先的磨坊，他为人耿直，但脾气倔强，思想守旧。律师威根姆风度文雅，精明干练。吐立弗在一场诉讼纠纷中败诉，因此欠债，生活窘迫，而威根姆是对方的辩护律师，又在拍卖中买下了磨坊，两家因此结下了仇怨。吐立弗的女儿麦琪美丽善良，出于同情，她经常帮助律师的驼背儿子菲利浦，而菲利浦则深深爱上了善良的麦琪。但是他们的往来遭到麦琪哥哥汤姆的竭力反对。后来，汤姆发奋努力，家境逐渐好转，并买回了老磨坊。麦琪这时邂逅了表妹的情人斯蒂芬，两人一见钟情，但考虑到表妹的感情，麦琪最终也未答应斯蒂芬的求爱。菲利浦的求婚也遭到了麦琪的拒绝。一次，弗洛斯河洪水泛滥，汤姆的磨坊被淹，麦琪独自驾船去营救哥哥，两人在危难当中重叙手足之情，但小船却在洪水中覆没，两兄妹不幸身亡。斯蒂芬和菲利浦经常独自到麦琪的墓前徘徊，他们感到自己最大的快乐和最大的痛苦都埋葬在这里了。小说采取了象征主义的手法，反映了世事的变迁。老磨坊象征着旧的宗法制度下宁静和谐的田园生活，而弗洛斯河的洪水则代表了新的工业文明浪潮，它势不可挡，终将冲垮旧式的乡村文明。另一方面，作品又以男女主人公的爱情纠葛为线索，从感情心理和道德心理出发，表现了人物对善与恶的道义选择，深入开掘了历史社会因素所造就的人的心理审美。

艾略特的后期作品在内容上逐渐抹去了乡村生活色彩，多了对社会政治、道德哲学的深入思考。1863 年，艾略特发表了历史小说《罗慕拉》，1866 年，她发表了《费立克斯·霍尔特》，主要描写广阔的社会生活。《米德尔马奇》被公认为艾略特最成功的作品，20 世纪英国女作家沃尔夫称之"是为成年人而写的，寥寥可数的几部英国小说之一"。但是艾略特本人认为她的后期作品《丹尼尔·德龙达》是她最好的作品。

仔细品读乔治·艾略特的小说，我们会发现她是一个现实主义者，一个心理主义者，一个道德主义者。她全部小说的总的特点也许可以借用作家自己的一句话来描述，即"心理学上的现实主义"。作为一个现实主义者，乔治·艾略特以女性特有的观察力注目周围的一切，再现了真实生活的场景和平民百姓的爱恨情仇，这更多地体现在她的早期小说创作中，那安逸平静、乐道善施的乡村生活往往带有英国中部农村的印记，人物及其经历也多多少少折射出艾略特自己家庭生活的细节，因此，她的早期作品表现了作家对往昔乡村生活的留恋。

作为一个心理主义者，乔治·艾略特的作品始终贯穿着责任与感情、善与恶的内心冲突，正如劳伦斯对一个朋友所说的："正是她（乔治·艾

略特）开始了对一切行为的心理关注。你知道，在这之前，无论是菲尔丁还是其他人都只是关注外部世界。"这种"心理学上的现实主义"极大地影响了20世纪早期的小说创作。

而作为一个道德主义者，乔治·艾略特将她对道德的审美渗透到作品中，以生动逼真的人物形象揭示了道德这个普遍力量的作用与反作用关系，她坚信，善有善报，恶有恶报，对她而言，道德准则就像万有引力一样是不可避免的，自动的。因此，在她的作品中，我们看到了主人公为爱情，为友情，为同情所做出的道德选择，体历了主人公在善与恶，感情与理智，正义与非正义等天平的两端内心矛盾运动的过程，感受了艾略特本人关于道德的审美与评判。

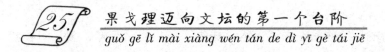

25. 果戈理迈向文坛的第一个台阶
guǒ gē lǐ mài xiàng wén tán de dì yī gè tái jiē

1829年，尼古拉·瓦西里耶维奇·果戈理以瓦·阿洛夫为笔名发表了一部长诗，名为《汉斯·古谢加顿》。果戈理说它是一首关于"理想与存在的冲突，关于使这一理想体现为存在的长诗。他把自己身上的某些方面与诗中的主人公汉斯糅合在一起。在写给舅舅彼得·彼得罗维奇·科夏罗夫斯基的信中，果戈理这样描绘了自己的肖像："当我想到我将无所作为时，当我想到有人将挡住我的去路不给我机会为它（它指的是俄罗斯）效绵薄之力时，这些不安的思想使我深感沮丧。一想到自己可能泯灭于尘土之中，不能以任何一桩美好的事业来作为自己的名字的标志，我的脸上就冒冷汗。活在世上而又不能标志出自己的存在——这对我来说实在太可怕了。我在脑海里将一切身份、一切国家的职务都逐一考虑过，最后挑选了一样，这就是司法。……执法偏颇，这种人世间最大的不幸，最使我为之痛心。……这两年，我一直在研究其他民族的法律以及作为一切法律之基础的自然法，现在，我正在研究祖国的法律……这些年，我把这些长期以来的沉思隐藏在心里，我不露声色，不轻信任何人，不把自己秘密的思想向任何人泄漏，没有做可能披露我心灵隐衷的任何事情。……我的笔为一种莫名其妙的东西所驱使，一种无形的力量在推动着我，我胸中产生了一种预感，觉得您不会认为我这个人，这个三年来始终不渝地抱定一个目标，而且别人的嘲笑和旁敲侧击只能使他更加坚定他所设想的蓝图的人，是一个一文不值的幻想家……"

读这封长长的家信，舅舅觉得亲爱的外甥已经把内心世界的一切隐秘全部告诉了他。果戈理似乎对司法具有浓厚的兴趣，这是否意味着他中学毕业以后要选择这一"生活的崇高目标"作为谋生之道呢？因为从他目前的处境来看，从事自然科学或者语文学的研究，基本上是不可能的，他不具备这方面的能力；到军界谋个军衔呢？天不作美，他又没生就一张适合做军人的脸孔、一副威武的身姿。他鼻子长得长，身躯干瘦，走路的样子无精打采。显然，这条路的前面已经立上了"此路不通"的牌子；那么，返回家乡经营家业？这对于果戈理，无论是他的自尊心，还是他的性格，更是不能忍受的。贵族的出身、家族曾有的辉煌，丝毫不能解决现有的贫困，果戈理必须找一份工作。除了司法，他还能干什么呢？

舅舅并没有真正地理解果戈理。如果他说的仅仅是司法的话，他怎么会害怕别人嘲笑呢？舅舅忘记了果戈理从小在父亲的影响下，对文学作品具有深厚的感情，而且不时地写出一些被母亲称作"涂鸦之作"的诗或其他类型的作品。而果戈理也没有在信中真的把他心里的秘密告知舅舅，那是隐藏得比"心灵深处的隐衷"还要深的东西，即创作。在学校，他看到很多人写诗歌和散文，但他们都不过是把文学当做一种消遣，而不是当做伟大的事业。没有人把既无社会地位亦无经济收益的文学家作为自己奋斗的伟大目标。然而，果戈理却偏要闯进这个充满"崇高理想"和"空中楼阁"的国度里，去做别人所不齿的"荒唐事"。在他的心目中，文学充满了神圣、庄严和伟大之感，不以严肃的感情去对待文学，简直就是对它的亵渎。

他决定到彼得堡干一番事业。他狠心地辞别了故乡的祖母、母亲、妹妹们，不再顾及作为长子应该承担的责任，让子弱的妇女们自己去解决生活难题。他把誊写好的《汉斯·古谢加顿》小心地放在行李箱底，下决心用一部浪漫主义长诗去征服首都。他雄心勃勃，自信一定会取得成功。

他终于来到了彼得堡。在一个名叫《北方蜜蜂》的杂志上，他看到了普希金一部小说的某个章节，感到异常振奋。一种强烈的念头攫住了他：普希金就住在这里，一定要去拜望这位伟大的诗人！一定！"可是，像我这样的无名小卒，有什么资格去见这位伟大的人物呢?"他知道，自己来彼得堡，唯一的武器就是那部还未见过天日的长诗，它被工工整整地抄写在练习本上，原封不动地呆在箱子里。何不把它拿出来，用它去敲开普希金的门呢？他不断的翻阅着《蜜蜂》杂志，目光反复落在普希金的名字上，一会儿从心底升腾起炽热的希望，一会儿又在心里充满了畏惧——对长诗的缺乏信心使他害怕去见普希金。

果戈理不是一个在困难面前畏惧不前的人，他要行动，要通过失败考验自己。他做了一个尝试，把《汉斯·古谢加顿》中的一个片断单独取出，定名为《意大利》，寄给了布尔加林的《祖国之子》杂志。布尔加林将这首未署任何名字的诗作刊登在 2 月 22 日核准发行的该杂志的第十二期上。这首无名诗人的诗作没有引起读者的注意，它在杂志的其他文稿中也的确没有显示出特别之处，但果戈理却为之感到兴奋，仿佛觉得成功离他不再遥远。

他再次鼓足勇气去见普希金，带着他自认为还可作为见面礼的那部长诗。可令人沮丧的是，几次请求约见，都因诗人各种事情缠身而无法满足他，年轻的果戈理只好耐心等待了。

长诗的出版仍没有着落，果戈理有点沉不住气了。他产生了一个大胆的想法，决定向母亲索要一千五百卢布，自费出版《汉斯·古谢加顿》，以便让读者和俄罗斯的评论界对果戈理刮目相看。他想出了一个笔名：瓦·阿洛夫，意思是红彤彤的早霞，预示着白昼的胜利的曙光。

怀抱着希望，迎面而来的却是失败的沉重打击。果戈理看到了评论界的反应，竟和他的设想完全不同。《北方蜜蜂》评论说："从作者身上，可以觉察出想象力和写作才能……但是，我们要坦率地说……在汉斯·古谢加顿这一形象里，有这么多不合情理的东西，画面往往是如此离奇古怪，在诗歌的修辞、音节、甚至章法方面，作者不顾常规的胆大妄为是如此令人困惑，以至这位年轻天才的初作即使被埋没起来，世人也不觉得有丝毫损失。"

评论中的每句话，在果戈理看来都好似炸弹，把他在心中刚刚奠基的理想大厦的基脚炸平。面对这种局面，二十岁的年轻人还算头脑清醒。为了尽快消除作品在市面上的影响，果戈理决定立刻采取行动。他找到了一个大字不识的亚基姆，请他做自己的助手，帮助他在城里的各个书摊上全部收购他的长诗。然后，他在沃兹涅先大街的一家旅馆里租下了一间房子，把买来的整整两麻袋新书统统塞进了生着火的炉子里。第二天早晨，旅馆的仆役收拾房间时，奇怪地发现了这个滚烫的生过火的炉子和炉旁的一堆灰烬，却没看见在这儿过夜的旅客。原来果戈理悲壮地完成了他的"焚书"之举后，就悄悄地离开了旅馆。除了亚基姆之外，没有人知道他这一天的所作所为。

果戈理的第一部作品就这样被付之一炬了。从此以后，他养成了一个习惯，只要是受到同行们严厉批评的，或者是自己感到极不满意的作品，他都毫不吝惜地将其焚烧掉。

对自己诗作的期望，并没有因为它在彼得堡的遭遇而彻底丧失。果戈理等待着它在别处的反应。他给《莫斯科电讯》的出版者尼·阿·波列沃依寄去一份长诗，又给普希金的好友、《现代人》杂志编辑彼·亚·普列特尼约夫寄去一份。波列沃依不久就在杂志上登出了一篇评论，几乎是一字不差地重复了《蜜蜂》上的话，他还套用《汉斯·古谢加顿》中的一行诗写道："为这样的诗歌付款，倒不如把它们扔弃。"最安慰人的还算是普列特尼约夫，他没有对这首长诗发表任何评论。无法判断他是否读过这部作品，反正他根本不知道瓦·阿洛夫究竟是谁。不仅他不知道，后来俄国的文学界在拥戴果戈理的年代也无人把这位伟大的作家和那个暗淡无光的名字联系起来。也许，除了果戈理，已经没有人再记得那部长诗和他的作者瓦·阿洛夫了。

果戈理当然永远无法忘怀他初登文坛所遭遇的一切。失败对他是极好的警醒，他开始思考自己文学创作的侧重点的问题。他开始向家人索要有关小俄罗斯的民间传说、故事、奇闻轶事以及百姓们的风俗习惯等。至于收集这些素材有什么用处，他一时还说不清。但他预感到这些东西一定会被派上用场。

《汉斯·古谢加顿》的确是果戈理登上文坛的第一个台阶。正是这部不成功的作品，使果戈理学会了怎样走自己的文学道路，怎样在他的笔下展现俄罗斯、展现俄罗斯大地上的人和他们的人生。

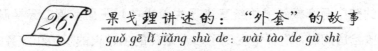

26. 果戈理讲述的："外套"的故事
guǒ gē lǐ jiǎng shù de: wài tào de gù shì

果戈理听到的一个小小的故事，在他的记忆中已经保留很多年了。据当时在场的帕·瓦·安年科夫的回忆，这件事发生在 20 世纪三十年代。在一次晚会上，果戈理的一位朋友讲了这个奇闻轶事：有一个官吏，对狩猎有着非常浓厚的兴趣，他一生最大的愿望就是能拥有一杆属于自己的猎枪。他一点一滴地攒钱，最后终于买到了一杆非常称心的猎枪。第一天，他怀着十分兴奋的心情乘船沿芬兰湾去打猎，愉快的情绪使他感到周围的景色异常美丽，他不禁把目光投向了晴朗的天空、侧耳倾听从芦苇丛中传来的说不出名字的鸟鸣声。可是，当他在沉醉的状态中无意间向船头瞥上一眼时，他的脑袋仿佛突然迎面遭遇到一颗石子，发出"嗡"的声音，他心爱的猎枪竟然不见了！原来，船只穿过密密的芦苇丛时，那杆猎枪不幸被芦苇刮到了水里。这个官吏马上回到原地，拼命寻找，可最终还是没有找到。他回到家，患了严重的热病，倒在床上，很长时间没有起来。同事们得知此事后，对他的遭遇十分同情，决定为他捐款，使他重新拥有一杆新猎枪，并把他从死神那儿夺了回来。此后，对于这段往事，他不愿意向任何人提起，一直把它作为最痛苦、最羞于启齿的回忆……

朋友讲的这个笑话，换来在场许多人的笑声，大家都嘲笑这个官吏的痴愚。只有果戈理笑不起来。安年科夫注意到他听故事时一直带着沉思的表情，故事结束后，他垂下了头，似乎在思考着什么问题。

在完成《死魂灵》第一部和着手创作该作第二部的间隙，果戈理写成了短篇小说《外套》。作品中的主人公亚卡基·亚卡基耶维奇是个小官吏（小得可怜，只有九品），他对外套的向往就如同那个官吏对猎枪的向往一样，他对外套的热爱就像那个官吏对猎枪的热爱一样。在《外套》中，亚卡基耶维奇已不把外套看做是普通的衣服了，而是把它视为使他温暖的"有血有肉的生命"，它不会欺负他，所以他准备把自己全部的爱都献给它。自从有了它，亚卡基耶维奇的面貌发生了巨大的改变："怀疑、犹豫，总之，一切动摇而含糊的特征，自然而然都从他的脸上和行动中消失了。"而当新的外套穿在身上的时候，他甚至"由于内心的愉快"而笑了起来。在描写亚卡基耶维奇对外套的深厚感情方面，显然，果戈理是受到朋友故事的启发的。但二人在与所爱之物的关系上，已经出现了明显的分别。官吏对猎枪的感情是出于喜好，而亚卡基耶维奇则是出于生活的需要。

当亚卡基耶维奇丢失了如此珍爱的外套时，他的同事也像官吏的同事一样，因为同情他而决定为他捐款。但他们的生活已经相当艰难了，高于他们的上层官员想方设法把他们生活中仅余的那点儿钱搜刮得干干净净，对于亚卡基耶维奇，他们是心有余而力不足，只能尽其所能给他捐点钱作为对他的安慰。亚卡基耶维奇最终也未能像那个官吏那样幸运地恢复健康，因为他不仅再也得不到心爱的外套了，更重要的是他在身体遭到寒冷侵袭的同时，心灵遭到上司对于他的更加无情地摧折。

实际上，亚卡基耶维奇和丢枪的官吏之间的分别是巨大的。果戈理在一个大家听后即忘的可笑故事中受到的启发就是：对某物的强烈渴望实现后，一旦突然丧失，它给人造成的打击将会多么巨大。除此以外，猎枪的故事就与外套的故事没有任何关联了。

亚卡基·亚卡基耶维奇姓巴施马奇金，这个姓的意思是"鞋"，意指此人在生活中就像一只鞋一样，穿过后就被扔掉了。处境的卑微使他在生活中连基本的保障都没有。寒冷的冬天，他深感一件暖和、蔽体的棉外套对于他所具有的意义。当他经过一番思考，下决心为这件衣服奋斗后，他便把许多生活必要的环节省略了。这样得来的外套，他会用生命去珍惜的。可是，穿上新外套的当晚，衣服就被抢走了。那个晚上，"整个城市死寂、荒凉，正如俄罗斯在这一瞬间也是这样死寂、荒凉一样，"亚卡基耶维奇在这样的黑夜失去了他最宝贵的外套，在他死去以后，他的灵魂也在这样的黑夜中出现了。在小说的结尾，这黑夜再度出现，亚卡基耶维奇的鬼魂潜伏在黑暗中，遇到七等、五等或其他等级的官员，这鬼魂就毫不客气的从他们身上剥下外套。从"要人"身上剥外套，主要是因为亚卡基耶维奇刚丢外套时，曾请求彼得堡的"要人"帮助自己查找凶手，却遭到粗暴的拒绝。这个可怜的人回到家后病情加重，一命呜呼。死去的亚卡基耶维奇成了一个不受俄罗斯任何法规条文管制的"自由鬼"了，他也具有了敢于反抗所有高官显宦的胆量。他敢于抓住大人物的衣领子，还敢于对他说："我终于把你那个，把你的领子抓住了！我正需要你的外套呢！你不帮我找外套，反而臭骂我，——现在把你的给我吧！"

果戈理本人实实在在地感受过"大人物"的倨傲、无礼。作为一位喜欢常年往来于俄罗斯各地、在各个市镇间的道路上奔跑的人，他见到的将军、要人不少，不论是在驿站、旅馆、他办公的地方，还是在他的轻便马车给将军的轿式马车让路的街道上，将军们总是向他指手画脚，点着他的鼻子说话。他必须很快地向将军出示证件。他看到，海关官吏从来也不搜查将军，就连在教堂里也得谦恭地给将军让座。有一次，在莫斯科省督 H. B. 卡普尼斯特家做客时，友人将果戈理介绍给一位将军，将军就做出居高临下的姿态，对果戈理说："我和您好像还没有接触过吧？"果戈理的回答机敏而带有讽刺性："接触对我是有害的，大人，我不是一个完全健康的人……"他一点儿也不喜欢将军服上的带穗的肩章、红色的立领和那金黄的纽扣，更不喜欢这套服装上方露出来的那一张张神气十足的脸。他要把他们写进他的作品，借亚卡基·亚卡基耶维奇的鬼魂煞一煞他们的嚣张气焰。

但这种对将军们的"报复"是普泛的，而果戈理在作品中还专门写了亚卡基和某个大人物之间的正面冲突。当亚卡基前往大人物的办公室请他帮自己找外套时，果戈理比较详细地描写了大人物的各方面特征。他强调说："大人物究竟担任什么职务，主管什么事情，直到现在还没有查明白。""这一位大人物不久前才成为大人物的"非常凑巧的是，这个"大人物"的外部肖像特征和德·丘斯京侯爵在其《1839 年的俄罗斯》一书中描写的尼古拉一世的特征竟惊人地相似。丘斯京在尼古拉一世的脸上注意到了那种"神情不安的严厉态度"，还看到了常人不易察觉的优柔寡断、软弱无力的神情，这种东西的存在使尼古拉一世感到恐惧，也使跟他这种感觉相像的大人物感到恐惧，于是，为了掩盖自己的真相，他对下属表现出不应有的粗暴态度，就像亚卡基耶维奇找到他时他的一番训斥一样："您怎么敢？您知道您在跟谁说话么？您知道谁站在您的面前么？"这种语气不仅使胆小怕事的亚卡基耶维奇浑身发抖，而且就连大人物的朋友都感到了恐惧。大人物在亚卡基耶维奇因恐惧而昏厥过去的表现的鼓舞下，觉得自己威风大长，并立即沉浸于自我陶醉之中。

大人物的其他许多方面也跟尼古拉一世很相像。他也有着"英武的外表"、"堂堂的仪态"，有在见人之前先对着镜子演练一番的习惯等等。当然，没有作家的任何笔记或其他材料的记载证明果戈理是按照尼古拉一世的形象来描写他笔下的"大人物"的，但正如作家在《外套》中所说的那样："在神圣的俄罗斯，一切都传染上模仿的习惯，每个人都喜欢装模作样，扮作上司的样子。"

陀斯妥耶夫斯基读了《外套》之后写道："他用一个官吏失去外套的趣事为我们创作了一个最可怕的悲剧。"看来，一位伟大的作家理解了另一位伟大的作家。《外套》问世于 1842 年，它所包含的悲哀的情调已经比30 年代浓厚得多，这种情调在 40 年代果戈理的创作中已经占据了主导地位。

27. 《钦差大臣》的题材从何而来

qīn chā dà chén de tí cái cóng hé ér lái

在创作喜剧《钦差大臣》以前，果戈理已经写出了像《三级符拉基米尔勋章》、《狂人日记》、《婚事》、《赌徒》和《涅瓦大街》一类的小说。在索巴契金这个以欺诈为生、想从约希姆那儿弄到一辆轿式马车的彼得堡年轻的花花公子身上，在伊哈列夫这个企图靠做了暗记的"阿杰拉伊达·伊凡诺夫娜"（一张纸牌）赢得二十万卢布的赌棍身上，又一个形象在轻轻跃起；而在那个惯于殷勤献媚、对刚发生的事情转眼即忘的庇果罗夫中尉身上，在波普里希钦身上，这个后来被果戈理名之为"赫列斯塔

果戈理像

科夫"的人物已经有了思想、能够借他们的嘴表达出与他思想相一致的东西了。这些作品已经为《钦差大臣》的出现开始备料了。

但具体的情节怎样展开，果戈理还没有设计。但以后他的经历、见闻、向普希金的请教以及对现实生活的观察等，使他的这部喜剧情节逐渐完整起来。

一些文学史书把《钦差大臣》的情节说成是普希金提供的。此言并非虚拟。1835 年 10 月 7 日，果戈理曾给普希金写过一封信，请求他给自己提供一个喜剧情节："行行好，给我一个情节，不管好笑的不好笑的，只要是俄罗斯的纯粹的奇闻就行。我的手痒痒的，很想写……一部喜剧。"至于普希金在复信中如何答复果戈理，由于没有信件做证明，也没有诗人的日记记载，所以无从知晓。但帕·瓦·安年科夫在其回忆中作了这样的记载：普希金曾向跟他关系亲密的人说过，"对这个小俄罗斯人可得多加小心，他抢我的东西时甚至能使我无法喊叫。"也许普希金是在从米哈依洛夫村回到彼得堡后向果戈理口述故事情节的。十多年后，果戈理还在《作者自白》中肯定地说，《钦差大臣》是普希金提示的。

那么，普希金提示的是怎样的情节呢？在日记中，他记述了斯维尼告诉他的一件趣闻：一个姓克里斯平的人到省城去赶集，却被误认作大人物。这使普希金想起自己的一次奇遇。一次，他去下诺夫戈罗德和奥连堡旅行时，当地人竟把他当成了一个被派到本地巡视的大官儿。两件事情的相似之处，使普希金产生兴趣，他便把它们记录下来。

这类事情在当时的俄罗斯几乎是司空见惯的，老百姓中也经常有这样的故事传播，很多作家也曾写过这种题材的作品。在普希金向果戈理提供作品题材之前，乌克兰作家格里戈理·费多罗维奇·克维特卡创作了喜剧《京都来客》、作家韦利特曼写出中篇小说《外省演员》，在情节上跟普希金的经历和听讲的故事都如出一辙。在《外省演员》中，演员扎列茨基穿着剧中角色——将军拉法埃特的服装来到一座县城。由于喝醉了，他在城外从一辆马车上掉了下来。当他被当地人发现并弄进城里时，他的身份发生了奇妙的变化：他得到了将军才能得到的优待。城里人毕恭毕敬地对待他，唯恐有半点不敬，会惹得他们眼中的这位总督大发雷霆。原来，城里的人当时正在等候总督大人的到来，他的着装使他们认错了人，从而使他受到如此的待遇。

市长家里正在搞命名日的庆典活动，场面十分盛大、热烈，消防队的歌手们唱着祝寿歌、祝市长万寿无疆；商人们向市长夫人献上一个个小纸袋，十分体贴又十分隐讳地表示了对市长家生活质量的关心；向来以学识渊博著称的邮政局长热情洋溢地谈起了拿破仑·波拿巴的历史故事。正在大家沉浸在欢乐气氛中的时候，财政局长闯了进来，报告给大家一个不好的消息：总督大人已经光临本市。欢乐的气氛一下子消失殆尽，每个人都感到惊慌失措。大家手忙脚乱地开始准备迎接总督。"顷刻之间，酒后尚未睡醒的警察队长被叫了起来；鼻子发青的文牍员坐下来写关于该市福利

《钦差大臣》插图

情况的报告和监狱里在押的戴足枷的犯人的名单；另一些人则跑到市场上去找大车和工人来打扫街道。"市里的医生穿着礼服，佩着长剑，也来拜见总督大人。陪同前来的市长先生则以城中居民从未见过的谦恭态度等候在"总督"临时下榻的房间外面。原来，所谓的总督大人正是喝醉酒的扎列茨基。他见到医生等人，感到莫名其妙，又觉得胆战心惊。为了显示自己的无所畏惧，他开始高声背诵剧本《高尚的女罪犯，又名因爱情而犯罪的男罪犯》中的独白。十分富有戏剧性的是，剧中人物的姓名恰好和在场的人名姓相同，这更使他们坚信眼前这位定是总督无疑，而且可怕的是，总督竟然事先作了详细的调查，不然，他怎么对市里每个官员的情况如此了如指掌？听到他那激昂的语调、那种揭露性的粗暴的话，站在他面前的官僚们吓得浑身筛糠，以为自己的末日到了。直到后来其他演员相继来到此地，这个冒牌的总督的身份才得以拆穿。

扎列茨基穿着带有星徽的服装，被送进了疯人院。在那儿，他坐在床上，口中念念有词，一会儿"把自己想象成酷爱虚荣的菲耶斯科"，一会儿把自己想象成"拉法埃特侯爵"。人们这才看出来，这个首先被当做显要人物，后又被视为造反分子的不幸的酒鬼真的疯了。从此以后，疯人院的一间小房就成了他的舞台，而周围的疯子则成了他的观众，他们"忘了自己的疯狂……一个个……聚精会神，一声不响，张着嘴，惊奇地欣赏着扎列茨基的发狂的艺术。"

　　上面提到的那些故事对果戈理的创作无疑具有很大的帮助，而果戈理自己的经历也为《钦差大臣》的产生提供了确切的感受。果戈理成名后，在一次返乡途中，忽然想起 1832 年回家时在驿站受辱的情景，于是发誓找个什么办法吓唬吓唬那些曾经欺侮过他的人。一位果戈理回忆录作者 B·申罗克把这件事记载下来，他写道："在这里曾经'彩排'了《钦差大臣》的腹稿，当时果戈理正在紧张地创作这个剧本。他想要切切实实地考察一下他的微服查访对驿站站长可能产生的印象。为了这个目的，他请帕先科打头先行，并且要他沿途放风，说后面来了个钦差大臣，非常小心地隐瞒着这次出巡的目的。帕先科提早几个小时出发了，他一路上把事情办的妥妥帖帖，以至在各个驿站上人们都准备迎接那位虚构的钦差大臣的到来。由于他这一套异常成功的手腕，他们三个人赶路的速度非常之快，而在以往各次旅行中却得等上好几个小时才能弄到马匹。果戈理和达尼列夫斯基无论来到哪个驿站都受到殷勤周到的接待。果戈理的驿道旅行证上写的是：副教授，那些通常稀里糊涂的驿站站长却差不多把他当成了皇帝陛下的副官。当然，果戈理本人的行动和普通老百姓没什么两样，只不过像是出于一种单纯的好奇心少不了要问一问：'如果可以的话，请让我看看这儿的马怎么样，好么？'以及诸如此类的话。"这段亲身经历不能不对果戈理的创作产生重大影响。

　　果戈理的价值不在于他怎样将上述情节加以采用。对于人们司空见惯的事情，他能够发现他人发现不到的东西，这才体现出他超出常人的特殊才能。弄虚作假、徇私舞弊、索贿、受贿、玩忽职守等等，都在这一部戏中遭到无情的嘲讽。

　　1835 年夏，果戈理便向茹科夫斯基许下诺言："我在旅途中积累起来的情节和计划多得要命……只有十分之一写到了纸上并盼您赏光予以阅读。一个月以后我将气喘吁吁地抱着我那沉重的笔记本前来按您家的门铃……"剧作的写作速度的确非常之快，一个月之内完稿。而果戈理对波戈金说的时间更让人惊叹，他说三天就写完了剧本。1836 年元月 18 日，果戈理在茹科夫斯基家举行了新创剧本的朗诵会。很多俄罗斯著名的作家都到场了，其中大部分人对该剧表现出赞赏的态度。据说，普希金竟笑得前仰后合。不过，果戈理在茹科夫斯基家中朗诵的喜剧稿本、包括后来在舞台上演出的那一稿，都和我们现在所看到的《钦差大臣》有很大的区别。那时的主人公名叫斯卡库诺夫，这个名字的意思是"跑来跑去的人"，他暗示着主人公和作品来源于果戈理的旅途上。后来，主人公改名为赫列斯塔科夫，意为"鞭打"，鞭打谁呢？用什么东西来鞭打？果戈理想让观众自己去理解。

喜剧迅速地通过一级又一级官员审查的阶梯。1836 年 6 月 27 日，它被送到第三厅审查是否可以上演，回复的批示是："准予上演。"检察官甚至连剧本都没看，就做出批示："剧本无可非议。"3 月 13 日，《钦差大臣》获准出版。之所以这么顺利，是因为皇帝陛下的宫廷内侍总监应普希金和茹科夫斯基的求情，带着这部喜剧去见皇上，并请求给与最高庇护。4 月 19 日，以尼古拉为首的整个彼得堡官员在亚历山大剧院观看了演出。剧场时时爆发出哄堂大笑，以沙皇为首的彼得堡高官显宦们把这部剧只当成一部逗人发笑的轻松喜剧，使果戈理感到痛苦。观众的掌声并没有平静他的情绪，没等到演出结束，他就到看门人那儿抓起大衣跑掉了，"没有人，没有人，没有一个人理解！！！"他把头埋在桌子上，绝望地喊道。

实际上，不是没有人理解他，只是他当时不知道而已。别林斯基对《钦差大臣》的评价就非常深刻，但评论文章发表时已是 1840 年。他在谈到剧作开场时写到，市长梦见两只老鼠，这场梦便"展开了构成喜剧的现实的一连串幻影"。他说，对市长来说，"彼得堡……是一个神秘的地方，一个幻想的世界，它的形式是他不会也不可能想象的。"因此，就是赫列斯塔科夫这样的无用之人也完全可能成为这个世界的代表：也许，这个国家正是被这样的无用之徒控制着。别林斯基得出的结论是：《钦差大臣》"比现实本身更像现实，因为这一切是艺术的现实……"

经过果戈理的艺术加工，《钦差大臣》的题材得到了相当的深化。从后人对它日益加深认识后所得出的结论中，我们发现他的伟大之处正在于对普通题材的独特处理。

28. 别林斯基的自由思想

bié lín sī jī de zì yóu sī xiǎng

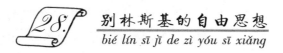

沙俄尼古拉王朝统治下的 19 世纪三四十年代，正是该世纪俄国历史上最黑暗的时代。此时，在俄罗斯广袤的土地上，农奴制盛行，广大的下层民众处于残酷的剥削压迫之下，重重的枷锁使得他们喘不过气来，黑暗的现实弥漫在人们心中。

此时的莫斯科作为俄罗斯帝国最古老的心脏，也已经开始经历着社会变革前的阵痛。圣母升天大教堂、伊凡大帝钟楼、高耸的克里姆林宫……这些有着许多历史遗迹的古都，有着神圣古代标志的古都，同样随着巨大的冲击，不复往日的辉煌。就读于莫斯科大学文学系的青年别林斯基也在深深思考着：俄罗斯应该走向何方？

童年的别林斯基生活在奔萨河畔的切姆巴尔县。他中等个儿，瘦瘦的，头发黄中带黑，大大的脸盘，显得很严肃。他酷爱文学，尤其喜欢戏剧。为了看戏，他用尽了各种办法，合法的和不合法的，比如通过买通剧院的女仆和仿造戏票等等。就这样，他看到了莎士比亚的《奥赛罗》，苏马罗科夫的《伪皇德米特里》，奥泽罗夫的《雅典的俄狄浦斯》等大批优秀剧作。在那个小剧院里，他也同样看到了许多他所不明白的事情。剧院老板经常毫无理由地大发雷霆，大声地骂舞台上的英雄们为"混蛋"、"畜生"，甚至威风凛凛地蹿上戏台，对那些可怜的演员拳打脚踢……正是这些农奴演员们泪汪汪的眼睛、血肉模糊的伤口和很多他不明白的事情，使他渐渐地长大了。社会上这种不平等现象越来越令他无法忍受。

作为一个默默无闻的县医的儿子和一个无钱无势的平民知识分子，他经历了一个多灾多难的童年和少年时代。和身边一些贵族出身的同学相比，他的境遇也很糟糕。他的生活异常艰难，缺乏足够的生活费，每天勉强用那些臭鱼烂虾、死畜的臭肉和带糊的肉汤填饱肚子。他不无讽刺地问道："我们居然没有人因得霍乱而死？"虽然作为官费生有免费的食宿，但吃的是上述的劣质饭菜，穿的是由霉坏的呢子制作的大衣制服。它们又薄又烂，几天之内便成了碎片。由于饮食的恶劣和风寒的侵蚀，他的健康状况急剧恶化，胸部、肋部总是十分疼痛，咳嗽得很厉害。而校医院的医务官却常常斥责他是没有人性的畜生，骂他装病。学校当局还千方百计地限制学生们的思想自由，只允许教授那些古板正统的课程。

正是在这样窘困的处境下，别林斯基开始醒悟了。他要探索人生的奥秘，他要研究人及其在社会上的地位。人类的自由与平等是社会生活的基石，这种人道主义是很容易实现的，途径就是废除农奴制。

随着别林斯这种深入的思考，一部伟大的作品《德米特里·卡里宁》问世了，这部作品的基调主要是一心向往"自由生活"的农奴同农奴主之间的冲突。作者以自己的双眼对社会进行了深刻的洞察，通过现实主义的生活场面，描写、刻画出地主老爷的野蛮、残暴和作威作福。他们像豺狼一样凶狠、残忍，视农奴如粪土。剧本中出现了很多同现实很相似的人物和事件。主人公卡里宁是以别林斯基中学时的一个同学为原型的，他是唯一一个农奴出身的中学生。卡里宁是农奴家仆的儿子，童年由于父母俱亡被有善心的老爷列辛斯基收养，并和老爷的两个儿子一起受教育。卡里宁热爱科学和艺术。他十分敏感，也无法忍受不公平的事。两个地主儿子对他百般虐待，别林斯基用这样的语言表达了卡里宁的感受，也倾吐了自己的心声："啊，这个词（指奴隶）对我的精神能发生极为可怕的、致命的作用！我觉得这个词儿就是匕首尖，就是毒蛇的毒牙，刺痛我的心，像毒火一样炙烧我的心！……每当他们带着狰狞的笑容说出这个词儿，我就要失去自制力，我就怒火万丈，我就要发狂，我常常想不顾一切地拼个你死我活……"其实他还算比较幸运的，与他相爱的列辛斯基的女儿索菲亚也是一个高尚的人。直到有一天老爷去世，两个地主儿子撕毁了那本老爷签发给卡里宁的解约证——解除农奴身份的象征、悲剧矛盾的焦点。没有这个，卡里宁无论如何渴望自由，也终究是一个卑贱的、受人摆布的奴隶。他失去了自由，也失去了爱人。索菲亚被迫嫁给基齐亚耶夫公爵。终于有一天，卡里宁闯进公爵家找自己的爱人，索菲亚自杀殉情。当卡里宁悲痛欲绝地准备自杀时，情节再次有了戏剧性的转变。老仆人伊凡把老爷的遗书交给了他，他原来是个私生子，而索菲亚是他的亲妹妹。

最精彩的是在结尾："可耻的奴隶制的印记！"卡里宁高喊道，一面将肩上的枷锁扯掉："去你的！我生前要自由，死后也要享受自由！"一群士兵跑进来，但卡里宁已获得了永远的自由。

应当说，这部作品继承了俄国进步文学的暴露性传统，继承了拉季舍夫、冯维辛和十二月党人的传统。这些革命思想及现实主义不仅帮助别林斯基真实地描绘出奴隶制社会的悲惨画面，而且让他深刻地认识到：现实社会的许多丑恶现象并非天经地义。这种有力的揭露、猛烈的鞭挞，也诱发了其更进一步的反抗。它是别林斯基早期思想活动的总结，是进步的平民文学鲜明的里程碑，对贵族社会和农奴制进行了深刻的揭露。而正是因为这一点，别林斯基也落入了危险境地。最后迎接他的是学校的开除。

当别林斯基被莫斯科大学当局以"才力贫乏，体质孱弱"的理由除名的时候，所有的同学都很气愤。如同一把盐被撒进了滚开的油锅中，整个二年级都变得纷嚷杂乱起来。大家很惊讶，因为学校开除别林斯基的理由竟是"才力贫乏"、"不堪造就"等罪名。虽然当时谁都不可能预料他会成为当代俄国最大的哲学家、文学评论家，但是无疑他是同学中最聪明、最有才华的一个。他既是文学小组的领导者、组织者，又创作了《德米特里·卡里宁》这样

别林斯基像

的精彩作品，怎么会"才力贫乏"呢？毫无疑问，这件事极不公正，令人气愤。

这是一场阴谋。尽管这样的阴谋谁都看得出来，可是无论谁也帮不了

别林斯基，因为这是针对他的自由思想而进行的一种无情的打击。别林斯基不得不离开莫斯科大学——这个让他厌恶又曾经培养他的地方。没有了应有的环境，就算有危险思想的学生也闹不出事来了，这就是督学大人一厢情愿的想法。的确，在最初的一瞬间，别林斯基感到万念俱灰，无依无靠，无以为生。没有钱，也没有地位，几乎衣食乏计，又不能把这个残酷的消息告诉远方的父母。怎么办？他决定留在莫斯科，凭借自己的本事为自己赚取生存的面包。他开始为可敬的教授纳杰日金主办的《望远镜》写文章。就是从《望远镜》，他走向了人生新的阶段，写就了《文学的幻想》这一伟大的作品。

《望远镜》在当时的莫斯科可以算得上是一家进步的杂志。就是这家小小的杂志，培养了整个 40 年代最杰出的人物，像别林斯基、奥加辽夫、赫尔岑、冈察洛夫、斯坦凯维奇、康·阿克萨科夫的文学生涯都是从《望远镜》开始的，普希金、恰达耶夫、波列凡耶夫、丘特切夫、柯里佐夫这些响当当的名字也和这家杂志紧紧联系在一起。不难想象，《望远镜》在 19 世纪 30、40 年代俄国出版界处于中心地位。纳杰日金的刊物向舆论界提出了许多重大问题，像俄罗斯文化的独特性与民族性、普及教育的必要性，还有文学的主要任务是正确地反映现实，这些都是该刊的许多论文、诗歌和小说的主题。

1839 年 9 月 21 日，在《望远镜》杂志副刊《杂谈报》第三十八期上，出现了一篇篇幅不大的文章，标题是《文学的幻想——评论的哀歌》，文章没有署名，只在末尾标明"待续"。果然，第三十九期《杂谈报》上又刊出了《文学的幻想》，也没有署名。第三次刊出的文章已经很长了，但没有结束。就这样，一直到第十次，《文学的幻想》的结尾才呈现出来，众多读者也看到了署名：昂·别林斯基。厚积而薄发，别林斯基正式向俄罗斯文坛宣布了自己的理论。

对这一长篇专论的反应是无比热烈的，无论是敌人还是朋友都是如此。敌人咬牙切齿地痛恨，与他势不两立。朋友则给予他热烈的赞扬。这篇文章新颖、泼辣、清新的气息陶醉了很多人，它让大家得到了企盼已久的新论点，听到了渴望已久的真理的声音。它极其精辟地论述了从康捷米尔起一直到果戈理的俄国文学史，提出了正在形成的俄国现实主义艺术亟待解决的问题。他谈到盲目模仿外国风格等种种可耻现象，谈到卖身投靠朝廷的文人之流的御用文学，最后又谈到浪漫主义的危机。别林斯基认为，文学只有反映"人民的内心生活"才能够存在和繁荣。他的激烈论战的语调，使人产生了一种看法，认为作者似乎抹杀了普希金以前的文学。而事实上别林斯基只是重新品评了许多名作，推翻了许多腐朽的权威观点，用历史的观点恰如其分地评价了普希金和果戈理以前的、并为他们的出现准备了相当条件的作家们真正的而不是臆造的贡献。

别林斯基本人具有远大而深远的目光，所以能够看清俄国文学的各种现象。《文学的幻想》之所以在历史上永远站得住脚，是因为在这篇论文中，他是将文学问题同社会问题紧密联系在一起来看的。这篇专论具有十分先进的民主精神，把现实主义、人民性的审美观同对俄国社会的批判结合了起来。

对于别人的批评，别林斯基非常不屑地说："他那样血口喷人，胡言乱语，也不过是自己老是无聊，随便咕哝一阵儿解闷儿。好吧，祝你健康。就让他继续解闷儿去吧！"然后，他又埋下头，认认真真地开始工作，继续着自己的文学批评事业。

别林斯基说："我现在充分、真切地感觉到，我生在世上就是要用笔来进行战斗的，论战就是我的使命、我的生命、我的幸福、我的空气和粮食。布利多戈夫（别林斯基的笔名）的文章所获得的战果，就是我最大的快乐，最好的享受。"

正是因为对敌人毫不留情的批判，对祖国和人民不加掩饰的热爱，别林斯基才用笔作武器，在激烈的斗争中度过了自己的青年时代。

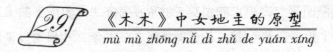
《木木》中女地主的原型
mù mù zhōng nǚ dì zhǔ de yuán xíng

1852 年，屠格涅夫因为写了一篇悼念果戈理的文章，被沙皇政府逮捕入狱。那段日子，他很寂寞。孤独中，许许多多的往事都涌入了他的脑海，尤其是儿时的经历更是清晰犹在眼前。他想起了母亲——斯帕斯科耶村的女地主瓦尔瓦拉·彼得罗芙娜·屠格涅娃。她于两年前刚刚去世。屠格涅夫心中不禁涌动起思念的情怀。可是，不自觉间，他眼前出现得更多的却是母亲那张凶狠、甚至残忍的面容。这对于已死的人来说，显然有些不敬，但不管屠格涅夫怎样努力，都无法改变这张面孔。他思考这一情形产生的原因，才发现，自己记忆中的母亲很少有慈爱的模样，除偶尔在儿子面前，或者当她难得遇上心情好的时候，脸上才会有满意的神情以外，剩下的就只有那个令人憎恶的女地主的形象了。"现在我之所以到了这种地步，不就是因为公开表达了对果戈理的赞赏之情么！而这位伟大的作家不又正是因为在作品中大胆地描写了农奴制度的腐朽没落，才遭到沙皇政府如此仇视的吗？可是，果戈理塑造的地主、描写的事件跟我在故乡的见闻、接触的地主又何尝不是一样的，他们对待农奴们的恶毒甚至还有过之而无不及呢！我的母亲正是这种地主中的一个呀！"

屠格涅夫的童年和少年时代是在故乡斯帕斯科耶度过的。那里的自然景色十分优美。入夏，各种颜色的小花点缀着满眼碧绿的草原，到处散发着沁人心脾的清香。可是，屠格涅夫并未感到心情多么愉快。每当他从野外带着快乐的情绪回到家的时候，一片浓重的阴影立刻笼罩了他的心扉。父亲活着的时候，很少跟孩子们亲热，对周围人的态度也非常严肃、冷淡，他的热情都用在了外出打猎、赌牌、酗酒或者追求邻村姑娘上面了。父亲的所作所为使母亲本就急躁易怒的性格变得更加乖戾、更加不可捉摸。父亲四十二岁就告别了人世，留下了孤独的母亲，这使她连跟父亲发火的机会都丧失了。但是这些火气并没有消失，而是加倍地发泄到了她的孩子身上，尤其是农奴们的身上。对于她来说，惩罚是不需要理由的，因为随便一件小事都可以使她暴跳如雷。屠格涅夫想起这些，既伤感又愤怒，对于童年，他几乎无可提起，连一段光明愉快的回忆也找不到。她的儿子尚且如此，那些农奴们的遭遇就更可想而知了。

一天，屠格涅夫因为一件鸡毛蒜皮的小事遭到母亲的责打，他不服，就壮起胆子问为什么打他，母亲生硬地说："这你本人最清楚，自己去猜吧。"农奴们在她面前不敢有任何不满的表示，否则，就遭到更加残酷的虐待。她经常当着农奴的面说："我对手下人行使权力，不须受任何约束。""我愿杀就杀，愿放就放。"大家都听惯了瓦尔瓦拉的这些话，头脑已经麻木了，没有谁表示过反抗或者进行过斗争。是呀，到别处打听打听，农奴们的遭遇没有什么差别，也许农奴的命运就该如此吧。

瓦尔瓦拉·彼得罗芙娜的家里有大量奴仆，每当她到自己的分散于奥廖尔、土拉、库尔斯克等省的田庄去视察时，出行的车队都是浩浩荡荡的：除了太太的四轮马车之外，还有医生的马车、洗衣女工和侍女乘坐的马车、厨师带着厨房用具搭乘的马车等。每到一地之前，当地的村长必须派人把她准备进餐或住宿用的房子收拾干净，挂好和铺好新浆洗干净的窗帘、台布、床单，铺上地毯，把行军餐桌布置和摆设停当。在她准备进餐之前，陪伴她的侍女必须身着长领短袖的衣裙先期赶到，分别在两边站好，等待她的到来。

一切都要按照瓦尔瓦拉的严格的规矩进行，她的手下没有谁敢有丝毫的怠慢。在她的"东家办事处"，即便是前来找她办事的区警察局长，在离她庄园一俄哩甚至一俄哩半远的地方就得把车铃摘下，以免惊扰夫人。每天早晨，瓦尔瓦拉都在固定的时间到她的"办事处"听取家庭秘书的报告、总管家和村长的汇报。当她走进办事处时，恭候在那里的秘书、村长和总管家急忙立正站好，深深鞠躬，而她绕到安置在高台上的办公桌后，在扶手椅上落座，然后向秘书威严地打个手势，让他开始报告。瓦尔瓦拉办公桌对面的墙上，总是十分端正地挂着她的叔父伊凡·伊凡诺维奇·卢托维诺夫的画像。瓦尔瓦拉十六岁那年，因为不堪继父的虐待而逃到了叔

父伊凡的家里。实际上，她在这里感受到的也是寄人篱下的痛苦。斯帕斯科耶村耗尽了她的青春年华，也培养了她孤僻、古怪、刚愎自用的性格。人们在她身上一眼就能看到她叔父的影子。而她自己也把叔父当做效仿的对象，并把叔父的每一项可恶之处都发扬光大，终于成就了今天的女地主形象。

对于瓦尔瓦拉手下的奴仆来说，最害怕的事情就是女主人发火，因而他们对她的一言一行观察得十分仔细。他们知道她见到什么会高兴，遇到什么样的事情会烦恼甚至会大发其火。瓦尔瓦拉一旦心生不快，就马上开始飞快地、神经质地拨弄胸前的琥珀念珠，大家一看到这一情景就知道，说不定哪些人又要遭殃了。

瓦尔瓦拉对戏剧、绘画、书籍还有鲜花十分喜爱。可是，这种高雅的艺术追求有时却掺杂着十分可耻的行为。有一次，不知是谁在她的花园里摘了一朵郁金香，结果，所有园丁都因为这件事遭到了残酷的鞭笞。一个生在斯帕斯科耶村的农奴孩子，因为具有非凡的绘画才能而得到了女主人的"赏识"，被派到莫斯科学习绘画。这个孩子后来果然画艺不凡，在莫斯科大剧院的天花板上留下了他的精彩杰作。但是，瓦尔瓦拉并不是因为珍惜这一难得的人才而大发恻隐之心，而是为自己的享用才这样做的。男孩儿学成后，被女主人强迫他回到家乡，专门为她画花卉写生。男孩儿悲愤地、疯狂地画呀、画呀，他笔下的花千姿百态、美不胜收，长在花园里的娇艳欲滴，散布在树丛间的芬芳可爱。可是，庄园里的人都知道，每一朵花中都浸满了他的血和泪。屠格涅夫回忆起这件事时，胸中仍不免充满愤怒，他说："一想到这些花卉，我就厌恶至极。"后来，那个不幸的男孩儿为排遣痛苦，开始酗酒，终于在酒精的麻醉中离开了这个世界。对这件事的回想使屠格涅夫产生了强烈的创作冲动。他迫不及待地请求狱卒为他提供纸和笔。在狱中，他就开始了小说《木木》的写作。很自然地，他在开头这样写道："在莫斯科的一条偏僻的街上，……从前有一位太太住在这儿，她是一位寡妇，周围还有一大群家奴。……她很少出门，只是在家孤寂地度过她那吝啬的、枯燥无味的余年……"

只要熟悉屠格涅夫的母亲，谁都能看出来作家上一段的描写是以谁为原型的，特别是当他写到那只小狗木木毫不在乎老地主婆对它的特殊热情，并对她表现出大不敬的态度时，老太婆的反应和做法活脱脱就是瓦尔瓦拉的翻版："太太一直到晚上都不快活，她不跟任何人讲话，她不打牌，她一夜都不舒服。她觉得她们给她用的花露水并不是平常给她的那一种，而且她的枕头有肥皂的气味，她叫那个管衣服的女人把所有的床单都闻过一遍——总之她心里烦，而且气得不得了。"屠格涅夫未曾料到，监狱中的孤寂日子竟成就了他的一篇优秀小说，而且，他以母亲为原型塑造的女地主形象还在日后他很多其他作品中反复出现。对这个人物的塑造，反映出屠格涅夫对农奴制度的惶惑、愤怒以至深恶痛绝的感情。

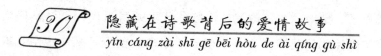

30. 隐藏在诗歌背后的爱情故事
yǐn cáng zài shī gē bēi hòu de ài qíng gù shì

屠格涅夫未曾料到，他与塔吉雅娜·巴枯宁娜的交往，竟唤醒了在他心中沉睡已久的诗神，使他一时间俨然成了一位诗人。

熟悉屠格涅夫的人大都把他看做是一位年轻的学者，很少有人认为他是作家，更没想到他还会用笔名发表诗作。就在他与塔吉雅娜往来密切的那段时间，他的诗频繁出现在《祖国纪事》和《现代人》杂志上，诗中弥漫的缠绵情怀让读者感受到被爱包围着的屠格涅夫的内心世界。

塔吉雅娜·巴枯宁娜是俄国著名的无政府主义理论家米哈伊尔·巴枯宁的妹妹。哥哥在柏林时就跟屠格涅夫非常熟悉，那时，她还在俄国，就听到过很多有关他的情况。后来，巴枯宁返回俄国，住在普列穆辛诺村。屠格涅夫前往莫斯科期间，专程去看望他。这次探访，竟引出了一段情感故事。

塔吉雅娜·巴枯宁娜是一位文化修养极高的姑娘，她博览群书，精于音律，熟练掌握几门外语。在长兄的影响下，她对哲学、艺术和诗歌都表现出浓厚的兴趣。别林斯基也是巴枯宁家的常客，对塔吉雅娜姊妹几人都非常熟悉，他对塔吉雅娜的评价是："塔吉雅娜·亚历山大罗夫娜是一个多么奇妙、多么好的姑娘啊！那一双秀目蓝晶晶的，深沉得像大海一般；她的目光倏忽飘来，迅如闪电，用果戈理的说法，似永恒长在；她的面孔亲切，仿佛向上天热切祈祷的神态尚未消失……"塔吉雅娜的气质与她的姐妹们很相像，反映出她们受浪漫主义影响的结果。塔吉雅娜在这方面表现得最明显，她生活在想象的世界里，那个世界和现实世界之间存在着巨大的差距，她梦想着理想世界的热烈、美好、诗意，痛恨现实生活的平淡、无聊、闲散。她感到自己似乎总在等待着什么，但究竟是什么，她也说不清。当伊凡·谢尔盖耶维奇出现在她面前时，她立刻想起了认识他的兄弟姐妹们对他的评价："一位奇妙、活泼、给人以鼓舞的人。"的确，屠格涅夫的身上有一种奇异的东西，能够对人产生强烈的吸引力。他的博闻强记、精辟见解，他对哲学、政治、诗歌、艺术颇有见地的看法，使塔吉雅娜一直空旷荒芜的情感世界立刻生机勃勃起来。多少年来，她用想象建构着一个现实中根本不存在的二人天地，在那里，她倾听着爱人的隽语妙言，享受着高雅的情感交流带来的幸福。今天，她忽然发现，"众里寻他千百度，那人却在灯火阑珊处"，屠格涅夫不正是她久久寻觅的意中人吗？

屠格涅夫在普列穆辛诺村仅仅呆了六天，但在这短暂的日子里，他与塔吉雅娜·亚历山大罗夫娜建立了深厚的友谊。因为他比塔吉雅娜小三岁，所以他把她称作姐姐，言谈中流露出亲密的感情。他知道塔吉雅娜爱好诗歌，并且对诗歌有着细致入微的鉴赏力和理解力，便兴致勃勃地给她读诗，既读普希金、莱蒙托夫等人的，也读他自己的。可是，塔吉雅娜在他的话语和目光里却读出了爱情。在她巨大的想象翅膀的煽动下，这种爱迅速飞升起来，充盈了她的内心世界。

从普列穆辛诺村回到莫斯科后，第一次见到塔吉雅娜·巴枯宁娜的弟弟阿列克谢时，屠格涅夫就请他给姐姐们写信，告诉她们自己在普列穆辛诺村度过的日子永远难忘，这六天中的每一分、每一秒都包含着整整一个世纪。这些带有强烈"煽情"作用的语言使塔吉雅娜浮想联翩，而其后他亲自写给塔吉雅娜的信更使得姑娘难以平静。屠格涅夫在信中表示愿同她尽快在莫斯科见上一面，他在结尾处写道："我知道，您不喜欢谈起您的身体健康状况。我只想说一句：您应该了解，您的生命还有可能使别人获得崇高、神圣的使命，而且谁能知道，它目前莫不是已经起到了这种作用？"此后，他又在通信中引用了普希金的诗：

> 你们那平静的荒野，
> 那沉痛的话语尾声，
> 就是宝藏、圣地，
> 就是我心中的爱情。

这些模棱两可的语言使巴枯宁娜越分析越感觉像是在表白爱情，她的爱也越来越炽烈，终至难以自持，遂不顾世俗的清规戒律，向屠格涅夫倾吐了自己的爱情："……您可以随便讲给任何人，我爱您，我低三下四得竟亲自把自己的无人问津的爱情，无人需要的爱情奉献于您的脚下。任凭人们蔑视我吧……"

塔吉雅娜非同一般的大胆倾诉，使屠格涅夫产生了复杂的情感：他觉得塔吉雅娜很可爱，但又没有达到让他痴迷的程度；她的内在世界的丰富是他以前所爱的姑娘无法相比的，但她却缺少她们的质朴和自然。不过，在回复塔吉雅娜的信中，屠格涅夫还是接受了姑娘的爱："我还从未像爱您一样爱过任何一个别的女人，虽然对于您的爱也不是全心全意的和牢不可变的。"这段话透出了屠格涅夫对塔吉雅娜爱的保留态度，似乎也预示了这段爱情的短命。

二人相见的时日不多，基本上靠通信的形式倾诉相互的思念之情。塔吉雅娜非常珍视屠格涅夫写给她的那些信，她在回复屠格涅夫的信中说："您的信，只要我活着，就不会离开我。即使是您本人索还，我也不会交出的——我的痛苦、我的爱情赋予了我这个权利。这种权利，任何人也休想剥夺。您最近的两封来信，自从我收到之日起，一直保存在我的贴心处。我唯一的乐趣，就是感觉得到它们的存在，就是把它们久久地贴紧……"

屠格涅夫对塔吉雅娜似乎从未产生过强烈的爱。这一点，塔吉雅娜很快就感觉到了。恋人的心是最敏感的。1842年3月，屠格涅夫给塔吉雅娜写信，前面提到两人之间已变得互相难以理解，后文却说要巴枯宁娜相信，他对她怀有深厚的感情。

巴枯宁娜还记得屠格涅夫那首《雷雨低压着大地驰过……》的诗中动人的诗句："在家里，你是否忘掉了苦痛？／充满爱的胸膛是否已经平静？"可是，那段感情却已不再。她小心翼翼将这爱情珍藏在记忆深处，连同那美妙动人的诗句。

31.《处女地》上迸发出的灵感火花

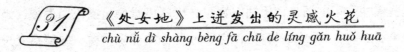

chù nǚ dì shàng bèng fā chū de líng gǎn huǒ huā

长篇小说《处女地》是屠格涅夫经过长期酝酿构思创作而成的一部作品。

早在《春潮》封笔之时，屠格涅夫就表达了对这部新作的不满之情，他觉得，它"没有对社会、政治和当代做出任何暗示"。

其实，屠格涅夫创作出一部与社会、政治密切联系的作品的打算由来已久。还没开始动笔写作《春潮》，屠格涅夫就产生了长篇小说《处女地》的构思。1870年，他从俄国返回他的暂居地伦敦，立即拟定了一个简短的写作提纲。事隔两年，他在给诗人波隆斯基的信中写道："你总希望我能（在自己的作品中）注意当代。第一，我住在国外，这样做很困难；其次，我确已在这方面有了些想法。"

屠格涅夫这段话可谓伸缩自如。不过，且不去管他怎样为自己这几年没能写出反映现实生活的作品作巧妙的辩护，我们注意到的是，他已经有了创作这类作品的打算，尽管说得很委婉。读者们都关切地等待着。

许多信息都是通过他写给至交好友的信透露出来的。比如，在一封致索·康·勃留洛娃的信中，屠格涅夫写道："我自己明白并也感到，我应当创作一部较大型的当代题材的作品。"接着，他又补充说道，"我已经酝酿好了一部长篇小说的情节和写作计划，因为我根本不认为在我们的时代，典型已经绝迹，已经没有什么东西可写……"

那么，他酝酿好的长篇要反映当时俄国什么现实呢？

60 年代，俄国兴起一场"到民间去"的运动，许多年轻知识分子，特别是平民知识分子的先进代表都积极加入到这场运动中来。他们怀抱着为人民谋福利的崇高革命感情，以人民利益为己任，坚决放弃个人的一切，要与广大民众共同创造社会主义，流放、坐牢在所不惜。1873 — 1874 年间，这场运动在俄国蓬勃兴起，但很快就失败了。此后，为了免遭沙皇政府的迫害，许多民粹派革命家流亡到了国外。

当时屠格涅夫身在国外，对这场运动虽有了解，但缺乏切身感受。可是，他非常想把这场运动中出现的人物和他们所代表的时代精神在小说中反映出来。困难存在，但他不能因此放弃这项计划。

巴黎是俄国民粹派革命者流亡避难之地。屠格涅夫得知自己的旧交、革命民粹派的著名思想家彼·拉·拉甫洛夫正在这里，便同他建立了联系，并通过他结识了一批这样的人物。在交往过程中，屠格涅夫特别喜欢其中的一位叫戈尔曼·洛帕京的青年。在这个青年人身上，他看到一种坚强、勇敢、百折不挠的精神，他称戈尔曼是"聪明人、英雄汉"，"不可摧毁的青年"，是个"头脑清醒的人"。

屠格涅夫非常想了解有关民粹派活动家的一切情况，而青年人也知道这位了不起的作家在掌握了这些材料后，会赋予它们艺术生命。于是，他们把许许多多民粹派革命者的事迹、这场运动的珍贵资料、还有运动中出现的有意思的事情都向屠格涅夫作了介绍。屠格涅夫每次都十分仔细地倾听他们的讲述，并把它们记在一个本子上。当遇到颇感兴趣的话题时，如谈到侨居苏黎世的俄国大学生的生活以及他们协助《前进！》杂志出版的情况时，他就向拉甫洛夫详细询问大学生们的生活及其心情，不厌其详。拉甫洛夫后来写道："我发现，当屠格涅夫听到一些年轻姑娘过着修女般的简朴刻苦的生活，把自己的时间、自己的劳动以及自己有限的几个钱都献给革命事业，而自己却甘当这个事业中的检字女工时，他非常激动。"

长篇小说《处女地》的材料渐渐积聚起来。屠格涅夫这段时间不仅与民粹派革命者们接触频繁，而且还亲自参加流亡者们的活动，在经济上给予力所能及的资助。他已经同这批将要在他的小说里亮相的人们建立了感情。

在动笔之前，屠格涅夫把大量时间用在积累和提炼素材、对生活进行细致深入的观察，对主人公作详细的分析评价，拟定各个章节以及某些场面的纲要等工作上。这些艰苦细致的准备工作为小说创作的顺利进行奠定了扎实的基础。

1876 年春，屠格涅夫再回故乡斯帕斯科耶，在他心目中，那里就是一个能激发人无穷创造力的天然大书房。一旦坐到椅子上，将目光投向窗外远处碧绿的山野、近处鲜花盛开的果木，便有心安气定之感，文学创作的灵感火花便不时迸发，小说人物便活跃起来。

他开始对小说中的人物进行描述。

青年涅日丹诺夫是一个显要人物的私生子，有病态的自尊心，神经过敏，情绪变化无常。他总是把精力投入到对社会问题的研究中，并参加革命小组活动，准备"到民间去"。谁也看不出他真正喜爱的其实是诗歌。

在做假自由主义者、真专制主义者的廷臣西比雅金家的家庭教师期间，涅日丹诺夫与西比雅金的侄女玛利安娜在心灵上产生了共鸣。姑娘"以一颗坚强的心灵的全部力量去追求自由"的精神使涅日丹诺夫找到了同伴和战友；她的温柔、纯洁激起他热烈的爱情。在涅日丹诺夫的影响下，玛利安娜决意参加革命，"我们的生命不能白白浪费，我们要到民间去……我们将要工作"。

可是，当他们真的要采取行动之时，涅日丹诺夫退却了。他声称酷爱人民，但又觉得不了解人民，不能同他们结合。最终，他放弃了一切理想，放弃了与玛利安娜的爱情。从普希金笔下的叶甫盖尼·奥涅金身上就鲜明体现出的贵族进步青年不可克服的缺陷，在这位曾经雄心勃勃的青年身上再现了。

出身平民的青年索洛明则是与他相对立的人物。他"像一个耕耘和播种的农夫那样不慌不忙地在进行自己的事业"，他的政治主张是自下而上进行渐进的改革。

早在两年前，这个人物形象就在屠格涅夫的头脑中形成了。当时作家曾给俄国一位资产阶级社会活动家菲洛索福娃写信，阐明他心目中正面人物的杰出品质：

> 时代已经变了，现在不需要巴扎洛夫式的人物。对于当今的社会活动来说，既不需要特殊的天才，也不需要超人的聪慧，就是说不需要任何伟大、杰出、与众不同的品质；需要的是勤劳、耐性，需要的是肯于无声无息、朴素无华去自我牺牲的精神，需要善于顺从和不嫌弃细小、平凡，甚至是低贱的工作。我用"低贱"一词，其意义是淳朴、平凡和平凡无奇（此处系用法语）。譬如说，有什么能比教农民识字，帮助他们开设医院等更"低贱"呢？这需要什么才能和学问呢？这里只需要一颗能够牺牲个人私利的心……需要义务感，需要真正意义的爱国主义的美好感情——这就是所需要的一切。

从事实际、具体工作的索洛明建立了自己的事业，也赢得了玛利安娜的爱情。

从开始动笔写作《处女地》到小说最后脱稿，屠格涅夫仅用了三个月的时间。作品中的情境、人物形象、事件的发展在他头脑中盘旋、奔跑多时了，只待他将它们放出。于是，当他落笔之时，小说就如同开闸的洪水奔泻而出。

对这部小说，屠格涅夫寄予了很大的希望，因为作家很清楚，这将是他最后一部大型作品，为此，他倾注了几乎全部的心血。

1876年秋，屠格涅夫把小说誊清后寄到《欧洲导报》编辑部，第二年，该刊前两期登载了《处女地》。

尽管没有充分展现民粹派运动的全貌，而且由于作者对民粹派了解的片面性和作者思想的局限性，屠格涅夫不能在作品中通过人物的塑造正确评价民粹派和正确理解俄国革命运动进一步发展的前景，但与前几部小说命运相似，《处女地》后半部分发表时，仍遭到了书刊检查机关的严重刁难。该部门检察官在报告中写道："'到民间去'运动这样的破坏性因素并未因涅日丹诺夫的自杀和马尔凯洛夫受到致命的惩罚而稍许冲淡。这些因素植根于在彼尔姆以合作形式开办工厂的索洛明那种不屈不挠的精神和马利安娜对这一事业那种无限的忠实当中……即使小说的前半部分已经出版，它的后半部分也未必应该允许继续出版，因为小说仅仅指出了'到民间去'这一运动为时过早和不合时宜，并未指出根本不存在一触即发的火种。"

屠格涅夫把小说的校样寄给了向他提供小说创作素材的朋友们，希望他们提出意见，并在细节方面给他以指导。流亡的革命者和《前进！》印刷所的同仁们听拉甫洛夫读完这部小说后，感到屠格涅夫的小说很好，但对革命者的描写不充分。拉甫洛夫承认这一点，但他强调说，这部作品的重要意义是作家"面对大肆谩骂革命青年的文艺作品，展现了这一代革命青年，把他们写成了崇高精神的唯一代表"。

尽管反动营垒和民主阵营都对《处女地》有不满的表示，但革命民主主义者最终认识到了这部小说的价值。有上面拉甫洛夫这样一番评价，屠格涅夫就感到满足了。

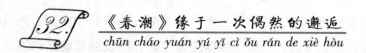

32. 《春潮》缘于一次偶然的邂逅
chūn cháo yuán yú yī cì ǒu rán de xiè hòu

每个人都有这样的感受：人生历程中的很多事都如过眼烟云，没有在记忆中留下一点痕迹；而有些事情却永远像是刚刚发生过一般，时时在眼前闪现，每一个画面都清晰可见，并涂抹着厚厚的情感的油彩。

那件事过去已经三十多年了，而且当时的经历即使再努力夸张其每个细节，实际上也短得如同正餐中的一道小点心。可是，屠格涅夫忘不掉那一幕。对那位美丽姑娘的深刻印象使他下决心一定要写出一部跟她有关的小说来，这已经成了他的一个夙愿了。进入 70 年代，他开始将多年的夙愿变为现实。

1840 年，屠格涅夫离开他住了一段时间的罗马，前往德国。当时他的经济状况不太乐观，许多方面都得从简。这没有影响他对德国浓厚的兴趣，相反，他从这种从未尝试过的新形式中却获得了很多意想不到的乐趣。他穿着普通行人的短外衣，拄着手杖，没有任何导游陪同，开始了徒步旅行。德国的山川景色完全不同于意大利南国风光的千娇百媚，它的雄伟奇绝、粗犷豪放使屠格涅夫的胸怀顿时变得宽广起来。

正是怀着这样的心情，他游历了德国的大部分地区，行程将告结束。5 月，他来到了歌德的故乡法兰克福。抵达美茵河畔这座美丽的城市，屠格涅夫的心中立刻充溢了只有歌德诗中才有的浪漫温情。幽静的小巷、闲适的人群、古朴的房舍，仿佛都是为人们心中最温柔、最浪漫的向往而设的背景。这里的各种情境与他所游历的其他地方有着截然不同的格调，它是放纵豪迈情感后的憩息之所，是热情的协奏曲中的柔板。而且，这座小城注定要在他的生命中涂上一笔美丽的色彩，为他的文学天空划下一道绚丽的彩虹。

法兰克福是屠格涅夫前往柏林的中间站。他准备在这里游历一天后，再搭乘四轮马车前往柏林。他先到驿站，为自己预定了一个座位。得知驿车的启程时间是当晚的 11 点钟，他知道还有将近一天的时间来细细地感受这座城市的韵味。他是独自旅行的，难免有孤独之感，尤其是当看到什么使人情绪激昂的事情、景致，却没有人诉说时，渴望游伴在左右的心情便十分强烈。但更多的时候，他体会到的是随意的自由。想怎样安排时间，到哪里去走走，不需要同任何人商量，而且可以随时调整行程和计划。正是有这样一个特殊的条件，他才有可能走进平素几乎不可能到的小巷，发现走马观花过程中根本无法欣赏到的美丽姑娘……

在旅馆吃过午饭，屠格涅夫开始在市内闲逛。他先去走访了歌德在鹿谷的故居，在那儿停留了一段时间。歌德是他崇敬的一位伟大的作家，作为立志成为举世公认的文学家的屠格涅夫来说，他之所以参观歌德故居，

绝不是为了看一下一位伟人的生活条件，而是要把他的具体生活和创作环境同周围大环境相比较，从中发现作家从生活中汲取的养分，并进一步分析这些养分对其文学创作的作用。

这一天，屠格涅夫想到很多。可以说，他和很多俄国作家一样，很多时间是在国外生活的。可是，他们到底以怎样的目光去看待外国呢？的确，国外的客观环境他们都有很多的了解，他们在旅游中发现了所到之处不同于俄国的城市、楼房、人物及其衣着，还有在不同的气候条件下生长出的植物、以不同样子的树木覆盖着的绿色山野等等。但他们独独没有去了解那里的人们。一个国家、一座城市、甚至一处山庄，它的风格、特征是由人们生活习性、地方风俗这些看不见的东西创造的，而它们就隐藏在人群中，在人们的一举手、一投足中不经意地流露出来。要想真正认识一个国家，首先需要真正认识那里的人民。想到这里，屠格涅夫不禁对大批涌入国外的旅行者们发起了感慨："哎！对于他们来说，城市、历史人物、历史事件的名字只不过是些名字而已。他们像《死魂灵》里的囚徒。这个囚徒仅仅满足于指出维席耶贡斯克的监狱洁净些，而察列沃科克莎伊斯克的监狱要更清洁些。我们的游客也是如此，他们也只能说上一句，法兰克福这座城市比纽伦堡要大些，柏林还要更大些。"屠格涅夫这时的想法竟带上了明显的嘲讽味道。在对他人的批判中，他找到了一条了解外国风土人情的便捷渠道。当然，他当时还未意识到，对于一位作家来说，深入到所游历之地人们的生活中去，还有可能为他提供难得的创作素材。很快，他接下来的经历就证明了这一点。

夕阳收束了它最后几缕光线，留给大地晚来的清凉。屠格涅夫离开宽阔的中央大道，拐进了弯弯曲曲的小巷。傍晚，这里是最能体现出市民们生活味道的所在。人们三两成群地聚在一家家铺面不大、却干净舒适的小酒店里，消解一天的疲累。而且，这里又是城市风味的聚集地。城市上百年的历史、风俗，可能就只盛在了一杯咖啡里，或藏在店主的一声吆喝中。他走进一家小吃店，想喝一杯柠檬茶。走了大半天，此时的屠格涅夫有些疲倦了，大脑由于不停地思考，也急于放松一下。当他迈着颇显沉重的双腿走进小店时，忽觉一阵清爽之感从头上直灌下来。小店里迎向他的一位美丽的姑娘使他疲乏顿消。

姑娘是带着一副焦急的神情朝他走来的。此时，店内很安静，除了他这唯一走进的客人，还有一位中年妇女，其装束证明了她的店主身份。这位中年妇女的神情与姑娘一样，惶惶中还显出不知所措的样子。

屠格涅夫急忙迎上前去。当时他感觉自己不是来喝茶的，而是担负着某种使命而来。后来回忆起来，他才明白，这种误解实际上是姑娘传递给他的那焦急的目光造成的。姑娘和她的母亲请求他帮助她们，原来姑娘的弟弟突然间昏死过去，母女二人急得不知如何是好。恰好有人进来，她们就顾不得什么，赶忙上前向来人求助。

在屠格涅夫的帮助之下，姑娘的弟弟终于苏醒了。这时，屠格涅夫才看到她脸上露出的笑容。这一笑，使她的面容像薄雾初散时的满月，皎洁明亮。她那双美丽的眼睛，迷蒙空远，仿佛其间藏着一个深不可测却令人向往的世界。当她用关切的眼光看着虚弱的小弟弟时，那眼睛中又饱含了母亲般的慈爱，就如同微寒的天气里燃烧起来的暖炉。屠格涅夫被深深感动了。仿佛有一股暖流从脚下直升上来，他不由自主地盯住姑娘，竟至于忘情。姑娘不好意思了。她的母亲怀着感激之情忙招呼他坐下，又为他冲了一杯浓浓的柠檬茶。

一阵忙乱过后，小吃店突然间静下来。这时，姑娘的母亲才发现屠格涅夫被女儿吸引住的目光。她赶忙同屠格涅夫攀谈起来，试图转移这位俄罗斯青年的注意力。看来，这位母亲常常遇到这类事，已经掌握了一套对付这种局面，帮助女儿摆脱尴尬处境的方法。

但这次她女儿的表现却与以往不一样。当然，不只是出于对这位临时承担救助任务的青年的感激之情，似乎还有别的什么东西拨动了姑娘那敏感的心弦，虽然没有言语上的表示，但她羞赧和传情的神态暴露了她的情感。当她侧耳倾听母亲与这位陌生青年之间的对话，得知他不过是偶尔经过此地的外国游客，她的脸上流露出多么强烈的失望之情啊！这种表情竟使屠格涅夫心痛。难道这番短暂的接触会唤起他神往已久的爱情吗？爱，

可遇而不可求的爱，如今与你相遇，却又不得不与你失之交臂！屠格涅夫知道，他在这家小店偶遇的甚至连真名字都不知道的姑娘，一定是他终生都不会再遇得上的好姑娘，这次与她分离（本来也没有过相聚），恐怕就是永远的分离了。以后不论何时想到德国，想到法兰克福，他都会想起这位可爱的，让他真正心动的美丽、善良的姑娘。

离开法兰克福许多年了。那里所经历的很多事情渐渐在记忆中模糊了，甚至他对歌德故居的方位都记不清了，但他永远忘不了小店里的姑娘，忘不了她那双世上绝无仅有的眼睛，更忘不了当时自己心脏怦然跳动和热血上涌时耳边呼呼作响的声音。也许姑娘早已忘记了那个傍晚发生的一切，但他无法忘怀。短短几个小时，他就经历了一次爱情大潮的洗礼。

1871年，屠格涅夫把三十多年前的短暂经历作为素材，开始创作中篇小说《春潮》。他清楚，与姑娘的邂逅只能是小说的引子，因为实在没有相关的实际情节，也没有故事发生。但他就是想把对姑娘的感受写进小说，仿佛这能帮他了一个夙愿似的。

《春潮》的情节大部分是屠格涅夫虚构的。他曾向一位外国友人讲起过这部小说创作动机的产生。在讲述时，他郑重声明，无论小说的细节还是故事发生的过程，他都做了很大的改造，因为他不想"盲目地依样画葫芦……"，而实际上，那次相遇恐怕只是含苞的葫芦花，岂能谈得上葫芦呢？

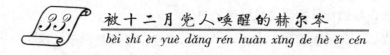

33. 被十二月党人唤醒的赫尔岑
bèi shí èr yuè dǎng rén huàn xǐng de hè ěr cén

1825年11月末，雪花纷飞的严冬里，沙皇亚历山大一世去世，消息是由一个参政官带来的，小小的赫尔岑虽然被挡在了得到消息的父亲的书房外，但是那个脸红通通的、一半脸露在皮外套领子外面的参政官的听差却把他招呼了过去，"你没有听见吗？"他问。"什么事？""皇上在塔甘罗格逝世了。"这一消息使赫尔岑大吃一惊，十三岁的他是在对皇上充满无限敬意的环境中长大的，从来就没想过他也会死。赫尔岑忧郁地想起不久前还在莫斯科见到他的情景。那时小赫尔岑正在特维尔门外散步，皇帝安详地骑着马和几个将军同行，他们刚刚从霍登广场阅兵回来。在孩子眼里，亚历山大一贯显得和蔼可亲，圆圆的脸，带着疲惫和忧郁的表情，来到小男孩身边时，含笑向摘下帽子的赫尔岑致意。

沙皇的死招致了一系列的行政措施，当然也引起了许多议论和忧虑。由皇帝之死引起的恐慌尚未平息，莫斯科尚未对新沙皇——康斯坦丁的宣誓准备就绪，京都就开始到处传说，康斯坦丁皇太子已放弃王位，皇冠将传给亚历山大之弟尼古拉，后来就有了残暴的尼古拉一世。赫尔岑后来在《往事与随想》中回忆道："尼古拉始终像一个头发短短，留胡子的墨杜萨。不论在街上，在宫廷、子女和大臣中，或同侍从和宫廷女官在一起时，尼古拉总是在不停地试探，看看他的目光能否产生响尾蛇的效果——让血管里的血凝固起来。如果说亚历山大的和蔼可亲是伪装的，那么这种伪装要比赤裸裸的实质暴政好些。"

1825 年 12 月 15 日晚，当赫尔岑正准备就寝时，他的参政官伯父神情异常地跑回家，和他父亲一起关上书房的门。又是参政官的随从悄悄告诉小少爷，彼得堡发生暴动，在用大炮朝加列尔纳近街轰击。第二天，宪兵将军科马罗夫斯基伯爵把"暴动"的详情告诉了伊万·阿列克谢耶维奇，讲了在伊萨基耶夫广场上的讨伐队伍，近卫军骑兵队的进攻和米勒拉多维奇的死。赫尔岑那天只能从窗口向外看街道，巡逻队在大街上来回巡逻。仆人们也受命不得离开家门。不过命令归命令，总得去小铺取牛奶，还得买青菜，在路上也可能往小酒馆看上一眼。于是在门房里也可以听到传说："要革命了。""革命"这个词很响亮，但不是俄国话，"暴动"——这就清楚了，这是俄国话。贵族们个个面带惧色，对十二月党人骂不绝口，莫斯科充斥着种种传闻，都在等待"贱民"的袭击，显贵们的宅子周围日夜都有卫兵防守，商人们关闭了店铺，纷纷逃往城外，在穷亲戚家里躲了起来。但不久商人们就稍稍恢复常态，返回家园重又开店营业。惊恐并未消除，贵族老爷们担忧的不是皇帝的死，甚至十二月党人暴乱分子也不那么可怕，他们担心的是仆人们在老爷私邸中的谈话，赫尔岑家也已经在毫无顾忌的议论着："春天一到，几乎要把所有的农民从老爷手里夺走。"

大逮捕开始了，"某某人被捕了"，"某某人被抓起来了"，"某某人从乡下给带来了"，做父母的为孩子担惊受怕，恐怖的乌云遮住了天空，社会舆论明显地发生了变化。在俄国贵族中，个人尊严的意识已经急剧衰退，这可从精神的急剧堕落得到证明。除了女性，没有人会对被捕的人表示同情，哪怕是昨天还曾握过手的人。

赫尔岑已被禁止到仆人的住房里去，这更加激起了他想听听仆人们都在窃窃私语什么的欲望。在这种焦急等待的气氛中，加上又受到刚读过的席勒作品的鼓舞，孩子的幻想打开了广阔天地。赫尔岑的思绪已远远飞向了冷酷的彼得堡，飞向那关押所有起义参加者的彼得罗马甫洛夫所斯克要塞。他幻想自己勇敢地潜入囚室，解放囚徒，或者同他们一起牺牲。不知为什么，英雄主义的幻想总是以死告终。他的全部同情心，整个热忱和少年的天真感情都倾注在遭受严酷审讯的人们的身上。赫尔岑才十三岁，但他不相信在《圣彼得堡新闻》的增刊上偷看到的政府的通告，这孩子甚至领悟到，这不是"由七八个首领指挥的有几名穿燕尾服的卑鄙人物参加的一小撮狂人的暴乱，而其帮凶是醉醺醺的士兵和为数不多的，也是醉醺醺的贱民"。赫尔岑如今对那些手持武器，在他难忘的十二岁的一天走上枢密院广场的人们，已经知道了很多。博罗季诺战役的英雄帕维尔·佩斯捷利——难道是醉醺醺的首领？而康德洛季·雷列耶夫呢，他是穿着燕尾服的卑鄙人物？可耻，可恶，真是令人想哭，想和他们大闹一场……仿佛有种东西在这孩子心里不断翻腾。"我面前渐渐展现出一个新的世界，它越来越成为我整个精神生活的支柱；我不知道这是怎样形成的，不过当我有点明白，或者模模糊糊了解到这是怎么回事的时候，我感到我并不属于那一边，那个拥有炸弹和胜利、监狱、锁链的人的一边。"

1826 年 7 月 13 日，彼得堡，清晨五点钟，佩斯捷利、雷列耶夫等五位十二月党人领袖被处绞刑，虽然有三个人从绞架上挣脱，但执刑官仍不顾罗斯时代的传统习俗，重又将他们吊起。为了不惊扰皇帝，事先未通知沙皇就执行了绞刑。1826 年 8 月 22 日，是尼古拉一世举行加冕礼的日子。乌斯片斯克修道院从早晨 8 点就响起祷告声和钟声，钟声刚止，礼炮声又起，这表示特邀参加仪式的人应当马上去克里姆林宫，赫尔岑的父亲又被要求必须出席加冕礼。广场上、克里姆林宫都被戴流苏肩章、金纽扣、勋章、绶带、骠骑兵披肩等的显贵人物环绕着。围有栏杆、铺着红板木的路从乌斯片斯克修道院伸展到红门廊，从红门廊伸展到阿尔罕格尔修道院。而这红呢覆着的通道，在赫尔岑眼里分明是十二月党人的鲜血凝成的。一个月前，即 7 月 19 日那天，总主教菲拉列特就在这个广场上"为消除叛乱"而祈祷。当时，赫尔岑被迫跪在被"血淋淋的祷词玷污"的圣坛前，眼含泪花默念着另一种祷词，发誓"要为那些被处死的报仇"，决定跟"这王位、这圣坛、这些大炮战斗到底"。这决不再是一个小男孩、一个少年的发誓，而是他毕生忠贞不渝的誓言。

加冕礼之后，赫尔岑开始用大梦初醒的眼睛来看待俄国现实中的许多现象，对政治问题产生了兴趣。他的老师开始引导他阅读普希金的作品。诗人那长满卷发的头，闪烁着俄国复兴的伟大的理想的双眸，都成为赫尔岑梦想中的诗句。

少年时代结束了，赫尔岑与奥加辽夫的相识、相知更加深了他拯救大地于黑暗的信念，对未来的意识像火苗一样点燃了青年人的心。在此后的岁月中，正是持着这青年时代的理想，赫尔岑写出了《自然研究通讯》、《法意书简》、《论俄国革命思想的发展》、《往事与随想》、《谁之罪？》等，这些伟大的著作，"在俄国革命的准备上起了伟大的作用"。

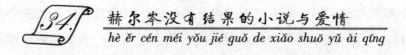

34. 赫尔岑没有结果的小说与爱情
hè ěr cén méi yǒu jié guǒ de xiǎo shuō yǔ ài qíng

1834 年，赫尔岑因在大学里组织政治小组的活动被人告发，政府以

"对社会极端有害的大胆的自由思想者"的罪名，把他流放到彼尔姆、维亚特卡、符拉季米尔和诺夫戈罗德等地。在孤独痛苦的流放生活中，赫尔岑开始了与自己的表妹纳塔利娅的通信，朦胧的爱的萌芽全都孕育在"驿寄梅花、鱼传尺素"中，赫尔岑在信中称纳塔利娅为"我的小妹"，署名为"你的哥哥"，正如他在自传中回忆的那样，"'小妹'这个词是表示在我们两人之间那种发自内心的感情，我过去喜欢这个称呼，现在也喜欢它，这个称呼并非表示一种界限，相反它有着丰富的内涵：友谊、爱情、血缘关系，相同的兴趣、亲属地位以及种种难以割舍的习惯。过去我没有用它称呼过任何人，这个词是我认为珍贵的称呼，一直到后来我还是这样称呼纳塔利娅"。如果没有另一个女子的出现，这种已见端倪的脉脉深情应该迅速燃烧成给赫尔岑快乐的爱情之火，但是，纳塔利娅却恰恰不是这个故事的女主角，"最初我不能真正理解我们的关系，也许正因为如此，另一个诱惑在等待着……并不是我生活中一段美好的经历，它对我只是一种无奈，唤起内心的苦恼和歉意"。

1835 年 5 月 19 日，赫尔岑抵达维亚特卡，并且在喀山街租了套住房。这是一所三栋楼房的宅院，三栋楼相互毗邻，由一座花园将其连接在一起，一所由赫尔岑与房东家共住，一所住着三位小姐和她们的父母，第三所是空的。一天早晨，第三所房子搬来一对夫妇，丈夫是个枯燥乏味、待人冷漠的五十多岁的官员，而妻子却聪慧、温柔又有才学，年仅二十五岁。几天后，在花园中，赫尔岑和这位有着金黄色头发、十分可爱的普拉斯科维娅·梅德韦杰娃夫人相识了。就像电光火石的一闪，激情迅速在赫尔岑的心中点燃了，他自己描写道："P 属于那种总是把热情隐藏在内心的女性，也只有金黄色头发的女性才会这样。在她们那温柔沉静的外表下是一颗火热的心，激动起来她们会脸色苍白，眼睛不但不会发亮反而变得黯淡。P 的眼光疲惫无神，似乎已不想再寻求什么，但她那起伏不定的心胸却表示着，她仍在渴求得到她从未得到的东西，好像有一道电流通过她的身体，使她无法平静。在花园中散步时，她常常脸色发白，内心似乎惊恐不安，也无心再与我谈话，就匆忙回家。她此时的神情正是我非常喜爱的。"

赫尔岑了解到梅德韦杰娃差不多十五岁就被迫嫁给了比她大得多的男人，夫妻间没什么爱情可言，现在丈夫卧病在床，她出于自己的责任照顾他，虽然是位贤妻良母和丈夫病榻旁的好护士，内心却很悲哀，孩子的存在也不能满足她精神的空虚，她总想再追求一些什么，而在她没有欢乐的生活中，才华横溢的赫尔岑几乎成了她崇拜的偶像，那年轻美貌的容颜下充满痛苦和欲望的心，很愿把未汲尽温柔的情感毫无保留地奉献给一个一见钟情的人。不久，赫尔岑被邀请到梅德韦杰娃家去做客，又过了些时候，他与梅德韦杰娃之间出现了第一个密约，即她写了张纸预先告诉他，她由于丈夫反对，不能为他画像，但赫尔岑"非常热情、也许有些过分地"向她致谢，没有让她秘密画像，不过这两封信让他们一下接近了。后来梅德韦杰娃一家搬到了城里的另外一个地方，赫尔岑第一次去看他们时，女主人正在弹钢琴，眼睛哭红了，他请她接着弹下去，她却总是弹错，她的手在发抖，脸色也变了。"这里是多么压抑啊！"她说，突然从琴凳上站起来。赫尔岑没有回答，只是抓住了她那柔软而发烫的双手；她的头好像戴着沉重的帽子，无奈地倒下来，倒向他的胸口；她用额头贴了一下就马上离开了。第二天，他收到了她的一张便条，她似乎有些害怕。拼命地为前一天的事辩护，她说那时她正处于可怕的神情恍惚状态，那天的事她已不大记得，很抱歉。不过她虽然释放烟幕，却掩藏不住从信中流露出的热情。

他们很快亲近起来，赫尔岑足有整整一个月陷在抑制不住的兴奋中，而清醒时良心的责备迅速地接踵而来。梅德韦杰娃是有丈夫的人，而赫尔岑被流放以来一直和表妹纳塔利娅书信往来，表妹向他倾吐了自己的爱慕之情，表达了对他们共同未来的希望和憧憬，他甚至认为她的信件在他的生命中有"了不起的作用"，是"严寒中的暖流"，而纳塔利娅是他的"心人上"，没有了她"便无法活下去"。他弄不清自己的感情，感觉到和梅德韦杰娃的爱情像是"罪过"和"堕落"，"玷污了自己的良心"。他开始感到自己角色的尴尬，迸发如闪电的激情在一个多月后开始退潮，虽然

他也曾想过在梅德韦杰娃丈夫死后娶她为妻，但最终还是对纳塔利娅的眷恋占了上风。

1836年新年伊始，赫尔岑收到了纳塔利娅的信，他把信都背得烂熟了——"当我给你写信时，是上帝亲自牵动我的手……他给了我一颗心，一颗只会爱你一个人的心……现在我整个就是一曲爱的颂歌，你听听这音乐呵：是好的音乐，上帝恩赐的音乐，你的音乐！"赫尔岑的一切疑虑都消失了，他确信了纳塔利娅和他之间深挚的爱恋，感到无限幸福。可突然……1836年1月18日早晨，待仆叫醒了赫尔岑，"梅德韦杰夫老头去世了。"当赫尔岑见到梅德韦杰娃的时候，她已经昏迷不醒了，他接连两天奔忙和帮寡妇料理好一切，渐渐地她悲哀凄惨的脸色变得明朗，流露出一丝希望，她的眼神中流露出不确定的疑问，停留在赫尔岑的身上，像是在期待一些问题和答案，但他的沉默使她不安和慌乱。赫尔岑明白，自己已不再爱她，虽然依旧关心她。如今他已被另一种感情所俘虏，那时的热情迸发，只是为另一种感情做准备。此时他进退两难，不安地企盼时间和空间可以帮他改变一切，却没想到情况的变化让他的处境更加为难。

维亚特卡省的省长丘法耶夫开始怀着卑鄙的动机"多情地关照"寡妇了，他还从未遇到哪位维亚特卡的太太会反抗他。丘法耶夫有张王牌——一省之父关怀陷于困境的年轻妇女的幸福，他准备施恩于可怜的孤儿……梅德韦杰娃对这一切全明白，把丘法耶夫赶出了家门。受了侮辱的省长当然怀恨在心，不幸的女人不能再安定度日。在举目无亲又充满仇视的城市里，她只能向赫尔岑寻求保护，希望赫尔岑向他求婚，但他却不能也不愿这样表示，尽管良心有时也会要求——结婚吧。"……我很痛苦，我以抱怨而胆怯的心情期待时间上偶尔的许可，以半真半假的话进行拖延。"丘法耶夫开始使用卑鄙的手段，唆使店铺老板和房东要求穷寡妇缴付食品欠款和房租，拒绝她要求孩子上公费寄宿学校的申请，赫尔岑给兄长写信借了一千卢布给她，甚至在给纳塔利娅的信中也没写清为什么需要这笔款子，他还没有完全向表妹承认自己对梅德韦杰娃的迷恋，而这件事已成为难以摆脱的良心谴责。这个时候赫尔岑同建筑师维特贝格一家住在一起，为了帮助可怜的寡妇，建筑师让梅德韦杰娃也搬来同住，因为再没有其他躲避丘法耶夫纠缠的办法了。赫尔岑的处境而今变得简直无法忍受，"我们恰恰在彼此应当天各一方的时候落到了同一个屋顶之下"。

然而，在这炎热沉闷的夏天里，表妹从莫斯科给他的信却成了清新的空气，纳塔利娅可爱的形象愈来愈清晰起来，他明白了，对梅德韦杰娃的爱只是一种冲动，使他认识了自己，了解了内心的秘密。他意识到自己再保持沉默不向表妹坦白自己同寡妇的事情，就是在堕落，而一个正在堕落的人是没有资格得到这正在发展着的爱情的。而纳塔利娅也感到了一些什么，她在信中写道："你大概有什么烦恼，可能你比我更为你的问题担心。我的朋友，请你放心，它并不能改变什么。我对你的爱已经不可能再强烈，也不可再减弱了。"赫尔岑终于鼓起勇气，给表妹写了封信，将详情一一告诉了她，并在期待她的"判决"中辗转不安起来。然而表妹的回信却是宽恕的，"关于她，我如今只有一个请求，如果你不能给她增添幸福，就别去增加她的痛苦，让她别再爱你……不然她的痛苦就会更加深重……"，她甚至做好赫尔岑同梅德韦杰娃结婚的准备，而她不过是"表妹，神魂颠倒地爱着你的表妹"。

梅德韦杰娃处在痛苦之中，她那哭泣的眼睛和饱含痛苦和责备的目光，使赫尔岑从高兴转为烦恼。他真心可怜她。他不能再这样虚伪地生活下去，终于写了信向她彻底忏悔，热烈地、坦率地说明了一切，第二天梅德韦杰娃就病了。但她不久却给赫尔岑写了一封信，在信中虽然倾诉了一颗正在哭泣的心，却用超常的意志压抑着痛苦而宽恕了他，她祝他们幸福，称纳塔利娅为妹妹，并且说为了忘掉一切，为了将来仍然会有的友谊，她要向他们伸出手，好像她才是有罪的。

赫尔岑曾在 1836 年 6 月写信给纳塔利娅说："我青春年少时期的所有灿烂夺目、才华横溢的东西，我都将通过形式上虚构而感情上真挚的一些文章和中篇小说加以描述。"他同梅德韦杰娃肝肠寸断的爱情悲剧，恰是良好的浪漫小说的题材，于是他写了小说《叶莲娜》，其中充满了浪漫主义的点缀烘托，有劫运，有无足轻重的人物，女主人公就是梅德韦杰娃，但很快赫尔岑就对小说感到失望，中途搁笔，原打算发表在《祖国之子》上，却未能做到。但在伦敦出版的《谁之罪?》的序言中他提到这本中篇小说："我想以小说缓和一下使良心受到谴责的回忆，聊以自慰，并抛撒鲜花来改变一个妇女的形象，以免看见她的斑斑泪痕。自然，我没能如愿以偿……"

35. 《平凡的故事》不平凡
píng fán de gù shì bù píng fán

19 世纪 40 年代的俄国，社会矛盾进一步激化，农奴与反动势力的斗争愈演愈烈，整个社会形势处于动荡不安之中。就在这种情况下，俄国的文学也发生了深刻的变化，涌现出一大批新作家，冈察洛夫就是其中较为杰出的一个。可以说，冈察洛夫能够成功地走上批判现实主义的道路是与别林斯基的影响和帮助分不开的。实际上，直到 1846 年冈察洛夫才同别林斯基结识和交往，不过，冈察洛夫早就对别林斯基抱有好感，并密切注视着他的评论活动。别林斯基极其透彻地向读者展示了俄国文学传统的继承性及普希金和果戈理在思想上和艺术上的有机联系，揭露了生活和文学中的反动浪漫主义及与进步思想格格不入的斯拉夫主义者的理论。别林斯基的理论使当时包括冈察洛夫在内的很多俄国文学家找到了关于社会和文学之间存在的问题的答案，并对他们的文学创作产生了深远的影响。冈察洛夫在一封信里写道："只有在别林斯基澄清了当时一团混乱的审美观点、美学和其他概念之后我对莱蒙托夫和果戈理笔下的主人公的看法才开始明确和端正，产生了自觉的批评……"。可以说，冈察洛夫的长篇小说《平凡的故事》由构思到创作都从别林斯基发表于 19 世纪 40 年代的论文中汲取了很多营养。

冈察洛夫用了三年的时间创作长篇小说《平凡的故事》，他在自传体的《不平凡的故事》一文中写道："1844 年构思长篇小说，1845 年写作，1846 年写剩下的章节。" 不过在这里，我们应当对一些有关小说创作的情况作若干确切的说明。冈察洛夫在 1844 年时并不仅仅是构思小说，而实际上已经写出了相当一部分。这一点可以由迈可夫家一位姓斯塔尔切夫斯基的熟人证实。他曾应邀到迈可夫家的"沙龙"上听冈察洛夫朗读小说，而在这以前，冈察洛夫已经朗诵过"两次"。

冈察洛夫在写《平凡的故事》时，信心还是很足的，写作速度也比较快。这既证实他的生活观已经成熟，也说明他进行了充分的构思。可是，冈察洛夫仍然摆脱不掉内心的重重疑虑，对自己的作品总是惴惴不安。作为一个刚刚踏入文学殿堂的青年来说，他对自己作品的要求很严格，尽管《平凡的故事》不止一次地在友人的圈子里朗读并几经加工和修改，但在最后准备付梓的时候，他仍然觉得小说距离发表还有很大的一段差距，于是他就很想听听已经倾慕很久的、当代评论界权威别林斯基的意见。然而，此时的冈察洛夫之于别林斯基的关系还只是处于初交的阶段，并同他没有真正地接触过。恰好，在迈可夫家的"文艺沙龙"上有一个姓雅孜可夫的小官员，这个小官员经常出入迈可夫家的"沙龙"，而且还经常参加别林斯基文学小组的活动，他和别林斯基、涅克拉索夫等人都很熟悉。冈察洛夫便请他帮忙，把《平凡的故事》的手稿转交给别林斯基。但转念一想，别林斯基是当代文坛的权威，而自己只是一个无名小卒，况且小说还只是一部处女作，不好轻易地去惊动别林斯基，所以就请雅孜可夫先代为看一看，如果认为有必要，再请别林斯基过目。雅孜可夫把冈察洛夫的手稿拿回家随便翻了翻，当他看了开头的几章之后觉得没什么意思，就放了下来，既没有转交给别林斯基，也没有马上还给冈察洛夫。这样一放就是半年多。在这长达半年的日子里，年轻的冈察洛夫的心里无时无刻不在惦记着手稿的命运，在焦急地等待中、在内心的煎熬中度日如年，但是，本性羞涩的他又不好意思直接地向雅孜可夫询问。也许，上天总是眷顾有志者吧，半年后的一天，雅孜可夫在同涅克拉索夫聊天时，无意当中谈起了冈察洛夫的这部手稿，还说这部小说写得不怎么样，不值得发表，等等。涅克拉索夫是一个既爱惜人才又独具慧眼的人，陀斯妥耶夫斯基、列夫·托尔斯泰等后来著名的作家都是他发现并加以培养的。他不相信雅孜可夫武断的评价，便把手稿要了过去。涅克拉索夫刚刚看了手稿的几页就不禁拍案叫好，他敏感地意识到一个新的文坛巨星即将诞生了。他怀着无比兴奋的心情向别林斯基推荐了这部名为《平凡的故事》的手稿。别林斯基在看了手稿之后也非常高兴，他盛情邀请冈察洛夫到他位于涅瓦大街洛巴丁街的寓所中朗诵《平凡的故事》，当时在场的还有团结在别林斯基周围的所有文学家和朋友们，这样的情形一直持续了几个晚上。在这几天中，年轻的冈察洛夫觉得自己是世界上最幸福的人，他不仅见到了仰慕已久的别林斯基，而且自己的手稿还得到了如此之高的重视，要知道，一个人最后的成功不仅仅需要自身的努力，更需要伯乐的发掘和栽培，冈察洛夫和他的《平凡的故事》几经周折，在经历了"不平凡的故事"之后，终于等来了明媚的春天。

别林斯基的重视为这部作品带来了极高的声誉，虽然它还没有出版，但冈察洛夫和《平凡的故事》的大名就已经好像长上了翅膀一样很快传遍了彼得堡的每一个角落，并在不久之后传到了莫斯科等地，所有的读者都热切地盼望能够早一点儿读到冈察洛夫的小说《平凡的故事》。这时，冈察洛夫也开始精心地准备这部长篇小说的出版。在别林斯基和涅克拉索夫的赞扬和鼓励下，他自己亲自把手稿誊抄了三遍，并用了半年的时间完成了对《平凡的故事》的修改。起初，别林斯基和涅克拉索夫都打算把《平凡的故事》收进他们拟编的《列维阿凡》文学集子里。不过遗憾的是，这个集子最后并没有搞成功。"山重水复疑无路，柳暗花明又一村"，正当冈察洛夫为《平凡的故事》的命运而忐忑不安时，1846年秋，涅克拉索夫和帕纳耶夫在一些朋友的支持帮助之下从彼·普列特尼约夫那里买下了《现代人》的发行权。9月份，涅克拉索夫从冈察洛夫手中要去了《平凡的故事》的手稿，并约他担任《现代人》杂志的经常撰稿人。于是，从1846年开始，冈察洛夫就成了《现代人》的同仁，他的长篇小说《平凡的故事》也得以在《现代人》杂志1847年的第三期、第四期上连续发表。

当时，由于沙皇对文艺实行高压政策，所以，"纯艺术"、"为艺术而艺术"的思想成为时髦，迈可夫家的"沙龙"和手抄刊物也都带有浓厚的

"纯艺术"倾向。冈察洛夫的中篇小说《癫痫》虽然是采用了上流社会消遣娱乐的"家庭小说"形式，但是在思想倾向上已可察觉到现实主义的因素和他对贵族浪漫主义和贵族懒散习气的嘲笑。他在小说中大量采用了当时浪漫主义小说常用的激昂的言辞和夸张的手法。小说中嘲笑了主人公左洛夫一家人热衷于郊游的怪癖。主人公全家都是浪漫主义者，富于幻想，爱用夸张的语言。他们把普通的郊游说成是"和大自然交心"、"欣赏大自然"等，并且把所到之处平凡无奇的景色幻想成罕见的奇景，给以夸张的称号。比如，他们看到一座烂木桥，便说是远古的遗迹；遇见一条平凡的小河，便夸它是某某名川；爬上一座小小的山头，便幻想征服了某某高峰；见到几根动物的骨头，便惊叫认定是古代英雄的遗骸，等等。当这部作品在"沙龙"上朗诵时，从头到尾都引起人们一阵阵哄笑声。

人们听出，冈察洛夫巧妙、善意地把迈可夫一家人和朋友们的脾气爱好，用移花接木的手法转移到小说的主人公身上。比如，最早出现的女主人公左洛娃，她爱坐在桌子旁边的沙发上，不断殷勤地给客人倒茶，人们便猜测她的原型是迈可夫夫人。接着是男主人公，他左手拿着烟，右手端着茶，不时地插进客人们的圈子中来，和客人们交谈几句，人们猜测他的原型准是迈可夫。小说中的一家人还有一个常来常往的朋友叫做华列尼津，这个人的原型被人们认为是冈察洛夫的上司、文化界知名人物、《读书文库》杂志的编辑——索罗尼津。

冈察洛夫同迈可夫一家人的接近，一方面使他开始结识文学界人士，了解文学界的情况，提高自己的文学修养；另一方面使他找到了发表自己试作的园地。这一切都为他日后成为俄罗斯文坛著名的批判现实主义作家奠定了扎实的基础。

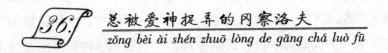

36. 总被爱神捉弄的冈察洛夫

zǒng bèi ài shén zhuō lòng de gāng chá luò fū

在冈察洛夫的生命中，有一个很重要的女人，她的名字叫做伊丽莎白

·瓦西里耶芙娜·托尔斯塔娅。冈察洛夫与她的情感纠葛对他的文学创作产生了深远的影响。

冈察洛夫与伊·托尔斯塔娅的交往可以追溯到1843年，当时，在迈可夫家的文艺沙龙上，三十一岁的冈察洛夫与十四岁的托尔斯塔娅初次相遇。这个天真烂漫、豆蔻年华的美妙女子给冈察洛夫留下了深刻的印象。在1843年的纪念册里，冈察洛夫把她逗留在彼得堡的时光称为"珍贵的时刻"，并祝愿她"前程圣洁，万事顺遂"。

一晃儿，十二年过去了，冈察洛夫已经成为驰名全国的作家，但时年四十三岁的他在感情生活上仍乏善可陈，他孤身一人，心情十分忧郁。他在给友人的信里称自己为"老头子"，似乎认为"爱情"这种东西已同他的生活格格不入了。但是，爱神维纳斯总是爱捉弄人的，她常常在你濒临绝望的时候悄然降临。1855年秋，伊·托尔斯塔娅突然又出现在迈可夫家，已脱去稚气的她眼波流转、丰满动人、聪颖健谈，浑身上下充满了青春少女成熟的光芒。她的出现立刻吸引了无数人的目光，冈察洛夫也不例外。这次意外的相见点燃了冈察洛夫心中熄灭已久的爱火，从此，冈察洛夫成了伊·托尔斯塔娅狂热的、坚定的爱慕者，他甘愿把自己的一生毫无保留地奉献给她，忠实地守护着她。在这种爱的激情中，在新生活的感召下，作家的灵感勃发，思如泉涌。冈察洛夫写给托尔斯塔娅的信，可以说是一部灵魂的自白书，是一部完整的爱情小说。从一开始，一个温存的、忠诚的男友的形象便出现在我们的眼前，他含情脉脉地完成心目当中女神的种种委托。他给她送去屠格涅夫和皮谢姆斯基的书、《祖国纪事》的刊物和各种文学作品的选集，给她弄来十分紧俏的戏票，经常陪她去看歌剧和法国演员的巡回演出，到商店为她取回定做的、款式入时的手套……，总之，冈察洛夫所做的一切都与热恋中的男友一般无二，而托尔斯塔娅也总是天真地、无拘无束地接受他的好意。但是，尽管这样，生性谨慎的冈察洛夫还是没有马上向姑娘表白自己的心迹，他宁愿把这种爱慕当成像圣饼一样纯洁而神圣的友谊。然而，爱情就是爱情，它骗不了别人，更骗不了自己。冈察洛夫在给友人的信里，"友谊"一词之前越来越多地经常地出现意味深长的删节号，"友谊"，显然已逐渐成为"爱情"的代名词。爱的煎熬弄得冈察洛夫神魂颠倒、焦躁不安、恍惚迷离，他再也不能承受这种不明确的关系的折磨，决定果断地向爱人表白心迹。于是，他不断地给托尔斯塔娅写信，狂热地、动人心弦地、大胆坦率地表达爱意。但是，1855 年 10 月 18 日，伊·托尔斯塔娅到莫斯科去了，这样的离别对冈察洛夫来讲无疑是痛苦不堪的，他难以遏制内心的感情，随后寄去了一封又一封的信，形成了一部虚构的长篇小说——《同意或是拒绝》。他以自己的友人的口吻讲述自己的爱情痛苦，他那炽热的表白、动情的语言就像要把自己的那一颗为爱而痴迷的心挖出来献给生命中的女神。然而，他并不了解托尔斯塔娅，在获悉了他的心意后，托尔斯塔娅开始有意疏远冈察洛夫。

原来，托尔斯塔娅早就在自己青春的梦想中勾画出心目当中的白马王子形象——年轻有为、英俊潇洒，有一天会骑着高头大马来接她。而这一切恰恰是年逾四旬的冈察洛夫所不能给予她的。她早就偷偷地爱上了自己的表兄——一位年轻漂亮的军官穆欣-普希金。1856 年底，伊丽莎白·瓦西里耶芙娜·托尔斯塔娅向外界宣布要与她的表兄结婚，这个残酷的结果虽然冈察洛夫早就已经隐隐约约地预见到了，然而，他又多么希望这不是真的啊！

冈察洛夫像

一切都已结束了吗？不，命运的捉弄到这里还远没有结束，似乎我们只要还有一口气在，就要不断地承受各种各样的煎熬。由于托尔斯塔娅与其表兄的婚事遇到了阻碍，而托尔斯塔娅的母亲又不知道冈察洛夫对自己女儿的热恋，所以就拜托这个常常为托尔斯塔娅提供各种"帮助"的绅士为女儿到东正教事务委员会设法办理合法的结婚手续。这件事虽然让冈察洛夫有苦难言，但他还是坚强地承担了这项任务。在冈察洛夫的帮助下，

1857 年 1 月，托尔斯塔娅终于如愿以偿，嫁给了她的表兄。事后，冈察洛夫向托尔斯塔娅的丈夫索要了一张她的单身照片，留作终身的纪念。这张照片是根据尼·阿·迈可夫画的彩色肖像拍摄下来的。在冈察洛夫看来，画家在这幅画像上"捕捉住了美的最富有诗意的方面"。

这就是冈察洛夫，一个浪漫主义者，他在对待女人的态度上总是表现超乎寻常的理想化。正如同他在夭折的小说《同意或是拒绝》当中写到的那样，他一心想要在心爱的女人身上找到德国伟大诗人梦想的"永恒的神性的光辉"，这就注定了他那单相思式的苦恋必然以心碎而告终。

但是，冈察洛夫个人在感情生活上的悲剧并没有摧毁他在文学创作上的天赋，正相反，爱神消逝后，似乎缪斯就会降临。1857 年 6 月，冈察洛夫得到了四个月的假期，他便出国到现属捷克的马里恩巴特矿泉疗养地休养。

虽然他出国时情绪不好，但到了疗养地之后不久，他的情绪就发生了意想不到的变化，似乎有如神助，一股创作的灵感电光火石般穿过了他的大脑。他从此就开始埋头于长篇小说《奥勃洛摩夫》的写作，而且进展得相当顺利。7 月 15 日，他在给朋友的一封信中这样写道："您知道吗？我现在很忙。您如果说，我一定忙于女人的事，您这样说是不会错的，的确，我忙于女人。真是不必要，我已经是四十五岁的人啦，我为奥尔迦·伊林娜（只不过她不是公爵小姐）而奔忙。我刚喝完了三杯矿泉水，从六点到九点跑遍了整个马里恩巴特，然后随便地喝点茶，便拿着雪茄走向她。或者坐在她的房间里，或同她一起去公园散步，或坐在静静的林阴路边椅子上，不敢大声呼吸，不敢看她一眼。我还有一个竞争者，他比我年轻，但不太灵活，我希望他和她不久就会分手。那时我会带着她到法兰克福，然后到瑞士，或者直接到巴黎。这一切都在于我是否能控制住她，我现在还没有把握。如果我控制住她，我还会带她到彼得堡，那时您将看到她，还会为我这样地拜倒在她脚下的做法是否值得，作出结论，或者说这样做是值得的，或者说她只是一个苍白的毫无光彩的女人，我只是情人眼中出西施，对她滥加崇拜而已。那时我可能对着她的背影而失望。但现在,现在的我激动得几乎发了狂,我年轻时都没有像这样激动过……在九点到下午三点间我是幸福的,——没有比这更幸福的了。这个女人——当然是我所写的,所创作的人物。噢,这个谜现在该解开了吧!我是坐在那里写作"。在给另一位友人的信中,冈察洛夫也写道: "我在这儿非常的忙,被一个叫奥尔迦·谢尔盖耶夫娜·伊林斯卡娅的女人所占据,我简直是为她而活着,为她而呼吸……这个伊林斯卡娅不是别人,而是奥勃洛摩夫的情人,即我创作的女性。"

《奥勃洛摩夫》插图

可以说,冈察洛夫与托尔斯塔娅失败的恋爱经历为他的小说创作提供了宝贵的素材,因为在这以前,《奥勃洛摩夫》的手稿中还没有出现女主人公奥尔迦形象和奥勃洛摩夫的恋爱事件。托尔斯塔娅的音容笑貌在冈察洛夫的心中留下了永不磨灭的印象,在奥尔迦的身上,我们隐约可以见出托尔斯塔娅的身影。另外,小说中男主人公奥勃洛摩夫错综复杂的恋爱心理也得益于冈察洛夫对那次不成功的恋爱经历的深入挖掘。生活是创作的源泉,这句话真是一点儿也不错,作家曾经真实经历过的生活使奥尔迦这个女性形象拥有着无穷的张力,她不仅为作家的生命灌注了新的力量,也

使作家的小说放射出异彩。

短短一个月中，冈察洛夫几乎写完了拖了多年的长篇小说《奥勃洛摩夫》，1857年8月16日，冈察洛夫从马里恩巴特到巴黎。在那里，他见到了文学界的老朋友费特、包特金、屠格涅夫等人。冈察洛夫把自己刚刚写完的《奥勃洛摩夫》朗诵给他们听，得到了一致好评。10月，冈察洛夫回到彼得堡，他一边当审查官，一边修改《奥勃洛摩夫》。很多杂志社得知消息后都抢着要发表这部作品，冈察洛夫经过慎重的考虑，将手稿交给了具有自由主义倾向的刊物《祖国纪事》。

1859年初，冈察洛夫的《奥勃洛摩夫》终于在《祖国纪事》上与读者见面了，俄罗斯人争相传阅着这部长篇小说，而冈察洛夫也因为这部《奥勃洛摩夫》而达到了文学创作事业的顶峰。

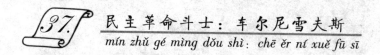

37. 民主革命斗士：车尔尼雪夫斯
mín zhǔ gé mìng dǒu shì: chē ěr ní xuě fū sī

大学毕业以后的车尔尼雪夫斯基于1851年回到家乡萨拉托夫，在当地中学当了一名语文教员。他的到来，荡涤了校园里污浊的空气，带进了一股清新的风。他和学生们建立起平等的师生关系，尊重学生的人格，并且，他改革了陈腐的教学方法，把自己的课堂变得活泼生动。他还注重培养学生独立思考的能力，并提出许多俄罗斯的社会问题让学生们思考。心血和汗水的付出使他获得了学生们的信任和爱戴，却引起了那些顽固势力的憎恨和反对，尤其是学校校长更把他视为大逆不道，经常偷偷地监视他的言论和举动。对此，车尔尼雪夫斯基则是针锋相对，毫不相让，最后终于与校方发展为公开冲突。在一次考试中，校长故意对车尔尼雪夫斯基教的学生百般挑剔，压低学生成绩。车尔尼雪夫斯基非常不满，没等口试结束，就愤怒地离开了教室。

这种停滞、保守、闭塞而又压抑的环境使车尔尼雪夫斯基再也难以忍受，同时也觉得他的远大抱负局限在这狭小的天地里无法施展。他决定离开这里，重返大学时代生活所在的彼得堡。

当车尔尼雪夫斯基携妻子来到彼得堡后，由于没有正式工作，所以首先面临的是生存问题。为了找到工作，他四处奔波，经朋友介绍，终于在一所军事学校谋到一职，与此同时，他开始给报刊撰稿，同时做校对工作。他的处女作两篇评论文章发表在1853年6月的《祖国纪事》上，由此，他开始了文学批评活动。

车尔尼雪夫斯基一开始就是一个激进的革命民主主义者，而发行《祖国纪事》的克拉耶夫斯基却是一个唯利是图的商人。《祖国纪事》在他的主持下失去了别林斯基时的战斗性，成了保守的自由主义刊物。车尔尼雪夫斯基的进步思想同刊物格格不入。后来，他结识了著名的革命民主主义诗人涅克拉索夫，从1854年起开始为涅克拉索夫主编的《现代人》撰稿，并很快成为这个刊物的主力。

由于收入微薄而不固定，车尔尼雪夫斯基和妻子的生活很是窘迫。而他的工作量却很大，每月他必须撰写不少于一百二十份稿子。他常常夜以继日地埋头工作，以至于妻子为他的健康非常担心："他经常一干就是整整一天。一起床就开始工作，一直到深夜。"而车尔尼雪夫斯基却总觉得自己的工作还是多得做不完。他经常辩解说："我工作得根本没有这样多，像你所说的那样。"

即使在这样繁忙的工作中，车尔尼雪夫斯基还要挤时间准备学位论文的考试。之所以要这样做，是因为他渴望有朝一日能登上大学的讲台向学生传授自己的思想。经过了无数个凌晨和深夜的思考和写作，他终于在1853年底写完了学位论文《艺术与现实的美学关系》。

论文写完以后，车尔尼雪夫斯基焦急地等待答辩，这篇论文可是灌注了他新的美学思想的啊！在这里面，他对传统的美学观做了彻底的否定，建立起自己新的美学见解，他希望通过答辩来赢得更多人的承认，但学校当局以各种借口一再推迟论文答辩，一直拖了两年，才勉强为车尔尼雪夫斯基安排了公开答辩。

答辩那天，那间不大的教室挤满了人，甚至有人站到窗台上，大家都

想听听这位思想激进的青年人的观点。车尔尼雪夫斯基的朋友和同志也都夹杂在那些热情的大学生、青年军官中间。大家在热切地等待，等待着这位年仅二十五岁的年轻人宣讲他的崭新观点。

终于，车尔尼雪夫斯基以他特有的谦逊态度，但又怀着坚定的、不可动摇的决心侃侃而谈，从容不迫地开始答辩，他一会儿兴奋激昂地陈述自己的见解，一会儿又活泼有力地驳斥评论员提出的毫无分量的异议。他越来越激动越来越兴奋："在我们的社会里，盛行着对陈旧的、早已过时的、具有绝对正确的权威性特点的一些见解的奴性崇拜。我们过于惧怕自由探讨和自由批评的精神，这种自由批评按其本质来说是不能有它活动的障碍的。这种情况只能说明，为什么在我们有教养的学术界至今还坚持陈腐的、早已成为非科学的美学概念……这些概念已经过时，应该把它们抛弃。"这番话如一颗炸弹落入平静的田野，整个教室开始沸腾起来。教授们非常不安，面面相觑，不知该怎么回答这个年轻人激烈的挑战。而青年们则议论纷纷，他们被这新鲜、有力、深刻的观点深深地吸引了，心中掀起了轩然大波，个个激动不已。他们把这篇论文当做唯物主义美学的纲领性文献接受了下来。

辩论会结束后，那些教授们并没有像通常那样，纷纷走过来祝贺，而是略含敌意地注视着车尔尼雪夫斯基，而有的则偷偷地溜掉了。只有普列特涅夫走过来说："我上课时对你们讲的好像根本不是这些东西呀！"当然，这篇论文本身就是对传统观念的否定，而不是因袭地继承，这是车尔尼雪夫斯基在美学领域独特的贡献，它将永远闪耀着真理的光辉。

沙皇政府一直在搜索可以证明车尔尼雪夫斯基犯罪的证据，但徒劳无功地拖了两年也没有找到。为了给这位优秀的革命家加上罪名，他们想尽了各种办法，甚至想通过伪造证据来让车尔尼雪夫斯基屈服。沙皇政府的特务机关第三厅指使叛徒柯斯托玛罗夫模仿车尔尼雪夫斯基的笔迹伪造信件。审讯委员会让一个名叫雅科夫略夫的无赖来出庭作证，给车尔尼雪夫斯基定罪。这个无赖在开庭时喝得酩酊大醉，竟然无意识地承认了自己是被收买的，弄得那些审判官目瞪口呆，无言以对。沙皇政府又指使柯斯托玛罗夫与车尔尼雪夫斯基当面对质，又一次遭到了失败。车尔尼雪夫斯基当面揭穿了敌人的伎俩，并义正词严地宣称：“无论把我关多久，即使我头发斑白，即使我老死，我也绝不会改变自己原来的供词。”

虽然政府的阴谋没有得逞，但他们仍蛮横地用假证据定了车尔尼雪夫斯基的罪。他被剥夺了一切权利，流放矿山服苦役七年，然后永远谪居西伯利亚。1864 年 5 月 19 日，在彼得堡的梅特宁广场中心的台子上，车尔尼雪夫斯基被处以“假死刑”。那一天，阴云密布，细雨蒙蒙，两个刽子手从容不迫地把一块“国事犯”的牌子挂在他脖子上，判官用单调的声音宣读着判决书。读毕，他被命令跪下，一把剑在他头上被折断。接着，他被捆在“耻辱柱”上示众。在这整个侮辱人格的过程中，车尔尼雪夫斯基一直沉静冷峻，从容不迫。沙皇政府的残暴挡不住人民群众对他的热爱和崇敬。当车尔尼雪夫斯夫斯基被带走时，人群中不断有人置生命危险于不顾，向他抛掷鲜花，表达他们对这位优秀革命家的敬佩之情。

8 月，车尔尼雪夫斯基被押送到东西伯利亚涅尔琴斯克山区卡达亚矿场服苦役，一年后又转到亚历山大工场，被流放到这里的革命者早就听说了车尔尼雪夫斯基的大名，听说他也将到这里来，他们对这位伟大的革命家做了各种各样的猜测，但见面之后，他们才真正了解到，原来这个不同凡响的人是这么和蔼可亲，又是这么真诚和朴实。他们很快地就融为了一体。

每逢节假日或星期日，车尔尼雪夫斯基可以被允许去看望难友们。他和他们一起聊天，也给他们朗读自己的作品或讲故事。在言谈中，无论是历史、政治，还是科学、文学，车尔尼雪夫斯基都能有自己的见解，他渊博的知识和精辟的论断使难友们感到惊异，他深入浅出的讲解方式和风趣幽默的谈吐使他们感到愉快，他激动人心的鼓励又使他们信心百倍。当难友们自己组织朗诵会时，车尔尼雪夫斯基是必不可少的参加者，他的即兴朗诵也很受欢迎。他们组织戏剧晚会，虽然条件简陋，车尔尼雪夫斯基也很有兴趣地去观看，并且为“剧团”写了几个剧本，如《惹是生非的女人》、《没有收场的戏》等。

在这样的环境中，车尔尼雪夫斯基并没有停止写作，他开始构思长篇小说《序幕》，并开始着手创作。在西伯利亚阴暗窒闷的囚犯牢房中，在昏暗的孤灯下，他孜孜不倦地奋笔疾书。写作已成为他唯一可以用来同敌人战斗的方式。即使在最孤独、最难通信的维克斯克时期，他也从未停下手中的笔。他经常夜里写作，第二天早晨就付之一炬。当有人问他为什么要这样做的时候，他回答说："假如在这些时间里我什么都不写，那我就可能会发疯，或者把一切都忘得一干二净；只有我写下来，才不至于忘记。"后来他在给表弟培平的信中也提到了这一点："写了就马上毁掉，不需要保存手稿，只要写下来，一切就都保留在记忆里了。一旦我听到你说我可以发表著作，每个月我就可以寄去二十印刷页……"但是由于反动政府严令禁止报刊登载车尔尼雪夫斯基的文章，他的这个愿望根本无法得以实现。

但即使在这样恶劣的环境下，他也坚持创作。从 1865 年到 1868 年，他完成了他的第二部长篇小说《序幕》。车尔尼雪夫斯基原计划写三部曲，第一部《昔日》，写主人公伏尔康的成长过程。第二部《序幕》，第三部《白厅的故事》。第一部手稿他寄给了彼得堡的表弟培平，但由于培平害怕为车尔尼雪夫斯基保存手稿受牵连，所以把手稿烧毁了，以致作品没有流传下来。第三部没有完成。唯一保存下来的就是《序幕》。1871 年，他将手稿交给妻子，让她转交培平，希望能设法出版，但培平却置之不理。曾经为营救车尔尼雪夫斯基而被捕入狱的民粹派革命家盖尔曼·洛巴丁在 1874 年离开俄国时得到了《序幕》手抄本，到英国时转交给了流亡的俄国革命者。就这样，《序幕》的第一部分《序幕的序幕》于 1877 年在伦敦出版。直到 1905 年俄国无产阶级革命后，《序幕》才摆脱了沙皇政府的禁锢，得到了出版的机会。

《序幕》是一部社会政治小说，描写了 1861 年农奴制改革前夕俄国充满激烈的社会政治斗争的时代，围绕着农奴制改革，各个阶级、各种社会力量展开了尖锐的斗争。作品真实而深刻地再现了 19 世纪 50 年代末、60 年代初俄国两大阵营——革命民主主义者与资产阶级自由主义者的冲突和斗争，对资产阶级自由派做了有力的揭露和批判，充分反映了车尔尼雪夫斯基的革命观点。作品对各个阶层的描绘非常深入，如农奴主幻想农奴制永久长存，但慑于革命形势的高涨，被迫实行改革；资产阶级自由派宣称自己是农奴制的敌人，却害怕革命；自由派只限于"争取改革的斗争"，"争取权利的斗争"；而革命民主主义者则站在广大农民的立场上，主张通过人民革命，彻底摧毁沙皇专制制度和地主土地所有制，从而实现人民的真正解放。

苦役中的车尔尼雪夫斯基非常想念远方的妻子奥尔迦·索克拉托夫娜。他创作的《序幕》同时也是献给自己妻子的，他把妻子的许多特征转移到小说中的伏尔庚娜这个形象身上。伏尔庚娜是个美丽、聪明、机智又活泼的妇女，她不贪图上流社会生活的奢华安逸，自觉地选择了和革命者同甘共苦的道路。她明白丈夫革命事业的危险却绝不后悔，与丈夫同舟共济，走着一条充满坎坷的生活道路。这实际上都是车尔尼雪夫斯基和妻子之间艰难生活及他们的革命决心的写照。

就这样，在漫长的十九年的流放生涯中，在自己作品被严禁出版的黑暗统治下，车尔尼雪夫斯基依然怀着高昂的革命热情，用自己的笔、自己的心证明了他对人民、对革命的无限忠诚。

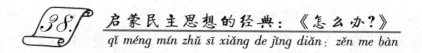

38. 启蒙民主思想的经典：《怎么办？》
qǐ méng mín zhǔ sī xiǎng de jīng diǎn：zěn me bàn

1861 年底，彼得堡的气氛异常紧张，学生运动遍及大学校园。学生们请愿、示威都遭到了政府的残酷镇压，不断有学生被投入监狱，许多革命者惨遭迫害。与此同时，由于车尔尼雪夫斯基一直进行着积极的革命活动，逮捕他的计划也在秘密地进行。终于，1862 年 7 月 7 日，沙皇的秘密警察特务机关——第三厅以不成理由的借口逮捕了这位俄国人民的革命领袖。

车尔尼雪夫斯基被捕后，立即被囚禁在被称为"俄国的巴士底狱"的彼得堡要塞阿列克塞三角堡中。这是一个专门监禁重要政治犯的地方，俄国历史上有很多著名的革命者都曾在这里饱尝了沙皇专制政府的残酷折

车尔尼雪夫斯基木刻图

磨。车尔尼雪夫斯基被关在这座人间地狱的第十一号牢房中。在这间阴暗、潮湿、狭小的石屋中，他度过了六百七十八个日日夜夜。

为了审理车尔尼雪夫斯基的案件，沙皇政府成立了一个专门委员会。但是，他们无论如何也找不到任何用来证明车尔尼雪夫斯基犯罪的材料。况且，车尔尼雪夫斯基一直以一种凛然不惧的态度否认自己有罪，并坚决要求释放他。审讯机关用尽了各种办法，都无法使这位坚强的革命者屈服，案件只能拖延下去。

作为一个杰出的革命家，即使在这样艰苦的环境中，车尔尼雪夫斯基也没有停止斗争。为了抗议监狱里的非人待遇和争取正当的权利，他以绝食的方式与政府当局作斗争。在绝食十天后，他终于取得了胜利。这是俄国历史上政治犯的第一次绝食斗争。

入狱后不久，车尔尼雪夫斯基向审讯委员会提交了一份报告。在报告中他提到由于被捕入狱而终止了文学活动，经济来源断绝，所以要写一部小说以维持家用，并且保证小说内容纯粹写家庭生活，同政治毫不相干。在审讯委员会许可后，他开始了夜以继日的创作，他的情绪为小说中的人物和思想激动着，令他无法辍笔。在那艰苦紧张的日子里，他仅用了一百一十天的时间就完成了长篇小说《怎么办?》。

在这部小说中，他巧妙地把深刻的革命内容掩藏在家庭生活的表面形式下。他一面写作，一面将稿子分批送到审讯委员会审查，委员会在其中未发现有涉及政治和案件方面的东西，便予以通过。稿子再被转交到负责《现代人》杂志的书报检查官处审读，又一次通过。最后，手稿被送到他的好友、当时的著名诗人涅克拉索夫手中，但涅克拉索夫在送手稿去印刷厂的路上不慎将手稿丢失。他心急如焚，这可是优秀的革命家在非人的磨难中用生命和鲜血凝成的作品啊！涅克拉索夫立刻在《圣彼得堡警察报》上登了一则寻物启事，如果有谁拾得稿件将得到五十银卢布的酬金。在诗人焦急的等待中，一个贫苦的小公务员终于带着稿子敲响了他的大门。涅克拉索夫激动万分，以最快速度把这部长篇小说在 1863 年《现代人》第三期上发表，并在第四期、第五期上继续连载。

《怎么办？》封面

几期《现代人》一出版，立刻引起了轰动，人们争相抢购阅读这篇作品。《怎么办？》在社会上掀起了轩然大波。这时，审查机关才发现了这部小说的"危险性"，他们立即查禁这部小说，并因此将负责《现代人》杂志的检查官撤职处分，但是已经晚了，《怎么办？》已经迅速在全国蔓延开来。

到底是什么因素让千万读者如此激动呢？车尔尼雪夫斯基又是以怎样的方法骗过了两道审查而得以出版自己的革命著作呢？原因很简单，《怎么办？》从表面看是一部很明显的以家庭生活和个人情感纠葛为主要内容的小说，小说的开头甚至很像一部侦探小说。小说的主人公薇拉·巴甫洛芙娜生长在一个小市民家庭，在一种令人窒息的庸俗环境中度过了自己的童年和少年时代。但她性格坚强，对压迫深恶痛绝，热烈地向往自由生活。母亲是一个爱钱如命的庸俗女人，强迫她嫁给一个放荡的阔少。薇拉坚决抗争，终于在她的家庭教师罗普霍夫的帮助下跳出了火坑。不久，她和罗普霍夫结合。但她不愿意也不甘心生活在狭小的家庭空间里做丈夫的奴隶。在冲破了重重困难后，她终于走进了社会活动的广阔天地中，创办了缝纫工厂。两年之后，她对吉尔沙诺夫产生了感情。为了使薇拉与吉尔沙诺夫能幸福地生活在一起，罗普霍夫以假自杀的方式摆脱了这场爱情纠葛，毅然出国。几年后，他化名毕蒙特归来，结识了薇拉的女友卡佳·波洛卓娃，并与之结婚，组成了美满的新家庭。后来，罗普霍夫又同薇拉和吉尔沙诺夫重新见面，两个幸福家庭交往甚密，友好相处。

车尔尼雪夫斯基并没有把小说停留在家庭生活琐事上，而是寓深刻的思想内容于其中，含蓄、曲折地表现了他的革命民主主义思想和社会理想，力图使小说成为"生活的教科书"。

小说创作的素材是由一个真实的故事得来的。车尔尼雪夫斯基的朋友彼得·伊万诺维奇·包科夫医生曾帮助一个名叫玛丽亚·亚历山大罗夫娜·奥勃鲁切娃的姑娘补习功课。这位姑娘受进步思想的影响，强烈要求摆脱家庭束缚，过一种自由、独立的生活。包科夫于是以和她假结婚的方法，帮助她脱离了家庭，这段婚姻弄假成真。1861年，奥勃鲁切娃在彼得堡医学院听课时认识了著名的生理学家谢倩诺夫，二人之间发生了感情。包科夫同意了妻子离开自己而和谢倩诺夫结合，并一直同他们保持友好的联系。车尔尼雪夫斯基认为这件事中包含着一种新的道德原则，无疑是对旧的道德传统的否定，给生活带来了新的变化，便将这一素材写入了《怎么办？》。

车尔尼雪夫斯基通过写一系列新型女性，充分肯定了女性的社会作用。他把妇女解放看做整个社会解放的一部分，同民主主义事业结合起来，具有鲜明的政治倾向。

《怎么办？》发表时正是俄国革命转入低潮的时期，许多人对革命失去了信心，更有许多革命者纷纷离开了革命队伍。《怎么办？》犹如明亮的火炬，给人们带来了光明，带来了希望，也带来了信心。这一切都令反动统治者感到恐惧，他们纷纷对这部作品大加讨伐，称它是"俄罗斯文学中最丑恶的作品"，它的主人公"不道德"，甚至主张把作者及其追随者送入疯人院、感化院，并加以监视。那些自由主义者、"纯艺术"派的人物也撕下貌似"公允"的面具，对《怎么办？》大肆攻击。但他们后来却不得不承认："……没有一个大学生不是在中学时代就读过这部著名小说，而一个中学五六年级的女生如果不知道薇拉·巴甫洛芙娜的经历，便被人们看做糊涂虫……就这方面说，例如屠格涅夫或冈察洛夫——果戈理、莱蒙托夫和普希金更不在话下——的著作，却远不及小说《怎么办？》。"

尽管沙皇政府严加查禁，《怎么办?》还是通过种种形式从国内传向国外，对世界文学产生了不可估量的影响。这些都是对车尔尼雪夫斯基与他的进步思想的无形肯定。

39. 为了《公爵夫人》的决斗
wèi liǎo gōng jué fū rén de jué dǒu

1856 年，涅克拉索夫在《现代人》上登载了一首他自己做的诗《公爵夫人》。

涅克拉索夫写这首诗的时候，整个彼得堡上流社会都在谈论一位俄国贵妇人 N（亚·基·沃龙佐娃——达什科娃）伯爵夫人之死。这位贵妇人四十岁时在巴黎再婚，嫁给了一个普通的法国医生，她好像是孤苦伶仃地在巴黎一所医院里去世的。甚至有这样一种传说，说那个流氓医生曾经百般虐待她，最后又用慢性毒药毒死了她，为的是要早日占有她的大批金钱和钻石。

在 40 年代，由于这个贵妇人独特的美貌、豪富的家产和活泼的性格，她在上层圈子里被认为是首屈一指的交际明星。莱蒙托夫描写她道：像鬈发的男孩一样活泼，像夏天的蝴蝶一样浓艳……这位高贵的交际明星的再婚闹得满城风雨，人们谈论了很久，刚要告一段落，她的死讯又招来了新的非议。凡是读过涅克拉索夫的《公爵夫人》的读者，立刻会猜出它的女主角是谁。

就是这首《公爵夫人》，差一点引来一场涅克拉索夫与法国人的决斗。

那是 1858 年夏天，早已感到喉咙疼痛的涅克拉索夫，嗓子完全嘶哑了。他向希普林斯基求医，医生诊断他的咽喉病得很严重。涅克拉索夫的情绪极其低落，神经非常容易受刺激。有时他整天不和任何人说一句话，他觉得他一定活不长久，朋友们也很难使他抛开这种阴暗的思想。

这一天，涅克拉索夫身上裹着一块方格毛毯，坐在花园里，巴纳耶娃陪他一同听巴纳耶夫朗诵新作。这时他们远远地看见林阴道上有一辆轻便的马车，巴纳耶娃说："有人来找我们了。"他们相信那一定是一个什么撰稿人，而当看见两位不认识的先生下了车，开始向他们走近的时候，他们都惊讶极了。

巴纳耶夫前去迎接他们。他们用法文谈几句之后，巴纳耶夫的脸上现出了疑惑的神色。他向涅克拉索夫和巴纳耶娃介绍了这两位客人，他们一个是法国医生，具有十分典型的巴黎人的容貌和风度：中年，黑发，中等身材，灵活的黑眼睛，留着唇髭和槟形胡子；他的常礼服纽孔上有一条勋章带；另一个也是法国人，据医生自己介绍，这是他的朋友。两个法国人极力摆出一副毅然决然的姿态。

巴纳耶夫请他们坐下。医生先开口，他转向涅克拉索夫，说他特地从巴黎来到彼得堡，要亲自向他表明一下态度。巴纳耶夫忙告诉医生，涅克拉索夫不会讲法语。涅克拉索夫问巴纳耶夫："法国人对我说什么？"巴纳耶夫将法国人所说的话翻译给他，法国人继续说："这可太遗憾了，因为我必须单独把一件事，一件对涅克拉索夫先生很重要的事情告诉他。"

原来，这个法国医生就是已故伯爵夫人的第二个丈夫，他要求与涅克拉索夫决斗，因为他认为涅克拉索夫在《公爵夫人》一诗中大大地诽谤了他，于是不知受了什么人的唆使来到这里找涅克拉索夫决斗。他们估计涅克拉索夫会加以拒绝，这就给自己丢尽颜面了。在涅克拉索夫和整个《现代人》周围，不怀好意的人是不占少数的。

然而他们估计错了，涅克拉索夫毫不犹豫地接受了他们的要求。巴纳耶夫脸上露出强烈的焦虑的神色，他对涅克拉索夫说："从你这方面说，接受挑战就是疯狂！"然而涅克拉索夫不让他再讲下去，只是对法国人反复地说："行，行！"他不愿让法国人以为他害怕他们挑战。然后，涅克拉索夫就丢下了众人沿着林阴道往海边去了。

巴纳耶夫用忧愁的声音对巴纳耶娃说："我立刻上彼得堡去。必须请大家说服涅克拉索夫，使他相信为这样的小事决斗是荒谬的。"然而巴纳耶娃却阻止他到彼得堡去，理由是只要有一个作家知道这件事，就必然会传出流言蜚语；如果决斗不举行，人家又要说涅克拉索夫胆小，在法国人面前没有骨气，并且她劝巴纳耶夫在涅克拉索夫平静下来和主动谈起挑战以前，千万不要去打扰他。

吃午饭时，涅克拉索夫果然自动说道："真要派人跟这两个法国花花公子谈判一下才好。"

最后大家选中了为人谦和的亨·斯·布特凯维奇，即涅克拉索夫的妹夫去跟法国医生的决斗副手谈判。涅克拉索夫请求他不要让法国人有理由认为他是由于害怕才委曲求和的。布特凯维奇满口答应，不过他对巴纳耶娃说，必须竭力阻止这场愚蠢的决斗。

第二天早晨，他们搭乘第一班轮船前往彼得堡。布特凯维奇谈判回来后对大家说："事情可以顺利解决，因为我注意到，当我对那副手谈起为了不让警察知道这次决斗（在俄国，对决斗要依法严加追究），必须采取谨慎措施的时候，他显得有点紧张。"

涅克拉索夫问布特凯维奇道："喂，怎么样？日子定在什么时候？""日子还没有确定。"涅克拉索夫连忙问他："为什么？""因为我认为你们在彼得堡近郊决斗不妥当，我想出一个办法，我们四个人假装打猎，沿着铁路到更远的地方，然后再进森林，那就不会引起任何人注意了。""你必须马上告诉法国人，要他们明天乘尼古拉铁路十点钟的那班车出发。"涅克拉索夫说道。布特凯维奇回答说，法国人跟他一起走出旅馆，去皇村办事情去了。涅克拉索夫做了一个不耐烦的动作，说道："这样的拖延把我气死了。"布特凯维奇试图再向他证明这场决斗是荒谬的，可是涅克拉索夫气冲冲地制止了他，说："我比你更懂得，为这样的区区小事送掉性命是愚蠢的，不过我对这件事还是很高兴：一下子结束生命总比在难堪的痛苦中等死要好些。我知道而且感觉到，我害的是不治之症，我讨厌这不死不活的日子……"接着，涅克拉索夫转向巴纳耶娃说："为什么还不开早饭？……我要多吃一点，我想，布特凯维奇也饿了……"

开早饭时，涅克拉索夫似乎胃口很好，吃了许多东西，而巴纳耶夫却没有什么胃口，一个人躲进了书房。作为涅克拉索夫的亲密伙伴和战友，他对涅克拉索夫怀有深切的爱。他绝不能容许这种荒唐的决斗。他原先对布特凯维奇抱着希望，但让他惊奇的是，布特凯维奇居然听从了涅克拉索夫的话，没有采取任何行动制止决斗。涅克拉索夫是个病人，时常处在神经质的焦躁状态中，忽然间让他去跟人决斗，自己等于参与了对他的"谋杀"。

此时，把一切都置之度外的勇敢而坚定的涅克拉索夫已经着手准备一切了。涅克拉索夫从少年时代便爱好打猎，枪法很好。他邀布特凯维奇一同去靶场，以便稍稍练习一下手枪射击。中午回家吃午饭时，他的心情十分愉快，因为他一枪也没有落空。晚上，法国医生的副手派人给他们送来一封信，通知说由于一种意外的情况，他必须上皇村走一趟，来不及在明天早晨他们原定的会面时间赶回，所以请他们四点钟到场。

这件事激怒了涅克拉索夫，他把两个法国人骂了一顿："见他们的鬼去吧！我本来想睡觉，但是现在一点睡意都没有了。"看到他这个反应，巴纳耶娃禁不住说："你知道吗？亲爱的涅克拉索夫，你为这场愚蠢的决斗激动，像一个顽皮孩子因为收到挑战书而洋洋得意，生怕失去表现那稚气的勇敢的好机会。"

涅克拉索夫回答道："你说得很对，这件事情确实愚蠢！要是我身体好，我只会一笑置之，因为这场决斗毫无意义！法国人想用决斗恢复他在俄国的名誉，但是根本没有一个俄国人知道他的存在。这一切未免有点奇怪和可笑。"说完这些，他向大家提议玩玩输赢很小的纸牌，这是他一向的喜好。

后来，法国医生觉得在涅克拉索夫生病的情况下决斗，获胜的机会不可能均等，所以他决定，如果由于某种原因不能跟涅克拉索夫决斗的话，那就向他认为参与了这次诽谤的巴纳耶夫挑战。又经过布特凯维奇从中周旋，他们觉得双方中止这场决斗会更明智一些，因为涅克拉索夫的诗的题目叫做《公爵夫人》，这实际上已经可以证明作品写的并不是医生之妻了。然而法国医生要求巴纳耶夫用书面证实这一点。

涅克拉索夫听到这个消息忍不住大叫起来："这简直是在开玩笑，难道他要把这张字据贴在帽子上，在巴黎逛来逛去，这样来恢复他的名誉吗?"于是巴纳耶夫和布特凯维奇一起到法国人那里做了一番口头解释,没有写字据。这样,这件荒唐事就彻底结束了。

秋天,从已故伯爵夫人的亲属那里传来消息说,那个法国医生来彼得堡,是为了就他的妻子留在俄国的财产问题跟她的亲属们举行谈判,可是他一无所获。

不管怎样,经过了"决斗"这一文坛轶事,涅克拉索夫这首诗流传得更为广泛了。

40. 奔驰在黑夜中的涅克拉索夫
bēn chí zài hēi yè zhōng de niè kè lā suǒ fū

1865 年,涅克拉索夫主办的《现代人》由于其革命倾向而接连两次遭到沙皇政府的警告。《现代人》危在旦夕。涅克拉索夫一向把自己的杂志工作看成是真正服务于祖国,他以多年的努力使《现代人》成为宣传革命与进步思想的喉舌,对于这一点他特别重视。为了维护杂志不受沙皇政府无止境的破坏,涅克拉索夫准备采取不得已的措施,甚至做出违背自己原则的事。1866 年春,他为沙皇的"救命恩人"奥西普·柯米萨罗夫写了一首祝诗。4 月 16 日,又在庆祝宴上为镇压波兰起义的刽子手穆拉维约夫松作了一首颂诗。

但就在当天晚上,涅克拉索夫写了一篇痛恨自己的诗,同时表示将接受俄国人民的谴责。果然,涅克拉索夫收到了读者的许多来信,读者们都因为《缪斯》的"不正确的声音"而感到惶惑。尤其令涅克拉索夫痛苦的是平民知识界的青年对他暂时的冷淡。他们曾那么虔诚地信任他,而现在却对他表示怀疑了。在以后的全部生活中,他都为这片刻的软弱和妥协而感到羞愧,为自己犯的"罪过"而深感痛恨。

从此,涅克拉索夫再也没有改变过自己的原则,始终没有忘记诗人的使命。他的诗歌的人民性倾向却遭到了自由派贵族作家的反对和嘲笑。

屠格涅夫是涅克拉索夫的好朋友,他们曾在《现代人》亲密合作,但

涅克拉索夫像

是，后来，屠格涅夫渐渐远离了涅克拉索夫，走向了自由主义阵营，所以，他常常会与涅克拉索夫发生分歧。涅克拉索夫有一首诗叫做《夜里我奔驰在黑暗的大街上》，遭到了屠格涅夫的非难。

一次，屠格涅夫、鲍特金和涅克拉索夫聚在一起，二人当面指责涅克拉索夫为农民写作的倾向。

屠格涅夫说："涅克拉索夫，我希望你能了解，我们坦白地说出我们的意见是为你好。"

"可是你们凭什么说我在生气呢？"涅克拉索夫边走边回答。

"他没有理由生气！没有理由！他应该感谢我们！"鲍特金接着说道："是的，亲爱的朋友，你的诗写得呆板而缺乏高雅的形式；这对于一个诗人是一大缺陷。"

"你写诗过于看重现实性。"屠格涅夫说。

"对，对！这是不行的！"鲍特金附和说，"你太看重那方面，这会使有修养的人感到厌恶，他们听着刺耳；音乐也好，诗也好，如果其中有不协调的地方，耳朵就受不了了。亲爱的朋友，诗意不在你的现实性，而在诗的形式的高雅、题材的高雅。"

"昨天，我和鲍特金在一位高雅的女士家里度过一个晚上，她对于诗很有鉴赏力，"屠格涅夫说，"她读过歌德、席勒和拜伦的全部诗歌原著。我想把你的诗介绍给她，就给她念了你的那首诗《夜里我奔驰在黑暗的大街上》。她聚精会神地听着，等我念完的时候，你知道她发出什么感叹吗？——'这不是诗，他不是诗人。'"

"真的，真的。"鲍特金证实说。

"我知道上流社会妇女不欢迎我的诗，那又怎么样呢？"涅克拉索夫说。

"亲爱的朋友，不能这样小看上流社会妇女的意见，"鲍特金急躁地反驳说，"就连普希金和莱蒙托夫也重视她们的赞赏，常常在诗歌发表以前念给她们听听。"

"我跟普希金和莱蒙托夫相差太远了！"涅克拉索夫回答说，"如果我模仿他们，那是没有一点用处的。不过，每个作家都有自己的特色，我的特色就是现实性。"

屠格涅夫把原始形态的钻石跟它经过珠宝匠的妙手琢磨后获得的光泽做了一番比较。他又把姿色较差的乡下美人和具有上流社会高雅风度的贵妇加以比较。"高雅的形式在各个方面都占优势。"屠格涅夫说。

鲍特金一边听屠格涅夫讲话，一边用简短的感叹句表示赞许："对，妙！"屠格涅夫住嘴以后，他用教训的口气对涅克拉索夫说："是的，亲爱的，我们在帮你从诗歌中排除粗糙的现实性。昨天我们从那位高雅的女士家回来，一路上都在谈你的诗，我们得出的结论是：你走错路了，不要总是歌颂车夫和菜农的爱情以及农村夫妇了，这是一种刺耳的假声。你对于我们的友好坦率的态度不要见怪，相信我们的话，像你的诗《夜里我奔驰在黑暗的大街上》所包含的那种现实性，使得每个对诗歌具有高度美学理解力的人都对它感到厌恶。描写社会生活的脓疮是亵渎的行为。青年作家往往由于在一般不懂得真正的诗歌的老粗中间享有一点虚名，结果把自己毁了；这样的作家很多，你不是第一个，也不是最后一个。"

涅克拉索夫本来低着头在房间里走来走去，这时突然抬起头，反驳道："是的，从严格的美学角度说，你们的意见也许是正确的，不过，你们忘记了这一点：每个作家只能表现他深切感受过的东西。因为我从小就看到俄国农民在饥寒和各种暴行中遭受的苦难，所以我从他们的中间撷取了主题。我觉得奇怪，你们居然否认俄国人民有人的感情。他们像我们一样对女性感到强烈的爱慕和嫉妒，他们也同样忘我地爱孩子。"

涅克拉索夫用激动的声音说完这些话后，又在房间里走动起来，他继续说道："上流社会的人不读我的诗就不读好了，我又不是为他们写的。"

涅克拉索夫的素描像

"那么，亲爱的朋友，你一定是为俄国的农民写的喽。可是他们一个大字也不认识啊！"鲍特金挖苦道。

"我比你知道得清楚，识字的农民并不算少，而且俄国人民很快就会个个识字，别看他们现在没有老师。"

"他们还要订阅《现代人》呢。"屠格涅夫笑嘻嘻地说。

涅克拉索夫显然很窘，他停下脚步。

"好，好，屠格涅夫！"鲍特金叫道，然后用怜惜的口气继续说："亲爱的涅克拉索夫，你使我们感到诧异，你原来是那样一个讲求实际的人，突然之间却变得像马尼罗夫（《死魂灵》中的人物）似的想入非非了。"

"你们有权拿我开心！"涅克拉索夫忧郁地回答："如果我坦白地对你们说出我的想法，你们会更加开心和惊奇。我想，假如俄国农民能够——哪怕是在我死后也好——读我的诗，我的作家的自豪感就完全得到满足了。"

这就是涅克拉索夫的最高理想，他为之奋斗终生。他不怕打击，不怕孤立，执著地奔驰在"黑夜"中。正如车尔尼雪夫斯基所说："他会名传不朽的。"

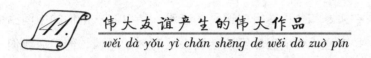

41. 伟大友谊产生的伟大作品
wěi dà yǒu yì chǎn shēng de wěi dà zuò pǐn

1841年的一个冬天，亚赛科夫在家里宴请客人，忽然有人在前室按铃。亚赛科夫的小姨离开餐桌向外走去，想看看来拜访的人是谁。她看到一个瘦瘦的、脸色苍白的青年，穿着一件单薄的旧大衣，正遭到仆人粗鲁的驱逐。她连忙上去制止，将青年领到主人的房间。她以为这是一个不幸的请求救济的人，可是她错了，这个青年请亚赛科夫看他带来的一部稿子，然后转交给别林斯基。由于亚赛科夫记性严重不好，并且没有把这个相貌平平、衣着寒酸的青年放在心上，就没有把稿子及时交给别林斯基，而且丢失了那个青年的地址。为此，别林斯基十分生气，他气呼呼地说："您这样对待人太可恶了，照您的叙述和稿子的内容看，您应该一天也不耽误，早点关心他才对，而您居然连他的地址也丢失了。要是一个衣冠楚楚的人物坐着漂亮的马车到您家里，您大概不会那么漫不经心地对待他的稿子，也不会忘掉他的姓氏了，您不仅能记得他的名字，连他的父亲的名字也会记得哩。"

别林斯基的这番斥责使亚赛科夫感到很羞愧也很难过，这件事在他的一生中都留下了深深的印记，以至于他一生都永远满腔热忱地为别人奔波或办理别人委托他的事务，不辞辛劳。

过了两天那个青年又一次登门来探问自己的稿子。亚赛科夫连忙派人找来了别林斯基。这个青年的到来使他们都十分高兴。

这个青年就是涅克拉索夫，从此，他和别林斯基结下了深厚的友谊。结识别林斯基，给涅克拉索夫的创作和人生带来了一个重大的转折。

1838年，涅克拉索夫来到彼得堡，他违背了父亲让他上军校的意愿，一心要考大学。父亲听到这个消息立刻暴跳如雷，与他断绝了关系。这使他的生活陷入了极大的困境中，为了生计，他"在劳动的重压下，消磨掉生命的节日——青春的年华"。

涅克拉索夫的生活道路是异常艰难的，而他的创作道路也并非一帆风顺。1832年，涅克拉索夫进入亚罗斯拉夫尔中学，但由于学校的制度腐败，教学方法不当，能学到的知识不多，于是涅克拉索夫自己读了许多文学作品，如普希金的诗篇和拜伦的剧本，并且开始尝试作诗。

生计的窘迫并不能使涅克拉索夫放弃做一个诗人的梦想。他在1840年到1841年间连续在杂志上发表了大量的小说、论文和书评。接下来的七年间，他几乎尝试了所有的文体。他来到彼得堡的次年，出版了一本小小的诗集《幻想与声音》。出版前他专门拜访了著名诗人茹科夫斯基，得到的评价是有两篇还不错，其余的若是出版，则以后一定会为此而感到羞愧。但是不出版也没办法，因为涅克拉索夫已经预先支了钱，于是他就用了两个字母署名。出版后一个星期，涅克拉索夫去书店一看，发现一册也没有卖掉，过了一个星期，依然如故，又过了两个月，还是如此。涅克拉索夫一气之下拿回了所有的书，把大部分都毁掉了。从此再也不写抒情的以及温情的诗作了。

而这次能结识别林斯基，是涅克拉索夫一生中的大事，是他生活和创作道路上的转折点。后来他叙述道："我和别林斯基的会面挽救了我……如果他能多活几年，那该多好。"事实也是如此，别林斯基直率地批评涅克拉索夫的诗作缺乏独特性和创造性，责备他那些"人云亦云的陈腐的情调，千篇一律的地方，平淡无奇的诗句"。涅克拉索夫后来把自己第一本书的出版叫做"愚蠢"、"轻率"的行为。别林斯基还常常告诫涅克拉索夫，文学应该为人民服务，"用朴实的语言阐述高尚的真理"。正是在别林斯基的关心与指导下，涅克拉索夫才得以充分发挥他在诗歌创作上的才能，从而走上真正诗人的道路。

别林斯基是当时俄国的文坛重镇、又是进步的喉舌的《祖国纪事》的主编，在文学运动中起着举足轻重的作用。他不仅以自己的文章直接影响着这一运动的发展，而且还言传身教，带动着一批有才华的青年文学者，涅克拉索夫就是其中的一个。别林斯基很欣赏涅克拉索夫那不凡的智慧和他为了获得每日必需的一块面包而吃苦耐劳的精神，以及他那与自己年龄不相称的大胆的实际的见解，这些见解是他从自己的辛劳和苦难的生活中得到的。

涅克拉索夫与别林斯基的关系一天天亲密起来。他们常常聊到深夜，话题无所不包，既有社会政治问题，又有文学艺术问题。别林斯基对这些问题的观点，只有朋友们知道得最清楚，因为朋友的谈话可以直言不讳。每次谈完，涅克拉索夫总是怀着兴奋的心情，在冷落的街道上久久地徘徊，觉得别林斯基的见解中包含着那么多新鲜的东西……

在别林斯基的有益影响下，涅克拉索夫在 1843 年写出了具有自传色彩的长篇小说《季杭·特罗斯尼科夫的一生和奇遇》。这部小说阐明了别林斯基与涅克拉索夫之间完全契合的美学观点。别林斯基当时正极力地倡导现实主义的创作方法，主张全面地反映生活的真实，有时甚至要赤裸裸地反映那些严酷的、阴暗的生活，为此他推崇果戈理的著作。

提到严酷的生活，涅克拉索夫回想起他最初几年在彼得堡底层的日子。他亲眼看见，一方面是"幸运儿拥有大量的豪华住宅，可以说是鳞次栉比"，另一方面，"不幸者却无立锥之地"。彼得堡有许多令人窒息的黑暗的阁楼和地下室，穷人们就睡在那里面光秃秃的地板上、干草上或是泥泞中。有些不幸的人甚至连这些也没有，涅克拉索夫就是其中的一个。那时的他，常常处在饥寒交迫中，整整有三年，他差不多每天都过着饥饿的生活。不仅吃的差，吃不饱，甚至有时整天吃不到东西，有好多次……他自己曾讲述了这样的经历：

> 我跑到一家有报纸的饭馆里，什么吃的也没有要，拿过一张报纸装作看报，小心地把盛着面包屑的碟子移到面前吃起来。

> 有一段时间，我还能勉强维持生活，但是后来我那点可怜的东西都卖光了，甚至连床铺、褥垫和军大衣都不得不拿去卖了，只剩下两件东西：一块小地毯和一个皮枕头。那时我住在华西列夫斯基岛上一间窗户临街的半地下室里。我躺在地板上写作。人行道上过往的行人从窗前走过，常常停下来观看。这使我很生气，于是我就把里面的百叶窗子关起来，只留一条缝，让光线透进来照着我写作。有一回（我靠着一块黑面包过了三天），女房东走进来对我说，她再忍耐两天，过期就要把我赶走。听了女房东的判决，我躺在地板上，心里倒挺舒坦，接着又提起笔来时断时续地写作。

为了摆脱饥寒交迫的生活困境，他不得不做临时工，去教报酬十分低微的课，或是充当所谓的"文学短工"，在市场上为农民代写书信，拟具呈文，给商人写广告，替演员抄台词，也去做校对。这使他接触到过去从未接触过的形形色色的社会生活，对当时彼得堡的社会底层有比较深入的了解。如果说他在农村可以感受到农奴制下的悲惨生活，那么这时城市贫民的生活则对他产生了强烈的震撼。

涅克拉索夫的亲身经历，再加上他的所见所闻，使他创作了这样一部作品。主人公特罗斯尼科夫是"底层"民众的典型，他当过教员，而且写过诗。后来他从事文学创作，得以把他接触到的文学戏剧界的形形色色的人物描写出来。这些人大都过着一种浪漫的生活。他们经常到舞蹈学校去参观，并热情地同那些把大厅挤得满满的"堕落的人们"一起跳舞。他们爱去台球房，狂热地玩台球。特罗斯尼科夫拙劣的诗集的出版，对这些人来说更是一件大事。

在这部小说里，涅克拉索夫还通过主人公表达了别林斯基的文学观点。小说中写道："会写响亮的诗句而无思想内容的人，还不能成为诗人。""对诗歌具有真正天赋的人，要把自己的才华视为神圣的伟大事业，视为全人类的财富。"不要"歌颂个人的利害得失和痛苦，况且这些东西的实际情况还值得大大怀疑"，要构成"真正诗人的诗歌内容"，它"应该包罗现实所提供的一切科学和生活问题。""现实应该是诗人的诗歌土壤。"

《季杭·特罗斯尼科夫的一生和奇遇》这部小说在俄罗斯文坛上成了著名作品，涅克拉索夫从此成了文坛上的一名战将。别林斯基在涅克拉索夫的文学创作上，扮演了极其重要的角色，是他把涅克拉索夫引上了正确的文学道路。正是这伟大的友谊孕育了伟大的作品。

42. 敲响封建宗法礼教的丧钟《大雷雨》

qiāo xiǎng fēng jiàn zōng fǎ lǐ jiào de sàng zhōng dà léi yǔ

1823 年 4 月 12 日，亚历山大·尼古拉耶维奇·奥斯托洛夫斯基生于莫斯科的一个中产阶级家庭，他的外公是一位受人尊敬的牧师，父亲是一位公正廉明的法官，而母亲则是一位温柔贤淑的女子。奥斯托洛夫斯基的童年和青年时代是在莫斯科河南区度过的，那里是莫斯科城市特殊的一角，商人、小市民的生活习俗根深蒂固。较好的经济基础和良好的家庭氛围为奥斯托洛夫斯基提供了受教育的机会。1835 年到 1840 年，他就读于莫斯科第一中学，同许多艺术家一样，奥斯托洛夫斯基不爱读枯燥的数学而偏爱读一些文学作品，这一时期的广泛阅读对他后来走入文学殿堂奠定了最初的

亚·奥斯特洛夫斯基像

基础。1840 年，在家人的规劝下，他考入了莫斯科大学的法律系攻读法律，但是，法律毕竟不是他所钟爱的职业，所以他只在那里读了三年就退学了。退学之后的奥斯托洛夫斯基迫于生活不得不继承父业。从 1843 年到 1851 年，他开始在莫斯科法庭供职。这一时期的法庭工作虽然乏味，但也给他提供了一个深入了解俄罗斯社会不同阶层的人生存状态的机会，这也为他今后从事文学创作提供了许多宝贵的素材。

　　奥斯托洛夫斯基的创作生涯始于 1847 年，那年，他发表了第一部散文《一个莫斯科河南居民的笔记》，在这部散文集中明显可以看出他受了自然派的影响，他的创作欲望从此一发而不可收拾。奥斯托洛夫斯基最初的文学创作始终遵循着他自己确定的一个方针，即暴露现实社会各种虚伪的道德。在他创作的过程当中，幼年和青年时代在莫斯科河南区的那些生活图景就像放电影一样出现在他的脑海当中，小商人、小市民的生活习俗以及他们的粗野庸俗、尔虞我诈刺激了奥斯托洛夫斯基的创作灵感，他力图在自己的戏剧中准确无误地把它们表现出来。1847 年，他在《莫斯科新闻报》上发表了他第一部戏剧作品《家庭幸福图》（后来发表时改名为《家庭图景》）。1850 年，他发表了著名的戏剧《自己人——好算账！》（最初

名为《破产者》），这部剧作使奥斯托洛夫斯基一举成名。其实，这部戏剧在发表之前就已经大受欢迎，当时著名文学家果戈理、冈察洛夫、格拉索夫斯基等人都对它给予了很高的评价。但是，由于这部戏剧的进步倾向，它被禁止在舞台上演出，而且，沙皇尼古拉一世还亲自下令要警方严密监视奥斯托洛夫斯基的一举一动。1851 年，他又创作了喜剧《穷喜娘》，在这部剧作中他努力挖掘官吏生活从而创作一部社会心理剧。

1859 年是奥斯托洛夫斯基创作生涯中具有重要意义的一年，这一年，他创作了剧本《大雷雨》。奥斯托洛夫斯基怎么会产生创作《大雷雨》的想法呢？这还得从 1856 年和 1857 年他游历伏尔加河上游许多城市说起。从 19 世纪 50 年代中后期开始，俄罗斯全社会改革农奴制的呼声震耳欲聋，人民的斗争情绪日益高涨。在游历的过程中，奥斯托洛夫斯基亲眼看到俄罗斯社会的动荡不安，农奴主残酷地剥削压榨着千千万万的农奴，而资产阶级商人更是以重利盘剥。广大人民在这双重的压迫和欺凌之下，家破人亡、流离失所，生活状况极为悲惨。在家庭的内部，宗法制的冷酷和伪善更是令人窒息。总之，整个俄罗斯社会从上到下、从里到外都弥散着一股腐败的气息。作为一个有社会良知的剧作家，奥斯托洛夫斯基产生一股强烈的创作欲望，他决心要写一部剧作把这些真实的情况都表现出来，于是《大雷雨》就应运而生了。

在《大雷雨》中，社会批判性再一次得到加强，戏剧冲突也变得更加尖锐。奥斯托洛夫斯基营造了一个十分典型的"黑暗王国"，在这个王国当中，生活着像卡捷林娜、提郭易、卡彭诺娃、奇虹、鲍里斯和库力金等一系列生动的艺术形象。"黑暗王国"统治者是提郭易和卡彭诺娃，他们都是大地主兼商人，为了维护宗法社会保留下来的虚伪礼教，他们像暴君一样统治着家庭成员。因为他们手中掌握着家庭当中（也就是社会当中）的经济大权，所以他们的话就是金科玉律，谁也不能违抗。他们仗着家长的威风，毫不留情地折磨、虐待和奴役人们，直到人们成为他们十足的、忠实的奴才。在这种家庭宗法制的统治下出现了两种人：一种是以奇虹为代表的一些人，他们迫于宗法制的淫威从而泯灭了对自由和幸福的追求，变成了顺从的奴才；而另一种是像女主人公卡捷林娜这样的人，她渴望摆脱宗法制的迫害，并作了自觉的斗争。奥斯托洛夫斯基认为，俄罗斯民族的性格不是顺从驯服的，而是热爱自由、憎恨压迫并为之而积极斗争的。卡捷林娜的性格正是俄罗斯民族性格的代表，因此，俄罗斯伟大的批评家杜勃罗留波夫称卡捷林娜是"强有力的俄罗斯性格"。

《大雷雨》剧照

由于当时社会历史条件的制约，卡捷林娜的性格也是具有两面性的。奥斯托洛夫斯基把它们成功地展现在观众面前，从而使卡捷林娜这个人物形象更加真实可信。卡捷林娜出身于封建的家庭当中，她长期受到礼教的熏陶，思想里充满着宗法礼教的旧道德。另一方面，由于她从小在乡村当中长大，大自然给了她天真、智慧和理想，所以她的性格当中具有着极强的反抗性，这也是她性格的主要方面。当她嫁给奇虹之后，她就感到被什么无形的东西"给拴住了"，婆婆不断地折磨她，丈夫又软弱无能，她不甘心做一个顺从的奴才，她常常会问自己"人为什么不会飞呢？"家庭的沉闷使她只想逃走，这时，鲍里斯出现了，卡捷林娜就像濒死的人抓住了一根救命的稻草，发疯似地爱上了他，她渴望鲍里斯带她逃出地狱般的家庭。但是，鲍里斯原来是一个外强中干的胆小鬼，他最后抛弃了卡捷林娜，顺从提郭易去了西伯利亚。卡捷林娜的梦想破灭了。在当时的历史条件下，摆在卡捷林娜面前的只有两条路：一条是乖乖地回到婆婆和丈夫的身边去，从此作一个顺从的奴才；另一条路就是结束生命。卡捷林娜在内心进行着激烈的思想斗争，她反复地问自己："再活下去吗？不，不，不要……这不好！人们反对我，房子也反对我，连墙壁也反对我！我不到那儿去！"最后，卡捷林娜认识到死亡虽然要毁灭自己，但是可以不再受奴役，于是她毅然选择了这种极端的方式向"黑暗王国"作出最后的抗争。卡捷林娜并没有白白牺牲，她的死带来了新的生机，至少对两个人敲响了警钟。一个是自然科学家库力金，库力金开始还对提郭易这样的人抱有幻想，而现在他清醒了，他大声地说："她的灵魂现在可不再是您的了！她现在正站在比你们更慈悲的审判者的面前！"另一个就是卡捷林娜的丈夫奇虹，他这个从来不敢大声对母亲说话的人此时却像疯了一样愤怒地对卡彭诺娃嚷道："您毁了她！您！您！……"

从表面上看，《大雷雨》是一部婆媳不睦的家庭悲剧，但它实际上抨击了封建宗法制对人们的戕害，同时也昭示了它必然灭亡的命运。奥斯托洛夫斯基用卡捷林娜的死热情地预言——被压迫的俄罗斯人民已经觉醒，新的生机已经萌芽。颤抖吧！一切反动的势力，革命的暴风雨即将来临，宗法制的丧钟已经敲响……

《大雷雨》可以说是奥斯托洛夫斯基从事戏剧创作以来的高峰，它为戏剧家戴上了一顶光彩夺目的桂冠。在《大雷雨》之后，奥斯托洛夫斯基又创作了一系列的戏剧，这为俄罗斯的文学史增添了光辉的一笔。

由于奥斯托洛夫斯基创作上的成就以及宽厚的人品，他赢得了同行和读者们的尊敬。1882 年 2 月 14 日，人们在莫斯科为他举行了盛大的庆祝活动。很多艺术家、文学家、评论家以及素不相识的人都对他致以最诚挚的祝福。当时，文学家冈察洛夫以"一个最年迈和最忠实的"崇拜者的名义向奥斯托洛夫斯基发出了一封热情洋溢的贺信，信中写道："自从有了您，我们俄国人才能自豪地说：'我们有自己俄罗斯的、民族的戏剧。'公正地说，应当把他叫做'奥斯托洛夫斯基戏剧'。""……您的戏剧创作是丰功伟绩"，"伟大的艺术家，祝您健康长寿！……"

但是，友人们的祝愿并不能阻挡死神匆匆到来的脚步。多年来，奥斯托洛夫斯基的身体状况一直不佳，疾病时时折磨着他，1886年6月2日他不幸逝世，消息传出，举国震惊，他的好友冈察洛夫深感悲痛，他两眼噙着泪水说："啊！俄罗斯失去了'戏剧之父'。"

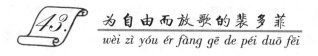

43. 为自由而放歌的裴多菲
wèi zì yóu ér fàng gē de péi duō fēi

裴多菲在短暂的一生中写了八百多首抒情诗和九首长篇叙事诗，题材广泛，体裁丰富，饱含对自由的渴望，对祖国和人民的爱，这些抒情诗的典范作品遭到保守派的攻击："裴多菲把农民、牧羊人、山盗的粗野语言带到诗歌的神圣宫殿里来了，""他在为无知的、卑贱的人歌唱了。"可是裴多菲却说："不管人们怎么讲，可是真正的诗歌是人民的诗歌……应该使它成为统治的力量！""谁是诗人，谁就得前进，千辛万苦地和人民在一起！"裴多菲主张用人民的语言作诗，以反对当时贵族文学滥用华丽词藻和矫揉造作的诗风。

裴多菲像

裴多菲是一个用诗歌反映人民心声，用行动反抗侵略战争的斗士。他出生在匈牙利乡村基什格罗什的小肉店家庭。父亲是屠夫，母亲是农妇。由于家道中落，他十六岁便出外谋生，连中学也没有念完。在他坎坷的经历中他深切体会到劳动人民的苦难生活，产生了变革现实的强烈愿望。他写了许多反抗旧制度的诗，痛恨无恶不作的贵族，并认识到一切恶势力的总根子在于封建国王的统治。他在诗歌中表达对祖国的爱，他放歌自由，表达了关切人民自由和权利的民主思想。1846 年，裴多菲终于把对自由的放歌变成了革命的行动。在他的领导下，组成了第一个革命作家团体"青年匈牙利"。他用诗歌表明要奔赴战场杀敌的愿望。他战斗的激情澎湃的诗一次又一次地鼓舞着人民起来斗争，他自己也投身于匈牙利革命的热潮中。1849 年 4 月 14 日，匈牙利在斗争中正式宣布独立，这个消息引起了国际封建反动势力的极大恐慌。5 月底，沙皇尼古拉一世派出十五万军队援助奥地利反动派，面对着占有优势的奥俄联军，裴多菲一边写诗鼓舞人民斗志，一边准备为国牺牲。他写信给妻子表明了他的态度："战斗非常激烈，我准备为祖国牺牲！只有这样才是我最光明的前途。"7 月 31 日，裴多菲参加了谢盖什瓦尔的激烈战斗，裴多菲在同沙俄哥萨克兵的激烈搏斗中壮烈牺牲，年仅二十六岁。

《勇敢的约翰》（原名《雅诺什勇士》）是裴多菲早期著名的长篇童话诗。诗人利用民间传说，巧妙地把他对匈牙利丑恶现实的抗议，人民跟外国侵略军奴役者的斗争，以及对自由幸福生活的憧憬织在"事迹简朴，却充满着儿童的天真"的童话故事里。裴多菲塑造了一个勇敢、善良而又热情的青年牧羊人库可力查·杨启（杨启即雅诺什的爱称），"库可力查"意为"玉蜀黍"，相传杨启出生于玉蜀黍田地中，故得名。

杨启与本村姑娘伊露什卡相恋，两个孤儿受着养父和后母的虐待。他们相互爱慕，互诉衷肠，伊露什卡的后母蓄意破坏他们的爱情，而杨启的养父则借口他丢失了羊只，将他撵出了家门。

杨启流浪到一座"黑暗的、稠密的森林"，他夜宿茅屋，遇到了打家劫舍的十二个强盗。他巧施计谋，将他们葬身于一片火海中，一桶桶强盗抢来的黄金白银放在面前，杨启秋毫无犯，他鄙弃这些不义之财。

杨启继续流浪，在漫漫旅途中他遇到了一队匈牙利轻骑兵。他们正在奔赴战场，去援助受土耳其侵略的法兰西人。杨启坚决要求加入这支队伍。他说："如果我不去杀，悲哀就要杀我了——啊，我整个的心怂恿我

《勇敢的约翰》插图

去战斗。"在抗土援法的战争中，杨启表现了非凡的武艺和超人的勇敢，他刀劈土耳其侵略军大肚子司令，从土耳其王子手中救出了法国的公主。法国国王为了表彰杨启的忠诚，赐给他以"勇敢的约翰"的荣誉称号，把自己获救的独生女儿嫁给他，要让他做法国国王。杨启不为荣华富贵所动，忠诚伊露什卡的爱情，他谢绝法国国王的厚意，带着丰厚的酬金取道回国。他希望与心爱的伊露什卡成婚，两人从此过上幸福的生活。谁知灾难接踵而来。他在海上遇到了风暴，险遭灭顶之灾，所有黄金被怒涛卷去。他只身回到故里，却只见一抔黄土掩芳魂，伊露什卡已被后母迫害死了。诗人令人信服地表现了穷人在旧社会的痛苦命运："我没有好日子……那只有魔鬼有！"杨启摘下爱人坟上怒放的玫瑰，挂在胸前以示怀念，佩戴着"已经被土耳其人的血污锈坏"的宝剑，克制内心巨大的悲痛，继续"在流浪中长征"。

杨启不愧为"勇敢的约翰"，他挥舞着血污的宝剑，向一切邪恶作战。他降服了巨人国，战胜了黑暗国。破三门，斩猛兽，终于来到了仙人国的"生命泉"的湖边，他将胸前的玫瑰投于泉水中。玫瑰生长于伊露什卡的骨灰，生命泉重新给了她生命。杨启与伊露什卡的幸福重逢成了仙人国的喜事，仙人们载歌载舞，拥戴他们做了仙人国的国王与王后。

　　长诗《勇敢的约翰》别具匠心地改编了民间传说，它渗透了儿童天真烂漫的心理，也饱含着强烈的现实感。民间故事、儿童童话中耳熟能详的形象如凶恶的后母、丛林中的大盗、勇士和美女、巨人国、黑暗国、仙人国等等，在作者笔下意境奇伟瑰丽，处处闪耀着自由和正义的光辉。作者巧妙地把现实生活里伊露什卡的后母变成了黑暗国里的巫婆，她虽然神通广大，骑着扫帚飞行在天空，一被抓住，便"会啧啧地像饼一样碎了"。长诗比喻浅近，变幻神奇，明是幻想世界，暗喻现实生活，童话与现实浑然一体。长诗塑造了英雄杨启，他经历了追求个人幸福到为人民的自由而战，最终获得了个人幸福。他是为自由、为大众一往无前的勇士，他以实际行动证明了裴多菲的名句"生命诚可贵，爱情价更高；若为自由故，二者皆可抛。"杨启不停地向黑暗宣战，不停地消灭罪恶，他战胜了无数黑暗和强暴，才能迎来光明和幸福，才能到达没有冬天，没有悲哀，太阳不落的"幻想世界的天堂"。《勇敢的约翰》证明，幻想世界越闪烁着进步理想的光辉，也就越包含着强烈的现实感。

　　《勇敢的约翰》表现了抒情诗人裴多菲的引人入胜的叙事能力，他像雨果一样，善于从祸福的尖锐对立及急剧转化过程中，捕捉生活的脉搏，描写世态的炎凉，这使裴多菲笔下的故事波澜迭起，情节富有强烈的戏剧性。在黑暗的森林，杨启见群鸦乱噪，似乎是凶信，却看到草舍里一道光线，以为找到了寄宿的地方。走进一看是个强盗窝，杨启临危不乱，变祸为福。"结义欢宴"变成了绿林大盗的葬仪，故事情节变化急剧离奇，都是来源于现实生活的基础。

　　裴多菲以优美晓畅的诗句塑造了鲜明生动的诗作意象。在杨启与伊露什卡依依难舍离别之时，诗中写道："当河里的波浪变成了明镜，星星的眼睛在那里惊奇地闪耀：杨启忽然来到了伊露什卡的园子里，他怎么来了，他也不知道。"宁静的夜景衬托出杨启不平静的内心世界。当杨启来到伊露什卡的陵园时，对着伊露什卡的房子，用牧笛吹出凄凉的调子："在树林里和草地上的露珠，也许是可怜的星星的泪滴。"这些意象生动地表达出杨启的情绪，是诗人感情的物化。

《勇敢的约翰》是渗透着自由和理想的抒情浪漫诗篇，它热情地召唤人民为争取自己的权力而斗争。

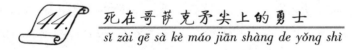

44. 死在哥萨克矛尖上的勇士
sǐ zài gē sà kè máo jiān shàng de yǒng shì

1848 年 3 月 15 日凌晨，匈牙利首都布达佩斯，天空阴晦，大雨滂沱。一万多名起义者淋着雨，冒着寒冷，静默地聆听着一位青年在朗诵。在淋湿的长发下，一双深陷的眼窝里，眼睛炯炯有神地闪亮着，慷慨激扬的语调中一股如火的激情在燃烧，在升腾，他，就是这次起义的组织者、领导者——诗人裴多菲。

这时的裴多菲已经意识到，民族的自由解放已经到了最关键的时刻。奥地利统治者大为惊恐，他们勾结沙皇俄国准备对匈牙利的革命运动进行最血腥、最野蛮的镇压。也正是在这样的形势下，裴多菲发动了这次起义，并在《投入神圣的战争》一诗中，鼓舞全国人民奋起抗战。他告诉全国人民，这是考验、最后的伟大的考验：

> 俄国人来了，俄国人来了，
>
> 已经出现在祖国的大地上了。
>
> 生命诚可贵，爱情价更高，
>
> 若为自由故，二者皆可抛！
>
> ——《自由与爱情》

裴多菲的著名的短诗《自由与爱情》经白莽译成中文后，就成了中国人民非常喜爱的诗篇。可是，一般的读者也许未必知道，这是诗人裴多菲献给他未婚妻的一首爱情诗。

1846 年秋天，裴多菲在艾尔多特村的一次舞会上认识了一位漂亮的姑娘森德莱·尤丽亚，两人一见钟情。裴多菲向她求婚，尤丽亚幸福地接受了，但是尤丽亚的父亲森德莱·伊格诺茨伯爵却横加阻拦。伊格诺茨伯爵是一个守旧的、蛮横的庄园主。他在多瑙河下游拥有大片的土地，也拥有牛羊和果园。他极力反对女儿嫁给像裴多菲这样一位从外地流浪来的一文不名的穷诗人，他觉得这是有违家规国法，亵渎神明的大逆不道的行为。他的横加阻止，给裴多菲与尤丽亚的恋爱平添了许多波折，也给诗人增加了许多痛苦，当然，这些情感的经历都像水中激起的涟漪一样在裴多菲的诗篇中留下了真实的记录，至于裴多菲的这位岳父，也在他的许多诗篇中成了一个残暴、愚蠢、守旧的地主阶级的反面形象。

从 1846 年两人在舞会上结识到 1849 年 7 月裴多菲战死这短短的三年时间里，裴多菲一共给妻子尤丽亚写了一百零二首诗，《自由与爱情》是其中的一首。

这一百零二首诗记录了他们之间爱情的萌生、发展、升华的整个过程，也体现了诗人逐渐由个人狭隘的圈子走向社会、投入革命的经历。

从此，诗人怀着对沙俄的无比仇恨，弃笔从戎，走上了抗击侵略者的战场。在写给妻子尤丽亚的《告别》一诗中，他这样写道：

> 我抛弃了七弦琴，拿起了军刀，
>
> 过去我是诗人，现在是一名士兵；
>
> 不是为了桂冠我才把你丢在家里，
>
> 而是为了祖国，我才奔赴战场。

1849 年 7 月 22 日，裴多菲同他的妻子森德莱·尤丽亚在托尔塔村分手，那竟成了他们的永别。诗人把妻子安顿在一位新教牧师家里，自己便到贝姆的军队里去了。

贝姆，这位波兰侨民出身的将军，在裴多菲心目中，一直是个传奇式的英雄。他虽然出身行伍，但却具有政治家的魄力和文学家的儒雅气质。他作战骁勇，指挥果断，先后参加过波兰起义、葡萄牙的里斯本起义和维也纳起义，后来转战匈牙利。他是个极富浪漫传奇色彩，又有勇敢坚毅性格的英雄人物，裴多菲着了迷似地喜欢他、崇拜他。

几经辗转，在贝姆将军和裴多菲的共同努力下，裴多菲终于来到了贝姆将军的帐下，被授予少校军衔。不久，诗人便投入了激烈的战斗。在不到一个月的时间内，他就参加过五次血流成河的激战。战况的激烈程度，是诗人过去所从未想象过的，诗人说："如今我真懂得了什么是激烈的战斗。"

裴多菲作战勇敢、战功卓著，他在散文《战地通讯》中记载了当时的场面：

> 我获得了勋章，它是贝姆将军奖励给我的。贝姆将军亲自用他的左手把勋章挂在我的胸前。他的右手受了伤，包扎着。贝姆对我说："我用我的左手替你挂上勋章，因为它距离我的心是那样的近啊！"

7月下旬，形势急转直下。沙皇尼古拉一世的军队几乎全部攻占了贝姆将军控制的特兰西瓦尼亚，只有南部几个村庄还留在贝姆手中。战况日趋激烈，贝姆的部队与沙俄哥萨克军之间的战斗达到了白热化程度。这时，贝姆在科莱兹克得知匈牙利的一个军团在萨斯列坎附近被沙皇军包围的消息，决定率军去支援。贝姆意识到战事的危险，决定让裴多菲作为他的助手留在身边，可裴多菲却总是不大愿意接受贝姆这种特殊的照顾，他那热情果敢、英勇无畏的个性使他很难安静地呆在激烈的厮杀之外。每当战斗号角一吹响，哪儿的战况最惨烈，哪儿最危险，往往人们就最先看到他的身影。

就在诗人牺牲的前一天晚上，他在给妻子尤丽亚的信中说："战斗非常激烈，我准备为祖国牺牲！只有这样才是我最光荣的前途。我的妻子啊！咱们的儿子卓尔坦会走路了吗？你要教他说话，逗他笑。"这成了诗人留给自己的爱人的最后遗言。

面对在数量上数倍于己的沙俄军队，匈牙利军队惨败，弹尽粮绝。贝姆指挥的部队在瑟克什堡又被敌军团团包围起来。7月31日凌晨，战斗又打响了，贝姆命令裴多菲留在后备部队里。但是诗人却擅自乘着一辆马车跟着部队出发了，他没有战马，没有武器，甚至连军衣也没有。当战斗打响时，贝姆一眼望见了裴多菲，愤怒地命令他撤下去。

他暗中瞒过了忙于指挥作战的贝姆，又悄悄地留了下来。他一个人来到菲尔艾基哈兹阵地。在这个阵地上，战斗进行得更加激烈，一队仅有三百人的匈牙利骑兵，一连几次打退沙俄哥萨克骑兵的进攻。裴多菲捡起军刀，也参加了战斗，他的衣服裤子都撕破了，浑身沾满了血迹。在短暂的战斗间隙里，裴多菲站在一条小溪的桥头向远处眺望。

"少校，危险！"一位军医连忙大声警告他，他却没有一丝惧色，沉稳地答道："不要怕，什么事也没有的！"不幸的是，裴多菲真的被敌人发现了。敌军开始朝他射击，子弹嘶嘶地从他身旁呼啸而过。裴多菲赶忙隐蔽到旁边的玉米田里。忽然，一阵马蹄声响起，两名哥萨克兵凶狠地疾驰而来，第一个哥萨克兵用军刀向他劈刺，他灵敏地闪过；可另一个向他投下了长矛，刺穿了诗人的胸膛，诗人应声倒地。

伟大诗人裴多菲就这样牺牲在为民族自由解放的战场上，当时，他年仅二十六岁。鲁迅先生在提到裴多菲英勇牺牲时，曾充满敬意地说："正如作者虽然死在哥萨克兵的矛尖上，也依然是一个诗人和英雄一样。"

裴多菲牺牲后，同其他战死的匈牙利爱国志士一起，被埋葬在大坟冢里。当时谁也不曾料到，这里埋葬的还有匈牙利的民族英雄和伟大诗人裴多菲。在以后的几十年里，国内曾有过各种不同的传闻，说裴多菲不曾战死，仍然活着，还有人证明，说在沙皇军队的俘房中，在西伯利亚的矿井里，确曾见过裴多菲，他在敌人的奴役下，从事着非人的苦役，并渴望着重新投入争取祖国解放的斗争。人们这样认为，主要依据这样的一个事实：当时的随队军医亲眼见到他在哥萨克士兵投掷的矛枪下应声倒地。但随之人们也提出这样的疑问：倒下之后他真的死了吗？为什么在清理战场的时候没有发现他的尸体？于是，很多关心、热爱他的人，怀着一腔良好的愿望编织了很多裴多菲死里逃生、继续写作并战斗的故事，人们传播着、相信着这些故事，而对随队军医所陈述的事实似乎不屑一顾。

这样的状态一直延续到 20 世纪 80 年代末期。

1989 年，一位著名的企业家莫尔毛伊·费伦茨出巨资组建了一支由匈牙利、前苏联、美国的专家组成的国际考察队，前往西伯利亚寻访裴多菲的下落，试图解开悬在人们心上的疑团。他们的工作得到了前苏联政府的支持。当时，苏联的许多历史档案已经开放。考察队员面对浩如烟海的档案资料开始了他们海里捞针的寻查工作。令他们惊喜的是，他们居然在 1849 年沙俄俘虏名单中查到了裴多菲的名字，还有资料记载说他被流放到贝加尔湖附近，被强迫从事苦役。更令考察队惊喜的是，他们又在莫斯科意外地遇到了一位名叫维诺基尔的老人，他当年就居住在贝加尔湖附近。据他回忆，他十岁时，爷爷带他路过村里的一处墓地，爷爷曾指着墓地中的一座坟对他说：瞧，这里埋着一位名叫彼得罗维奇（裴多菲原名叫彼得罗维奇·亚历山大，后改称裴多菲·山道尔）的外国革命者，是位诗人。

考察队于是邀请年迈的维诺基尔赶赴他的家乡——位于贝加尔湖附近的巴尔左津诺村进行实地考察。由于时间相距久远，再加上墓地的变迁，老人一时很难认定爷爷当年领他到过的那座坟墓。于是考察队请示当地政府，要对周围的墓地进行扩大范围的挖掘。得到允许后，他们先后挖掘了二十一座坟，均未发现裴多菲的尸骨。于是，他们决定再扩大发掘范围。1989 年 7 月 17 日，在挖掘一墓穴时，考察队中匈牙利的塞伊教授一眼就认定，这可能就是诗人裴多菲的遗骸。根据有两点：诗人生前头颅形状很特殊，另外，诗人长有一颗很显眼的虎牙。经检验，这两点特征与挖出的头骨的样子完全相符。

挖掘工作继续进行，整具尸骨挖出后，专家们一致认定，这具尸骨就是诗人裴多菲。因为从保存下来的裴多菲的照片、服装以及各种文字记载来看，这具遗骸完全反映了诗人生前的相貌特征。顺藤摸瓜，考察队根据文献所提供的线索，进一步走访了当地的村民，并经科学的考证后，了解了下述一些事实：裴多菲当年被流放到这里后，从事过劳役，后与当地邮差的女儿结了婚，而且还留有后代。他死于 1856 年 5 月，当时被认为是病逝。从挖出的尸骨上可以看出，裴多菲死时嘴巴张得很大，也许是经历了

很大的痛苦后死去的。从当时埋葬的情形看，下葬时只有衣服裹尸，没有装进棺木，专家们断定：他可能死于被杀或者血液中毒。

究竟死因如何，看来至今仍是个待解的谜团。

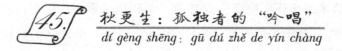

45. 狄更生：孤独者的"吟唱"
dí gèng shēng: gū dú zhě de yín chàng

艾米莉·狄更生的生活似乎总是以故乡安默斯特那座高大的苏格兰式的红砖房作背景的。在这座古老的红房内，狄更生以诗歌的形式吟唱着死与生。这些诗最终未能如她所愿随她的生命一同消逝，而是作为人类共享的文化财产保留下来。这些诗在美国、西方甚至整个世界诗歌发展史上都具有独特的价值。

少女时代，狄更生身材矮小、脸色苍白，她的言谈机智幽默、举止却有些令人难以琢磨。那时，在她身上就已显露出来忧郁并内敛的气质。但当时大家无论如何没有想到正是这种气质熔铸在她的诗中，使她成为举世闻名的诗人。

狄更生没有接受过更高的教育，只是在家乡附近的一所女子学校读过一年书，此后，她就回到安默斯特的老宅——她的出生地，开始她以后一生几乎没有什么改变的孤寂生活。和她生活在一起的姐姐与她性格不同，喜欢同外界往来，同有些朋友交往，有时他们来到她们家做客，不免与狄更生有一点交流，他们发现这个小姑娘性情很独特，而对事物表达的看法也与众不同。只是她总是在谈话时浅尝辄止，不肯跟任何人倾心交谈，所以对她的内心世界，谁也无法全部了解，那里似乎很迷蒙。

她给自己的心房开了很少的几道门，除了姐姐和她带来的几个尚能谈得上话的朋友以外，她联系社会的渠道就只有她的眼光了。站在房间的窗前或者走到房前远眺目力所及的风景，各种可见的房舍街道、隐约可闻的车马人声，便成为她想象这个喧闹嘈杂世界的依据。虽然年少并且未遭受过与人交往导致的巨大打击一类的灾难，可是狄更生却非常明确地表现出对社会生活的逃避、对与人交际的厌倦。她认为，孤单的生活才是自己人生最佳的选择，外部世界和社会生活对她来讲都是多余的，与人交际毫无意义。她的理想就是远离尘嚣，像蜗牛一样退守在自己用灵魂建造起来的天地里，做一个孤独的守卫灵魂的"门房"。在那里，能够有幸成为"宾客"者，都是她认为非常优秀的人。

可是，一股汹涌的青春情感之潮以令狄更生难以抵御的势头冲进她的生活，爱神丘比特的箭矢穿透了她心灵的厚墙。1854 年，二十四岁的狄更生结识了一个名叫查尔士·华兹华斯的牧师，从此与他之间形成了"斩不断，理还乱"的关系。

狄更生本是个内藏极深的人，不说个人感情，即便是在常人看来很寻常的事，她也不像平常人那样告诉与他人。因此，仅以她的言语作依据，似乎无从判断她和华兹华斯之间那种非常明确的恋人关系。但是，作为一个把外界当做隔绝对象的人来说，狄更生能够与华兹华斯那么深入地往来，二人的离别竟能给她带来那么巨大的精神打击，除了爱情的威力，其他原因都无力说明。

狄更生爱的投入带给她的只有星星点点的幸福，而更多的是痛苦。中年的华兹华斯已经有了自己的家庭，他所能提供给狄更生的只能是精神的爱。其实，狄更生并无更奢侈的要求。虽然二人不像一般的有情人那样寻找一切机会相会，搞得如胶似漆、缠绵悱恻，但狄更生追求"感情若是久长时，又岂在朝朝暮暮"的诗意美。他们最常采用的联系方式就是通信，在信中，他们可以敞开各自的心扉，纵横捭阖，汪洋恣肆，无所不及。而狄更生感到这种方式又恰是最适合她的。当然，她不是没有梦想过华兹华斯成为她的唯一，梦想过只属于他们两人的生活，可是，当她清楚地意识到这些根本无法实现时，不忍舍弃所爱之人的她只能退而求其次了。

就这样，主要由信函编织而成的爱情岁月一直持续了八年之久。八年间，狄更生已经把跟华兹华斯的交往看成她生命的一个必要组成部分，把华兹华斯视为"人世间最亲爱的朋友"，认为他在精神上给了她"莫大的宽慰"。谁知，1862 年，华兹华斯突然永远地离开了安默斯特，迁往远离

本地的旧金山。狄更生的精神世界发生了一场强烈的"地震"，她心灵的房宇险些化作一堆废墟，绝望之情久久地控制着她，她也甘心沉溺在其中，不肯自拔。

> 我们俩必定要分开，
> 你在那边——我在这里。
> 惟有房门打开，
> 见一片大海、祈祷、还有绝望——
> 这白色的物件。

　　华兹华斯的弃她远去，对狄更生的生活和创作所产生的影响是十分巨大的。她本来不与外界往来的孤寂性格变得更加顽固，从这一年起，狄更生拒绝见任何人，包括她过去交往较多的几个朋友。其中一位名叫本杰明·牛顿的，本是狄更生父亲事务所里的律师，是她在与华兹华斯相识那年开始交往的挚友。因为牛顿文学造诣很深，也了解狄更生对文学的热爱，经常指点她应该读些什么书和怎样读书，所以颇得狄更生的好感。正是在牛顿的鼓舞和帮助之下，狄更生才充满信心地创作出最初的诗。牛顿常对狄更生宣讲加尔文派的宗教思想，使她接受了加尔文派的"内视"思想以及关于"天性美"和"世界的冷酷"的观念。在牛顿的启发下，狄更生开始认识自然界的和谐、完整及其所蕴藏的美，这一方面激发了她对大自然的喜爱，另一方面更加深了她对社会生活的冷漠和厌弃之情。可以说，牛顿是狄更生思想、创作的启蒙老师，但狄更生的厌世情怀使她连这样的友谊都拒绝了，足见她痛苦的程度。

　　仅有的几道与外界联系的大门也关闭了。狄更生把自己锁在家里，在后来的二十多年间，除了从姐姐身上嗅到一点点外界的气息以外，她没见过任何活着的人。1862年这一年，她用激烈的情感培育出了丰硕的诗歌果实，写下了三百六十六首诗作。感情上的危机给她带来了无限的灵感和冲动，她在孤独的自我天地里任意驰骋想象，把失意的痛苦化成对整个世界的愤恨之情。于是，一首首意象奇特、充满孤独和绝望之情的诗作诞生了。

安默斯特那座苏格兰式红砖房在多数情况下都是沉寂的，但它还是引起了周围喜欢探秘的邻里们的强烈好奇心。他们当然不知道，使他们产生好奇心的那位被暗地里称为"白蛾"的狄更生正忙于在她的世界里游荡，不断与诗神交流。他们只看到，这位古怪的老处女时而在窗前露出一张沉思的面孔，眼神似乎飘忽不定、朦胧迷茫；时而像幽灵一样在花园中来回徘徊，不论眼前的景色有多美，都未见她有喜色在脸上洋溢。她身上总是披着一件宽大的白袍似的衣服，远望过去，倒真像是一只振翅飘飞的"白蛾"。

狄更生写诗纯粹是把诗作为情感的发泄口。她不愿意自己的诗作成为供人咀嚼、玩味的对象。她在世时，一遇情感迸发，便随便抓过一张纸片，或者是废弃的纸袋儿，或者是用过的信封，将诗行记录在上面。写出的诗根本不收藏，而是散在房间的各个角落。究竟有多少诗作在她写完后就随手丢弃掉，已经无法说清了。

1886 年，蜗居在老房里长达二十多年的狄更生结束了她孤独、寂寞的一生。她的姐姐没有按照她临死前的叮嘱行事，而是把她在有生之年散放在各处的诗作细心地收集、整理，共整理出一千八百多首诗。后来，曾在狄更生诗歌写作过程中给过她巨大帮助的诗歌评论家托马斯·温斯沃斯·希金森对这些诗作进行了筛选，于 1890 年和 1891 年分别出版了狄更生的两部诗集。从此，一个孤独者的形象伴随着一首首诗作从古老的红砖房飘荡出来，伫立在历史的道路上，成为永恒。

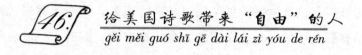

46. 给美国诗歌带来"自由"的人
gěi měi guó shī gē dài lái zì yóu de rén

翻开冲压着卷须体"草叶"字样的绿色麻布封面，不耐烦地越过那篇长得没完没了的序言，映入眼帘的，便是几行莫名其妙的句子。只有序

惠特曼像

号，没有标题，接下去又是长达几十页的同样让人摸不着头脑的句子和段落。这究竟是本什么书呢？要说是诗吧，可是连起码的脚韵和节奏都没有，句子也是参差不齐的。那么应该是散文了，可这像散文吗？海阔天空跳来跳去的。作者呢，在扉页的照片里，歪戴着黑色的宽边帽，穿着敞口的衬衫，脸上毛茸茸地长着络腮胡子，左手插着腰，右手揣在裤兜里，一副满不在乎的样子，他又是什么人呢？他为什么给自己的书起了这么一个平淡的名字？他干吗要赞美自己、歌唱自己呢？这实在太奇怪了。

这大概就是惠特曼的《草叶集》1855年首次发行时人们对它的印象吧。当时，人们对这本从装帧到诗歌的内容和形式都有些不合传统的小诗集感到的只有古怪，所以没有欢呼，也没有回响，仅仅是若无其事的冷落，像一片无边的虚空，无声无息地吞下了一切，包括这本当时只有十二首诗的小小的《草叶集》。但是后来，人们很快就发现了这是一个历史的失误。一方面，那个正在蜕变的时代的残躯为我们的诗人提供着充足的养分——现在看来也许是过于充分了——从而培育出一个崭新的精神个体，而另一方面，当这个新生命发育得如此强壮，成长得如此之迅速，以至于面目生疏难于辨认时，衰老的时代先是报以矜持的沉默，继而还挥起它那满是老茧、青筋暴露的手掌，将这个新的生命打翻在地。同时，也发现了这部诗集的伟大价值。

惠特曼用"草叶"为诗集命名，寓意相当深长，某种程度上涵盖了这部诗集全部重要的思想和艺术。草叶，是一种最普通的植物，哪里有水，哪里有空气，那里就生长着草叶。它那顽强的生命力，蓬勃向上的精神，

19 世纪的纽约街景

象征着美国人民的一种气质。惠特曼歌颂这最平凡的草叶，其实礼赞的是人民。他认为，草叶在宽广和狭窄的地带，白人和黑人中间一样发芽，这样，草叶又是诗人民主平等思想的体现。尤其是，草叶表示了诗人决心用"草一样自由和朴素的语言"进行诗歌创作的艺术主张。

19 世纪，美国文学界充满一种文化自卑感。作家们把欧洲文学奉为楷模，他们认为美国人民没有修养，没有文化，没有传统，因而轻视自己的民族文化。当时许多美国诗人模仿伦敦文学风尚，甚至诗中的自然景物都是英国的，惠特曼对此非常不满。他曾自豪地说：华盛顿使美国在政治上脱离英国而独立，他要使美国在文学上摆脱欧洲的附庸地位。

那么，惠特曼到底做了什么呢？他在诗歌的语言和形式上进行了一场伟大的革命。

作为一位浪漫主义作家，惠特曼很重视民间口头创作和人民的语言。他曾搜集黑人和印第安人的民歌，赞赏这种民间口头创作想象的丰富、情感的真挚、表达方式的自由以及语言的通俗。他在一篇论文中说："语言是从工作、需要、联系、欢乐、痛苦、长期的历史中生长出来的，它有深广的基础。"又说："你在市场周围、渔船上、码头上，可以听到千千万万个词汇，却不是字典里所能查到的。"因此，他有意识地从人民口头语中汲取当时被认为粗俗、不能登大雅之堂的、然而是由现实生活中提炼出来、闪闪发光的语言和词汇进行创作。他的一些"肌肉健壮的辽阔田野"、"勤劳的负着轭的牛群"、"捕海豹者、捕鲸者、破冰前进的两极航海家的形象"的诗句充满新鲜活泼的气息、显得庄严多彩、雄浑有力，与当时文艺沙龙内流行的"工笔描花、画工典雅"、苍白无力的传统格律诗句形成强烈对照。

不仅在诗歌语言上改革，惠特曼还热情地捕捉突飞猛进的现代生活的声光色彩，吸取新的科学艺术思想信息，努力创造一种能反映生气蓬勃、瞬息万变的美国生活的新诗形式。

美国诗歌原是师法英国句末押韵，句中以重音和非重音组成的音步格律。随着社会的进展，这种诗歌形式已经不足以表达人民的生活和感情了。

惠特曼打破了诗歌创作的因袭形式。他首次在以短句、而不是以音步作为韵律的基础上，创造了"自由体"的诗歌形式。在此基础上，他又使用复杂地结合在一起的各种诗的格律，即在一节的开头使用短短的一行或两行具有同样数量重音节的诗句，然后增加诗的韵律。由于在一节诗内使用了同样诗句句法结构而获得韵律统一。诗句内部的停顿在惠特曼诗中具有特别重大的意义。他大胆地利用这样的停顿来创造别开生面的韵律格式。就这样，惠特曼找到了适合于自己的有伸缩性的诗歌形式。这种诗歌形式能够表达他对奴隶制度的仇恨，对光明理想的追求，对社会罪恶的抗议，对生机盎然的城市生活的赞美，以及对雄伟绮丽的自然风光的感受。这种诗歌形式帮助他把澎湃的诗情传达给每一个自己日常接触的朋友：矿工、农民、船夫、士兵、伐木者。

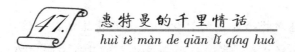

　　人们都知道，美国诗人惠特曼（1819—1892）终生未婚，似乎也没有什么特别的罗曼史。这一事实，对于在诗歌中大胆歌颂男女性爱的诗人本人来说，已经成了一个不解之谜；而对于喜爱这位浪漫主义大诗人的广大读者来说，也几乎成了一大憾事。

　　惠特曼当然不缺少性与爱的浪漫经历。1862 年春，惠特曼就曾经和一个叫爱伦·艾尔的女性陷入情网。诗人至死都保存着这位女子写给他的情书。面对如此热烈的爱，诗人不久却急流勇退了。并非惠特曼不懂得如何去爱一个女人，而是由于诗人对于性和爱有其独到的理解和更高的追求，所以他的爱情故事也就有点特别。他和英国的吉尔克里斯特夫人的千里情话就多少给我们显露了这一点。

　　1869 年 8 月，一位英国朋友写给惠特曼的信转到了诗人的手里，信中附有一位匿名的英国"妻子和母亲"写的一篇关于惠特曼诗歌的评论。这使当时正遭到美国文学界非议的惠特曼十分欣慰。惠特曼于 12 月 9 日在写给那位英国朋友的信中，附了一张照片转赠给这位女作者，并说："我希望你把这封信给她看看，如果她愿意，也可让她保存。"

　　1871 年下半年，《草叶集》第五版出版，惠特曼寄给自己那位英国朋友两个包裹，内装他的近作和照片。其中一个托朋友送给了吉尔克里斯特夫人。

　　1871 年 9 月 3 日，吉尔克里斯特夫人回信给惠特曼，感谢他馈赠的"心爱的书"，然后透露了她对惠特曼的爱情。信中写道：

　　10 月 15 日，吉尔克里斯特夫人又写了第二封信，但这封信遗失了。10 月 23 日，她写第三封信，并加了一个说明："亲爱的，我还很年轻，假如上帝赐福，我能给你生三个孩子。"

　　吉尔克里斯特夫人梦寐以求的回信终于姗姗而至。这封信很简单，惠特曼婉言拒绝了她的希求，他说：

> 我等了很久，总想找个合适的时间和稳定的情绪给您回信，想尽量写得像来信那样庄重，充满信念和感情。但是缠身的琐事在这个季节比过去还多。即使在我身心健康的时候，愉快的情绪似乎也躲避着我。目前我至少不应该再拖延向你表示，我对你的爱并非无动于衷。我也把我的爱情奉送给你。这封信虽短，你却不要失望。我的书即是我最好的信、我的回答和我最真诚的解释。我已经将我的肉体和灵魂倾注在书中。你应该比任何人理解得更好、更充分和更清楚。而我也能充分而清楚地了解您信中的情景。如果我俩都能欣然接受这一确实存在的美好而微妙的关系，吾愿足矣！

这封信从头至尾都令人伤感。他虽说是"我也把我的爱情奉送给你"，但是这封信整个调子都清楚地说明，这并非吉尔克里斯特夫人所追求的那种爱情。

11月27日吉尔克里斯特夫人又写信说："你那等待已久的信给我带来高兴，也带来痛苦；但是痛苦并非你的馈赠。"她并非因回信简短而感到失望，她说："你的书确实说明了一切，可是那本书并不是书。"她深刻地感到来信中"吾愿足矣"这句话很残酷，"啊，'吾愿足矣'一词，好像给了我当头一棒"。并说："由于我热爱生活，我那封信是在秋天的野外写的。我知道我当时应该说，我必须说。然后我又一次感到宽慰和愉快。"

接着是几个月的令人心灰意冷的失望，干巴巴地等待着下一封信。惠特曼已被逼上梁山，再也不能自欺欺人了。他必须快刀斩乱麻。1871年12月26日，惠特曼写了一封短信，婉言谢绝了她的希求：

> 亲爱的朋友：
>
> 你的迟到的来信刚刚收到。我马上写信给你，特地告诉你，你的9月6日和10月15日的两封来信都已安然寄到，今天这封

信是第三封。

亲爱的朋友，我还要说，我确实感谢你，并接受你的来信，以及信中所述的一切，即你所希求的一切。

你的亲爱而真诚的沃尔特·惠特曼

这封信写得如此简短，虽然字面上说是接受了她希求的一切，但从整个调子来看，仍然是一种假象。这也许是惠特曼在无可奈何的情况下，采取的缓冲措施。实际上，他真正的愿望是想把她的爱局限在"摆脱肉体"的精神世界之中。

1872年1月24日，吉尔克里斯特夫人又写了一封信，这封信写得比较冷静，她寄上了两张照片，谈到了她的孩子及家常。一周后，惠特曼也回了一封类似的信，并说英国的丁尼生邀请他访问英国，那时他会看她和她的孩子。但是这种状态没有维持多久。3月20日，惠特曼寄给她一封信，信中坦率地劝她不要欺骗自己，应该断绝此念，往她那炽热的激情上浇了一盆冷水：

亲爱的朋友：

让我来警告你一些与我自己有关、也与你有关的事实。你不可塑造一个毫无权威而凭空想象的偶像，并把他称之为沃尔特·惠特曼，而一味将你的感情投放给他。现实的沃尔特·惠特曼是个极其平凡的人，绝不值得你作这样的奉献。

这封信使吉尔克里斯特夫人陷入了迷惘和失望。理智告诉她她的追求是无望的，但是感情上又无法摆脱这种希望。啊，如果我不相信，早晚有一天，你不得不向我伸出双手来说："亲爱的，来吧，否则我就活不下去。"但是她已经不愿再听到那些令人失望的语言了。最后她可怜地提出了一个妥协办法："当你收到此信后，你可将一张美国报纸寄给我（你手边什么报纸都行），作为你收到该信的信物，它可以作为你身体健康的信物，上面的邮戳也可以告诉我你在哪儿。"从此以后，惠特曼便采用这种方式和她联系。他有时寄报纸，有时寄文书包裹，间或寄过便条。

惠特曼和吉尔克里斯特夫人间的这段情话到此已经定型。对吉尔克里斯特夫人来说，这是爱情，最后终于到了"春蚕到死丝方尽"时才解脱的。对惠特曼来说，正如他一生中所有情话大都具有单向性一样，这些情话始终未能前进一步。

1873 年惠特曼患病，他写信告诉吉尔克里斯特夫人，并把一枚戒指寄给了她，信中说："附戒指一枚，是刚从我指头上摘下来的，连同我的爱一并送给你。"吉尔克里斯特夫人回信说："我极为满意，也很平静，我的亲爱的，很难形容是多么神圣的平静。"此后，惠特曼对她的感情有所加深。

1875 年 7 月，惠特曼给吉尔克里斯特夫人写了一封短信，她回信说她要抽出时间到美国去，并暗示了她去的日期，但惠特曼对这一暗示未能觉察。直到 1876 年 1 月 18 日她写信说，她打算在 8 月 30 日到达费城。她求惠特曼为她找房子，惠特曼没有回信，仍然寄报纸去，但她不知道他为什么沉默。2 月 25 日她又写信说："这将是我们俩分开的最后一个春天了，我的沃尔特，请你再等待一段时间，我每一根神经都紧张地盼着这一天能很快到来。"惠特曼却回信说："请你不要作任何准备，也不要作这个决定，更不要采取任何行动。"他采取了缓兵之计，说道："如果我的健康好转，能够旅行时，我们还可以在伦敦谈这件事。"

然而事到如今，吉尔克里斯特夫人的痴情已经无法劝阻了。她于 3 月 3 日来信表示坚决要去美国，4 月 21 日又来信乞求说："我最亲爱的朋友，不要劝阻我了，我今年秋天要去的。我等得够耐心了，我耐心地等了七年，不能再等了。"

惠特曼和吉尔克里斯特夫人终于在 9 月 1 日前后在费城见面了。这次见面的情景没留下材料可考。但根据吉尔克里斯特夫人一些热情洋溢的信件判断，在第一次会面时惠特曼感到尴尬，而吉尔克里斯特夫人感到痛苦。她必然冲动地扑到了惠特曼的怀里，而惠特曼不愿使她产生幻想，却像在这场奇异的爱恋中所始终坚持的那样，表现了某种委婉和冷漠。

惠特曼让朋友给吉尔克里斯特夫人找了房子，另外找了一间为惠特曼备用。惠特曼去住过几次，有时住一个多星期。据吉尔克里斯特夫人的女儿描述他们在晚饭后的情景时说，惠特曼当年五十八岁，看起来却像七十岁。据吉尔克里斯特夫人给朋友的信中说，她见到的惠特曼并不令她失望，他完全是她希望的那个样子。但是她一眼就看出，他是不肯回报她的爱情的。他们之间始终维持在这一水平上，没有任何性爱的表示。

吉尔克里斯特夫人度过了在美国这段失意而苦寂的岁月之后，终于决定回国了。1879 年 6 月初的一个晚上，她在纽约的一个朋友家中举行了一个告别会。据吉尔克里斯特夫人的这位朋友说，她和惠特曼在这个家里见面时"双方都非常激动"。他们之间一切都闷在了他们的心中。他们一切的谈话都终止了。不管他俩想到没有，这确实是最后的一次谈话，也是最后一次会面。1879 年 6 月 7 日，她起程走了，惠特曼以后也未到英国去过。

1885 年 6 月，吉尔克里斯特夫人曾经和她的朋友们在英国为惠特曼筹划捐款，资助惠特曼当时的贫病之需。几个月后，吉尔克里斯特夫人怀着一腔衷情和忧思与世长辞了。惠特曼得到这一消息后，给她家人去了信，并称她是自己"最崇高的女友。"

尽管惠特曼在他的诗歌中曾大胆描写性爱，以致连劳伦斯都认为，惠特曼笔下的女人只有"肌肉和子宫，她们完全不需要脸"，但透过这一奇异的爱情故事，我们却体味到了诗人关于性爱的独特追求。

在惠特曼看来，性是植根于宇宙深处并泛存于万物之中的生命原动力的象征，而爱应该是一切社会丑恶现象的溶剂。诗人也正是由此出发，在他的生活和创作中体验和歌颂着性与爱，并上升到爱一切人的。洋溢在其《草叶集》中的强大的人道主义情怀和国际主义精神，也应该看作是诗人的这种神圣的性爱的升华和延伸。

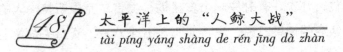

48. 太平洋上的"人鲸大战"

tài píng yáng shàng de rén jīng dà zhàn

　　美国浪漫主义作家赫尔曼·麦尔维尔（1819 — 1891）一生创作了不少诗歌和小说，但是没有哪一部书比《白鲸》更神秘、更伟大了。可以说，《白鲸》不是表现海上冒险的传奇故事，而是表现了心灵的冒险历程。

　　麦尔维尔是与霍桑、惠特曼同时代的美国作家。1819 年，他出生在纽约的一个望族。由于家道中落，麦尔维尔不得不独立谋生。他先后干过各种杂活。1837 年，他应募到利物浦航线上的一条船上做杂役，从此开始了他的航海生活。美国的诞生和崛起与海上冒险事业素有不解之缘，这一点在麦尔维尔身上得到了充分体现。1841 年，他在阿库斯奈特号当捕鲸水手，积累了丰富的航海和捕鲸知识。由于受不了船上的非人生活，1842 年他逃到太平洋上的努库希瓦岛，被称做"食人生番"的泰比族人所俘，在他们当中生活了四个星期。后来，他又到过塔希堤和檀香山。海上冒险生活丰富了他的生活经验，刺激了他奇异的想象力。这对他可谓是天赐良机！他后来所写的许多作品都来自这段取之不尽、用之不竭的生活经历。

　　第一次捕鲸给麦尔维尔留下的印象实在太深了。他们驾驶着木船在大海上搜寻，负责侦察鱼群动向的水手把自己悬挂在高高的桅杆上，时刻预防着巨大的海浪把他们掀到大海里去，同时又要准确地预报鲸鱼出现的讯息。麦尔维尔清楚地记得，当桅杆上的瞭望者发出看到鲸鱼的信号后，船长立刻命令舵手全速向目标前进，船身就像被海中巨怪抓在手中的玩具一样剧烈地摇晃起来。尽管麦尔维尔不是第一次上船，但他还是忍不住要呕吐，五脏六腑都像翻江倒海一样。可是，在船舷前面的鲸鱼就如同一道死令，船只必须冲向它，不得有任何延误。在接近鲸鱼时，几条小船被迅速地从大船上放到海里，船员们也以最快的速度跳到小船上。麦尔维尔模仿着其他船员的做法，但心里充满着恐惧。

　　鲸鱼似乎感觉到了灾难的降临，拼命地摆动着尾巴向前游，可还是不能逃脱小船的追逐。就在小船靠近鲸鱼时，几个水手几乎同时向鲸鱼投去鱼叉，蔚蓝的水面上立刻泛起鲜红的颜色。受伤的鲸鱼拼尽了最后的力气在挣扎，还是没能挣脱死亡的命运。

船员们大获全胜。大家拭去脸上的汗水，放松了心情，就像刚刚打完一场战役的士兵。剩下的只是把已经没有任何危险性的大鲸鱼拖回到大船上去。麦尔维尔此时的心情却没有其他人那么兴高采烈，这样一只力量超出人类多少倍的庞然大物，人却能够战胜它，可见人类的了不起；可是，如此巨大而顽强的生命难道就这样轻易地被消灭了吗？这些念头在他的脑海里像电光一闪，很快就被船长强横的命令打断了。

走进每一个捕鲸的海港小镇，首先映入眼帘的便是为那些因捕鲸而葬身大海的死难者立的石碑。"这些下边并没有骨灰的镶黑边的碑石，是多么凄怆和空虚！"麦尔维尔目睹了多少桩这样的惨剧，眼见自己的同伴在船只破碎后，被愤怒的鲸鱼打翻入海，有的被鲸鱼一口吞掉，心中的巨痛无以言表！就在几分钟之前，他们还在一起，用眼光交流着相互的友爱，可是，转瞬之间便隔了一道生死之墙，使他们无法逾越。不经历捕鲸生涯，很难理解捕鲸者肉体和精神的磨难有多么深重！

适应捕鲸船上的生活简直太难了。船员们面对的苦难绝不仅仅是大海的风浪、与巨鲸的搏斗，更有船长残酷的统治和惩罚。船长的目的非常明确，只要看到鲸鱼，不管是什么情况，一定要得到它。有时候，大家正在船上处理刚弄上来的鲸鱼，突然桅杆上的瞭望者报告在前面出现另一条鲸鱼的消息，于是，船长不顾已经筋疲力尽的船员们的安危，下令立刻前去追捕。如果哪个船员流露出不满情绪，船长就会毫不犹豫地对他进行鞭答。在后来的作品中写到捕鲸者的命运时，回想起自己在船上的痛苦遭际，麦尔维尔形象地把捕鲸船称为漂浮在大海上的一座监狱。

可是，捕鲸生涯在麦尔维尔的记忆中永远都是那么新鲜地存在着。在大海辽阔无垠、蓝得使人心醉的背景下，乘风破浪前进的航船上的一幕幕却时常令他充满痛苦的感觉，而其间还交织着矛盾的情绪。想到一张张凶残无情的船长的脸孔，想到在他们的号令下，船员们拼死追逐、宰杀鲸鱼

《白鲸》插图

的情景，他的心就不由自主地抽搐；然而，不上捕鲸船，谁都无法真正见识到在茫茫海面上游弋的鲸鱼的雄姿，谁也无法想象到人类与比自身强大无数倍的鲸鱼一搏高低时的惊心动魄，人类战胜自然界强大对手时的骄傲和自豪。但是，他也无法忘记，鲸鱼临死前眼里射出的哀伤而仇恨的目光，他有时想：如果鲸鱼会说人话，它能说出什么样的语言呢？你看它与人搏斗时、撞破船只凶狠地撕扯着水手们的尸体时那副凶狠的模样，就可以想见它的仇恨有多么深了！

离开捕鲸船后，麦尔维尔又在美国海军舰艇上作了十四个月的水手，才最后回到纽约，回到亲人身边。

1850年2月，麦尔维尔开始了长篇小说《白鲸》的创作。写作之前，他对自己在捕鲸船上的经历、见闻和感受进行了一番整理，发现自己在捕鲸一事上有那么多的话要说。

《白鲸》的扉页上写着：谨将本书献给纳撒尼尔·霍桑，以志我对其才华钦佩之忱。由此可见，麦尔维尔是以浪漫主义作家霍桑为师表的。这本书果然得到了霍桑的赞誉，他说：麦尔维尔写出了多么精彩的一本书啊！那么，麦尔维尔怎样看待自己的《白鲸》呢？他对霍桑说："我写了一本邪书，不过，我觉得它像羔羊一般洁白无疵。"

《白鲸》给我们讲述了这样一个故事：有一个叫以实玛利的青年人，厌倦了陆地上枯燥沉闷的生活，又为生计所迫，决心到海上闯荡。他从纽约的曼哈顿来到了东北沿海的新贝得福德市，在一家小客栈住下。同室还住着一个使以实玛利望而生畏的印第安人。他浑身刺花，佩带着一把印第安人的小战斧。此人名叫魁魁格。以实玛利不久就发现，外貌凶悍的魁魁格实际上非常和蔼。两个人在一张床上度过一夜之后，结成了至交。次日正逢星期天，以实玛利来到捕鲸人的教堂。原来也是捕鲸人出身的牧师正在讲道，主题是：如果我们服从上帝，就不能服从自己。

以实玛利和魁魁格一起来到南塔开特，想在这里的捕鲸船上找到工作。由于魁魁格是个出色的投枪手，他们俩很快就被一条叫裴廓德号的船所雇佣。一个老水手劝他们不要随裴廓德号出海，但他们俩对这不吉利的预言不屑一顾。

起航后，船长亚哈总不露面，直到若干天后，这个神秘人物终于在甲板上出现了：他身高肩阔，犹如铜铸铁打一般，一道青白色的蛇状大疤痕从他盖着灰色头发的额头上向脸颊斜劈而下，直到脖子下面。一眼就可以看出，他是个久经风霜、刚愎自用的人。但他是个伤残人，装着一条用鲸鱼颚骨做成的白色假腿。他的腿据说是被一条叫莫比·狄克的白色巨鲸撕走的。这条巨鲸已造成许多船毁人亡的事件，水手中流传着各种关于它的可怕的故事。不多久，大家怀着惴惴不安的心情了解到，裴廓德号此行的真实目的就是为了追杀这条白鲸，报仇雪恨。

亚哈将全体船员召集到甲板上，当着大家的面把一枚金币钉在桅杆上，声明要奖给首先发现白鲸的人。他还命令全体船员斟酒起誓：跟他追捕白鲸，直到白鲸死掉或者船破人亡！副船长斯达巴克指出亚哈的计划是不理智的，他简直在发疯！但亚哈能激起大家对白鲸的仇恨。结果，包括三个副船长在内的全体船员都起了誓。

裴廓德号越过大西洋，绕过好望角进入印度洋，然后又进入太平洋。亚哈一心只想着白鲸，每遇到船只就打听白鲸的踪迹。终于，他们遇到一艘英国捕鲸船，船长的手臂不久前被白鲸咬掉，他劝亚哈放弃追捕白鲸的打算。亚哈刚愎自用，不予理睬。甚至当斯达巴克再次规劝他时，他想要枪毙这位副船长。

　　魁魁格患了重病，他按家乡的风俗给自己准备了一口独木舟式的棺材。后来他又复原了，就把棺材当箱子用。他在棺材上刻下像自己身上一样的奇异花纹。有一次，船上的救生圈不慎掉进海里，他建议用沥青封好棺材，来代替救生圈。

　　亚哈所雇的船员中有一个名叫费德拉的拜火教徒，此人目光专注而神秘，使人感到高深莫测，他对亚哈有很大的影响力。他预言亚哈将会死于绞刑，并说自己要先死，以便做船长的"领港人"。亚哈想：海上哪来的绞架？那么说，他在海上就是无敌的了！从而更坚定了捕杀白鲸的信念。一个暴风雨之夜，雷电击中桅帆在夜空中燃烧，似乎天意命令他们返航。船员们都很惊恐，但亚哈毫不动摇。雷电还击坏了罗盘，于是大船根本没有仪器导航，唯一的目标就是追踪白鲸。

　　经过几个月筋疲力尽的海上搜索，亚哈终于发现了莫比·狄克：白色的鲸背在海面上闪耀，宽阔巨大的背上仍然刺着不少折断的鲸叉。成百只海鸟绕着它飞翔。亚哈亲自驾艇急追，白鲸深深潜下水去，避开追捕它的小艇，然后突然冒出水面，把亚哈的小艇击得粉碎，但落水者都被救脱险。第二天，白鲸身中数叉，但仍搅动、翻滚，撞翻了两只小艇，这次落水者中，拜火教徒费德拉没有救出来。第三天白鲸似乎疲乏了，但当它的背部露出水面时，亚哈看见在绳索、鱼叉缠结中，架着费德拉的尸体。亚哈的小艇被撞碎，斯达巴克把大船驶过来救援，但被狂怒的白鲸撞破下沉。接着白鲸突然拉紧两根缠结着的绳子，恰好把亚哈的脖子套了进去，一瞬间就把他绞死了！海面上除了裴廓德号下沉造成的旋涡外，转眼间一切都消失了。

　　以实玛利是唯一的幸存者，他本随着旋涡下沉，突然有一件东西把他托出水面，那正是魁魁格的棺材。不久，他被另一艘捕鲸船救了起来。

　　全书被这个复仇的情节染上了一层神奇抑郁的悲剧色彩。大海仿佛是人生的苦难之海，亚哈与白鲸的斗争被赋予了邪恶的人性与邪恶的大自然斗争的寓意。亚哈身上印映着亚当、约伯、寻找圣杯的骑士、李尔王、浮士德的重重身影，而那小小的裴廓德号仿佛是整个美国社会的缩影。整个故事浓缩了千余年来的文化精神史，使它像米诺斯迷宫一样饱含着无穷的寓意。

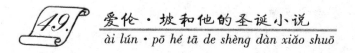

49. 爱伦·坡和他的圣诞小说
ài lún · pō hé tā de shèng dàn xiǎo shuō

在美国作家中，埃德加·爱伦·坡（1809 — 1849）似乎有着比别人更多的不幸。他的童年是孤独凄凉的，因为他是个孤儿；他的生活充满悲剧，因为他贫困潦倒；他的创作屡遭非议，因为他的小说充满怪诞和恐怖。不过，在他生命的四十年里，他和他表妹短暂的爱情生活却是这般的哀婉动人，显示了与其小说创作风格迥然不同的作家人格性情的另外一面。

对于自己的父母，爱伦·坡的印象十分淡薄，因为年仅三岁的时候，他便成了孤儿。1809 年 1 月 19 日爱伦坡生于波士顿一个流浪艺人的家庭。母亲伊丽莎白，原籍英国，才貌双全，能歌善舞。父亲大卫是爱尔兰人，原本学习法律，自从邂逅伊丽莎白并疯狂地爱上她后，便改行演戏。从此妇唱夫随，二人双双奔走江湖，勉强糊口。所以，在爱伦·坡幼时的记忆里，一家人似乎总在马不停蹄地从一个地方搬到另一个地方，处于连续不断的困厄和不幸中，生活极为动荡不安。

为了挣钱养家，伊丽莎白在生下坡还不满半月就上台演出了。而大卫平庸无能，演戏不受欢迎，身为一家之主，看着三个嗷嗷待哺的幼子那饥饿的眼神，看着娇弱的妻子那疲惫的身体，自己无法让一家五口摆脱这种颠沛流离的窘迫处境，只好整日借酒浇愁。一天醉酒之后，他与妻子发生口角，赌气抛下妻儿出走，不知所终。有人说他在坡满周岁时死于纽约。大卫走后，坡一家的生活愈加艰难，伊丽莎白一人拖着三个孩子随剧团流浪四方。1811 年，她终于积劳成疾，溘然长逝。

三岁的坡被教父、里士满的富商约翰·爱伦收养，改姓爱伦。此后一直到十五岁，他都在养父母身边，受着良好教育。与以前的困顿漂泊及以后的悲苦坎坷相比，那真是一段愉快的时光，尤其是随养父母迁居英国时的学校生活，多年以后，坡仍旧十分怀念那雾蒙蒙的村庄，郁郁葱葱的参天大树。

少年爱伦·坡是个聪慧、敏感、富于幻想的孩子，学业成绩门门优异，酷爱文学，醉心写作，常以诵读拜伦、雪莱、济慈等大诗人的作品为乐。十四岁时，他已写了厚厚的一大本诗歌，使其养父母倍感自豪，养父约翰还曾兴致勃勃地拿着这些诗歌去找坡的老师，商量着给他出一本诗集。然而，养父毕竟是个讲究实际的生意人，平日不苟言笑，对诗歌更是一窍不通，当然也就无法与善于幻想、情感丰富的养子沟通。二人互不理解，感情也一向不和。只有从养母身上，坡才能得到些许疼爱和关怀。

1824 年的一天，坡应邀到同学家做客，刚一进门便被迎面而来的一位三十来岁、有着惊人美貌的少妇握住了双手。从她那亲切、柔和的声音中，坡明白自己受到了真挚的欢迎。她就是同学的母亲简·斯托纳德夫人。望着少妇那双温柔美丽的眼睛，感受着她那纤纤玉手的柔软温暖，坡几乎呆住了，刹那间，直觉告诉他，从夫人身上，他似乎找到了自己一直在苦苦寻求和渴望的母爱、友爱和情爱。于是，他深深地爱上了她。从此，在斯托纳德夫人家的花园里，常常可以看到二人相对坐在和煦的阳光下，坡朗读着自己的新作，夫人则侧耳聆听，不时提出一些自己独到的见解。从夫人那里，坡得到了难能可贵的心灵共鸣。但不幸的是，夫人不久病故。爱伦·坡为失去这么一位红颜知己而悲痛万分，一连几夜守在她的坟旁，痛哭不止。为了纪念自己第一个倾心相爱的女子，伤心之余，他写下了传诵至今的抒情诗《致海伦》，将夫人化作一个美丽的幻象，永远铭记在心中。

1826 年，爱伦·坡进入弗吉尼亚大学，继续保持着突出的成绩，在老师们的眼里，他是一位聪颖好学、天赋极高的优秀学生。然而，他过得并不愉快。待他向来十分苛刻的养父只给他少得可怜的一点生活费，致使他刚进校门不久，便身无分文了，一纸向家里要钱的书信，换回的却是养父愤怒的责骂。另外，还在上大学之前，坡就热恋着一位叫做埃尔米拉的姑娘，二人在分手之际曾相拥而泣，海誓山盟，私订终身。在大学紧张的学习之余，坡写了无数封信倾诉自己的一片真情，却未收到只言片语的回音。姑娘啊，难道你忘记了我们俩的誓言，难道你不再爱我了吗？在急切的等待中，他焦虑不安，度日如年。他万万没有想到，他的情书都被养父及姑娘的父亲扣留，埃尔米拉在绝望中，已经准备嫁给另一个有钱人了。在种种烦恼事的重压下，坡的情绪很快消沉下去，开始自暴自弃。此时，他结交了一批富家子弟，在他们的影响下，逐渐恶习缠身，放浪形骸，聚赌酗酒，不久便欠下了一身债务。入学不到一年，在养父的威逼下，爱伦·坡退学了，又回到了里士满。眼睁睁看着恋人要另嫁他人，不免大受刺激，加上与养父间的争吵愈烈，他感到无法在这个家里待下去了。于是在1827年3月，他离开了生活了十五年的养父家，毅然出走，前往波士顿，走上了艰难的独立谋生的道路。

在波士顿，坡结识了青年印刷商卡尔文，并在其帮助下，于1827年5月自费匿名出版了第一部诗集《帖木儿与其他诗歌》。这是一本薄薄的小书，共印行了四五十本，每本仅卖12.5美分。尽管如此，还是无人问津，因此坡不仅一文未得，反而花光了他所有的积蓄。

为了生存，爱伦·坡只好加入美国陆军。1829年，养母去世的噩耗传来，天性不受约束并早就厌恶了军队枯燥单调生活的坡急忙告假回家奔丧，此后他就再也没有归队。第二年，他进入西点军校，但由于压抑不住创作的欲望，又忍受不了那里紧张的生活和严格的训练，便故意去触犯军规，结果他被以玩忽职守的过失开除出校。几个月后，他流浪到纽约，出版了《埃德加·爱伦·坡诗选》。

鉴于自己的诗歌一直不能引起人们的注意，爱伦·坡决定改写小说。

不久，坡当上了《绅士杂志》的助理编辑，其著名恐怖小说《鄂榭府崩溃记》（1839），便是在该刊发表的。它叙述的是行将没落的鄂榭家族最后一代人令人恐怖的命运：在荒凉凄冷的巨厦中，住着一对患有癫痫病的兄妹，在一种狂乱的病态心理的支配下，哥哥劳德立克把尚未咽气的妹妹玛德琳装进了棺材。在一个风雨交加的深夜，一阵微弱的挣扎声、吱吱的棺裂声和古厦门链的摩擦声过后，身裹寿衣、血迹斑斑的玛德琳出现在劳德立克的眼前，摇摇晃晃地倒在哥哥身上，发出一声垂死的呻吟，将他拉倒在地，劳德立克惊恐而死，也成了一具僵尸。就在此刻，狂风怒吼，古厦倒塌。小说以奇特的文笔、令人毛骨悚然的气氛和耐人寻味的主题闻名于世，被列入世界短篇小说精华之林。

1840 年，坡在费城出版了他的第一个短篇小说集《怪诞故事集》，总括了他这些年的全部作品。

由于长期没有固定的职业，爱伦·坡生活穷困潦倒，苦不堪言。1846年，夫妻双双患病，冬天到来了，他们却无钱买煤、买被褥，只好蜷缩在纽约郊区一间破屋的草垫上。天寒地冻，已经病入膏肓的弗吉尼亚裹着丈夫从军时得到的旧军大衣，冷得瑟瑟发抖，抱着一只偶尔路过的大猫取暖。爱伦眼睁睁看着爱妻一天天走向死亡，自己却无能为力，内心充满着悲愤和痛苦。1847 年 1 月 30 日，弗吉尼亚永远闭上了双眼。坡伤心的肝肠寸断，精神恍惚，从此，他再也没有心思和精力创作了。

萧伯纳曾声称："美国出了两个伟大的作家——爱伦·坡和马克·吐温。"但在美国文坛上，却找不到一个比爱伦·坡生前更遭非议的作家了。唯一的原因就是他的小说充满怪诞和恐怖。但是后来人们却不得不把一顶顶桂冠戴在爱伦·坡的头上，如"人类心灵隐秘的探索者"、"现代心理小说的先驱"、"现代主义文学的鼻祖"、"侦探推理小说的创始人"等。

爱伦·坡像

爱伦·坡一生大约共写有七十篇故事，三十首诗歌，这是他驰誉文坛的基础。此外他的文学评论也很重要，据说在当时文坛上他被称为"最有见识最富有哲理的大无畏评论家"。

　　坡的小说基本上也是以死亡、凶杀、复仇等为题材的，恐怖怪诞可以说是他小说的主要特点。如《阿瑟·戈登·皮姆述异》，这部坡唯一的中篇小说，给读者描述了一个海上遇难的惊险恐怖故事：故事的叙述者阿瑟·戈登·皮姆出身于一个受人尊敬的商人家庭，他的朋友奥古斯都·伯纳德给他讲的一些故事引起了他对旅行和冒险的兴趣。当奥古斯都和他的父亲乘船出海时，他也偷偷地躲在甲板上。很快他就害起幽闭恐怖症来，朋友没有给他送来水和食物，更使他惊恐万分。最后，奥古斯都来了，向他解释说，船已被叛徒掌握，忠诚的船员不是被杀就是被抛入大海，他本人全靠一个混血儿彼得斯从中斡旋才得免一死。奥古斯都向彼得斯谈到躲在甲板上的皮姆，他们三人计划夺回这条船。皮姆装成一个死去的船员的鬼魂，引起了一场惊慌，他和伙伴们乘机战胜了叛徒，叛徒中只有帕克活下来了。一场风暴袭击了这条船，它在海上听天由命地漂流着。他们渴望食物，等待救援。但是唯一一条从它旁边经过的船，上面却到处躺着死于伤寒的腐尸。第六天，彼得斯、帕克和奥古斯都都不顾皮姆的抗议，商定以人肉充饥，在四人中抽签决定一个牺牲者。帕克输了，他的尸体供他们吃了好几天。皮姆设法砸开了船上的贮藏室，找到了少量的食物和淡水。奥古斯都在同叛徒的战斗中被刺伤，这时伤口感染，他极其痛苦地死去。皮姆和彼得斯最后被一艘美国商船"神殿怪人号"救起。他们向南航行进入了南极圈。船员们惊奇地发现原有的一块冰障已经飘走，天气变暖和了。"神殿怪人号"到达一群岛屿，受到表面友好的土人的欢迎。岛上景色迷人，有罕见的树木野兽，水流呈现出变幻无穷的紫色。行将离开海岛时，土人为他们举行了告别宴会。路上，皮姆和彼得斯经过一道深谷里的裂缝，突然发生了泥石流，把他们围在当中。他们逃出来后才发现泥石流原是土人设下的机关。其他船员不幸身亡，皮姆和彼得斯亲眼看着"神殿怪人号"遭劫。当船被拉上海滩时，火药舱爆炸，海滩上一片血肉横飞。两个朋友为找食物，被迫走出藏身之地。在与土人发生了一次小冲突后，他们抓了一个名叫努努的土人作向导，乘独木舟逃到海上。他们向南划去，海水渐渐暖和起来，四周的景物呈现出一片惨白色。努努吓坏了。小船完全被一股强大的南向海流所控制，卷入一片灰蒙蒙的雾里，雾中偶尔闪现一线黑影，这说明有一块巨大的礁石。小船被吸进礁石的大裂口，刹那间皮姆看见自己面前矗立着一个巨大的白色人形。皮姆的故事到此结束。小说结尾这巧妙的一笔，更增强了它的神秘和恐怖。同类作品还有《红死魔》和《丽姬亚》。前者将读者引入一个充满中世纪传奇色彩的恐怖时代，犹如做了一场噩梦：子夜时分，为躲避"红死魔"而隐藏在城堡中的王爷、贵族们正在聚会狂欢，忽然一个蒙面人的影子来到他们中间，外表极像"红死魔"，王爷拔剑刺去，但被刺倒的却是他自己。人们意识到蒙面人就是"红死魔"。顷刻间，人们纷纷倒下，大厅血流满地，火光熄灭，"只有黑暗、衰败和'红色死亡'一统天下"。后一篇则写的是死尸复活："我"与美丽博学的丽姬亚热烈相恋，但不幸丽姬亚却病逝了。结婚后，"我"还时时不忘旧日的美好时光，在万籁俱寂的晚上，声声呼唤着丽姬亚的名字。妻子突然病倒了，并很快离开人世。深夜，裹衾的尸体忽然站立起来，一步一步飘到"我"的面前，慢慢睁开双眼，"我"顿时看清了，那竟然是丽姬亚！这些小说阴森可怖，描写虽然荒诞无稽，但自有一股恐怖的魅力紧紧攫住读者的心。

坡在复仇、凶杀等题材的小说中特别注重犯罪人物的心理分析，尤其是那种莫名其妙的病态心理，被作者揭示得细致入微。《泄密的心》中的"我"是一个神经过敏的癫狂病患者，他杀害了一位无辜的老人，仅仅是因为不能忍受老人的一只"鹰眼"。作品详尽地描写了"我"花了八天时间，每天午夜去侦察，最后把老人杀死，将尸体埋在地板下面的过程。坡为了渲染一个病态人物行凶过程中特殊心理活动的神秘和恐怖，多次描写在半夜微光下鹰眼的蓝光和老人心跳的"扑通"、"扑通"声。当然这只是"我"犯罪后由于恐怖和良心谴责而产生的幻觉，但这警察听不见的心跳声却对"我"的刺激越来越大，以致无法再承受这种折磨，不禁失声尖叫："撬开地板，这儿，这儿！他那颗可恶的心在跳呢！"作者通过变态人物的心理感受，逼真地写出他的犯罪动机和凶杀、招供的全部过程。

坡认为人有一种作恶的本能，当这种本能产生冲动时，人就会毫无动机地去干坏事，而且这种本能常常是不可抗拒的。他在《黑猫》中写道："我深信不疑，邪恶的欲望是人心的一种原始冲动，一种不可分割的本能或情绪，它指导人的性格，谁没有成百次明知故犯地干坏事干蠢事呢？难道我们没有违背自己最好的判断力去触犯我们明知是法律的东西这种倾向吗？灵魂的这种深不可测，自寻烦恼的欲望促使人去作恶。"作品中的主人公杀死黑猫便是出于内心这股深奥难测的犯罪欲望，渴望自我烦恼，违背本性，为作恶而作恶。作者以大量笔墨分析主人公的歇斯底里，他对自己的行为弊病有罪愆感，但"灵魂的渴望"又使他不由自主地再次犯罪，从而永远处于梦魇、迷狂、痛悔的自我折磨中，直至自己的毁灭。

这两部将人物心理描写得丝丝入扣的作品，向来被认为是现代心理小说的先驱。它们不同于一般的"凶杀小说"，作者既无道德判断，又无惩恶扬善之意，只是用夸张的手法表现一种病态的心理，不管主人公杀人也罢，不杀人也罢，内心始终是不安、狂乱的。后世西方现代派所反映的那种多疑、恐惧、紧张、烦躁、不正常的心理早已在此表现出来。

《威廉·威尔逊》是一篇深刻剖析作者自己心理特征的作品。坡用拟人手法表现了作恶心理同正常道德观念的冲突——两个威尔逊，一个是恶的化身，一个是善的化身，它们代表着人身上善恶矛盾的双重性格，这也是作者的自我写照。善与恶在不断地对抗，当做恶的威尔逊战胜了善良的威尔逊时，自己也毁灭了。作者出色地运用心理分析，辩证地剖析了人自身存在的道德矛盾，意在寻找失去的自我，让善去控制恶。但在坡看来，恶乃人之本性，且根深蒂固，善的力量克服不了恶德败行，人最终会毁了自己。主人公复杂的内心世界在这部作品中得到了生动而详尽的刻画。

此外，坡在西方还被认为是侦探推理小说的鼻祖。虽然这类小说坡只写有四篇：《毛格街血案》、《玛丽·罗热疑案》、《窃信案》、《金甲虫》，但对后世大量同类小说的出现却产生了极大的影响。坡写侦探小说，不是出于对社会问题的关心，而是出于对心理活动和神秘事件进行描写的兴趣。在作品中，案件的破获主要靠侦探人员善于揣摩人的心理和严密的逻辑推理。从这点来说，他为西方侦探小说写作技巧的发展做出了一定贡

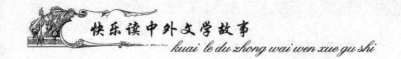
献。同时，在前三篇作品中，作者塑造了一位有智有谋的业余侦探杜宾的生动形象，他是被称为侦探小说之父的英国作家威基柯林斯笔下的探长克夫，以及柯南道尔笔下人人皆知的福尔摩斯的前辈人物。而同时，他的《阿瑟·戈登·皮姆述异》又是20世纪科幻小说的先声。

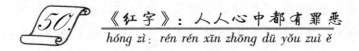

《红字》：人人心中都有罪恶

hóng zì：rén rén xīn zhōng dū yǒu zuì ě

纳撒尼尔·霍桑（1804—1864）是美国19世纪影响最大的浪漫主义作家和心理小说的开创者，长篇小说《红字》就是他的代表作。

1804年的美国独立日那天，霍桑出生在新英格兰的一个移民望族，全家都是虔诚狂热的清教徒。在美国短短的历史中，这一家出过两位政权要人。不过，到霍桑出生时家道已经衰落。父亲是一条海船的船长，霍桑才四岁时，父亲就在海上遇难身亡了，霍桑只得跟着母亲住到萨莱姆镇的外公家。

萨莱姆镇的宗教气氛很浓，1692年这里曾发生过一次著名的驱巫案。在一些西方国家里，人们相信女巫是魔鬼的同伙，专在人间传播疾病、杀害婴儿。而实际上，驱巫是在驱逐异己，迫害异教徒。在萨莱姆镇的驱巫案中，掌权的加尔文教派搜捕了上百名异端分子，有的按"女巫"论罪被烧死，实际上其中有不少是无辜的居民。霍桑的父辈中就有人积极地参与了这一事件，任审理这一宗教案件的主要法官。也许是这些女巫的冤魂不散，直到霍桑的时代，镇子里还流传着许多关于女巫的传闻和故事。所以，霍桑自幼受到浓厚的宗教气氛的熏陶，这对他的思想和后来的创作产生了很大的影响。

霍桑在人生的道路上不是一帆风顺的。由于小时候不慎跌伤了脚，他终身跛足。1821年到1825年，他在博多因学院上学。大学教育使他在古典文学、哲学方面获益匪浅。在这里，他还结识了几个了不起的朋友：富兰克林后来成为美国第十四任总统，霍桑曾得到他的提携；朗费罗以后成为著名的浪漫主义诗人，霍桑早期的文学创作受到了他热情的赞扬。所以，毕业后霍桑选择了写作生涯。但是，从 1825 年起，霍桑却不得不度过十二年默默无闻的艰苦创作却并不成功的创业岁月。直到 1837 年，短篇小说集《重讲一遍的故事》的出版才使他名闻遐迩。

第二年秋天，霍桑遇到了他后来的妻子索菲亚。索菲亚那年已二十九岁，体弱多病，但是非常文雅，有很高的文化素养，很能体贴人。几个月后他们就订婚了。为了筹款结婚，霍桑放弃了一心创作的生活，1839 年在波士顿海关谋取到一个负责盐煤计量的工作。第二年，又与别人合伙投资兴办"布鲁克合作农场"。这是个空想社会主义性质的农场，在那里，他结识了超验主义领袖爱默生、梭罗等人，但志趣并不那么一致，因为霍桑入股办农场主要是出于赚钱的考虑，于是不久他就离开了那里。据说，直到结婚前，他创作的主要内容就是给索菲亚的信。1842 年 7 月，这对大龄男女才在康克德镇爱默生的祖先的房子"古屋"结了婚。

婚后，他写了一些随笔和短篇小说。当他的第一个孩子出生以后，为了维持全家的生计，霍桑 1846 年出任了萨莱姆海关的稽查长。萨莱姆并不是一个繁忙的港口，这工作并不占用多少时间，但工资收入颇丰。可是，三年后霍桑却失去了这个职务。他心事重重地回到家，妻子却高高兴兴地迎上来说：这下子你可以专心写你的书了。此时，霍桑已开始创作《红字》，这是一项重大的工程。他把全部身心都投入到创作中去，每天写作达九个小时之多。1850 年 3 月，小说终于出版，立刻在读者和评论家中引起轰动。小说在英国很快出现了盗版，尽管霍桑和他的出版商都得不到报酬，他们还是为小说在英国广受欢迎感到高兴。《红字》的巨大成功使霍桑在后来名利双收。

《红字》的情节比较简单：少妇海丝特·白兰在丈夫齐灵沃斯失踪数年后怀孕生了个女孩珠儿，并拒绝说出珠儿父亲的姓名，于是被罚在胸前戴上表示犯了通奸罪的红字 A。她勤勉顺从又沉静坚强，带着珠儿离开人群独自住在海边的木屋里，做针线活儿度日糊口。她胸前的红字是用红色的丝线精心绣的，美丽鲜艳，就像是装饰品。原来，齐灵沃斯是被土著人

宗教裁判庭上的海丝特

掠去了，回来后，他决心找出与妻子通奸的人并向他报复。他怀疑威望极高的青年牧师丁梅斯代尔，于是接近他，百般试探和折磨他。丁梅斯代尔被自己的良心折磨得身心交瘁，痛苦不堪。白兰不忍心一边旁观，约丁梅斯代尔一起出逃。不料，齐灵沃斯得知了消息，并决定乘同一艘船追随他们。于是，丁梅斯代尔毅然当众与白兰、珠儿携手走上了罪犯示众的平台，公开了自己和白兰母女的关系，并敞开领口，显示出自己胸前烙的红字，然后死去了。白兰和珠儿离开了美国。珠儿长大后生活很幸福。然而白兰却又独自悄悄地回到了那座孤零零的海边木屋。由于她的勤勉善良，白兰早已获得了人们的宽恕。这时更有些人把她视为女先知，常去向她请教。白兰却始终佩戴着那个鲜艳的红字。

《红字》像一首长诗，充满了象征，其中漂浮着许多若隐若现的意蕴，它们都指向了一个深邃的道理。霍桑说他的小说表达的观念只是一些暗示，需要读者反复阅读才能会意。

《红字》所探讨的问题是霍桑极为关心并且在他的作品中反复讨论的关于人的罪恶问题。显然，《红字》具有批判加尔文教的倾向，它揭露了神职人员违背教义的现象以及这教义本身的非人道、不公正。然而，它又受加尔文教教义关于"原罪"观念的影响，认为罪恶人皆有之而且根深蒂固。小说以监狱的大门为开始，以刻着红字的墓碑为结尾；以红字化成的珠儿来到世上为开端，以戴着红字的父母入土为结束，正是这罪恶主题的象征。罪恶总是伴随着人生。不仅有法律上的罪恶，而且有道义上的罪恶，而在公开的罪恶背后还有隐蔽的罪恶。白兰和丁梅斯代尔触犯了法律，是有罪的；然而报复的欲望使齐灵沃斯丧心病狂、不择手段地摧残人的心灵，他也不能说是善良的。白兰的红字戴在衣服外面，丁梅斯代尔的红字则在衣服底下的胸前，可能是由内心的罪恶在他胸脯上蛀蚀而成。而齐灵沃斯尽管没有什么红字，但他的罪恶隐藏得更深。镇里夜空的闪电，

霍桑像

有人就认出那是个横跨天际的大 A 字，更不用说那个到处游荡的女巫了。这是个罪恶的世界。霍桑在早先的小说中多次表达过类似的思想。短篇小说《年轻小伙子布朗》描写单纯的布朗受到引诱去密林与魔鬼约会，在那里，他遇到了平日周围所有的好人，其中包括他的妻子。可见人人心向魔鬼。另一个短篇小说《教长的黑面纱》说的是受人尊敬爱戴的青年牧师在一个年轻姑娘死去后突然戴上了黑面纱，据说那是罪恶的标志，他不仅断然拒绝摘下，而且公然大声喊道：我环顾四周，每一张脸上都蒙着一面黑纱。1837 年的短篇小说《恩地柯特和红字》就更为接近《红字》了，罪恶的象征由黑面纱换成了红字，而且主人公的遭遇也与白兰相似。

《红字》还进一步探讨了罪恶与善良之间的关系问题。珠儿这个罪恶的结果却生气勃勃、前程似锦，白兰也以她的诚挚获得了人们的谅解以至称道。而齐灵沃斯却由于报复心切从罪恶的受害者变为恶魔。在善与恶的转变中，关键的因素是爱、怜悯、同情、激情，人的感情能制服罪恶。

当然，霍桑关心罪恶问题并不能完全归于他对宗教问题的偏爱。显然

的，现实生活中有足够多的现象，促使他去思索罪恶问题，宗教只不过是他探讨问题的形式。他虽然不是社会实践家，和爱默生等相比，他显得太不积极了，但是，他肯定对现实有自己的看法，这也反映到他的创作中。《福谷传奇》描写了他对布鲁克农场生活的思索；《白发英雄》描写了抗英故事；《七个尖角阁的房子》写了资本原始积累阶段的罪恶给后代留下的影响。

1864 年，霍桑去世了，他葬在康科德，爱默生、朗费罗等名人学者为他送葬。他毕竟比他的挚友麦尔维尔幸运，在生前就看到了自己的成功。

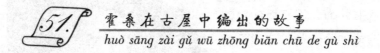

51. 霍桑在古屋中编出的故事
huò sāng zài gǔ wū zhōng biān chū de gù shì

1842 年 7 月 9 日，一辆载着新婚人的车行驶在波士顿韦斯特街前往康科德的路上，轻快的车轮似乎踏着欢乐的节奏，这对新人的脸上也还未褪尽刚刚举行过婚礼的神圣而幸福的表情。突然，一片乌云遮住了太阳，闪电划过天空，轰隆隆的雷声由远及近，暴雨倾盆而下。可这并没有影响新人的兴致，新郎握着新娘娇柔的小手俯在她耳边细语："你听，这雷声恰似为我们的婚礼齐鸣的礼炮！"新娘索菲娅幸福地笑了，她身边这位将与她共度一生的英俊才子就是美国著名作家霍桑，而他们就在这一天永结秦晋之好。婚礼结束后，二人就急着赶往他们的新房——在康科德租到的一间古屋。

这对新人在古屋中的生活，堪称美国婚姻牧歌中的经典。他们的女儿朱利安·霍桑说："俩人先后执笔，一唱一和，写下了动人的诗歌。"原先患病的索菲娅婚后身体渐渐好转，霍桑以前就一直坚信自己的身体活力可部分传到妻子身上。他早年就曾在一封信中央求她道："爱人啊，请分享我的健康和活力吧。它们，为我所有的，难道不也是为你所有吗？"尽管索菲娅重又感到神经衰弱，但事实证明了霍桑的信心是有道理的。数年后，基于其婚姻生活，他总结了自己对美国女性的看法："她们看上去是纤细瘦小，但她们总能证明自己有充分能力实现生活的全部意义。"

夫妻在古屋的幸福，几臻人间生活的完美。他们共度的第一个夏天里，经常一起走进怡人的花园中树阴幽暗处，坐在由干燥柔软的松针所铺成的地毯上，霍桑把妻子拢在胸前，一起在亲爱的大地的怀抱里躺几分钟。有的时候清新的细雨霏霏而下，没有电闪，也没有雷鸣，他们就尽情享受大自然的滋润。他们的古屋前有一片森林，穿过去就是一片空地，到了那里，旖旎开阔的风光尽收眼底，看到古屋矗立在平原之上，周围河水四处闪烁着碧蓝的眼睛，波澜起伏，山脉在远处卧在贴近地平线的地方，他们就在那儿采撷黑草莓，然后坐着。微风不起，寂静无声，除了两个人脉搏的跳动，万物都仿佛凝滞了。

在春天里，二人的生活更是充满了欢欣和狂喜。索菲娅那么深沉热烈地爱着霍桑，她感觉到心里是充实的，漫溢出丰富的感情，蕴含着无边无尽的爱。丈夫甜蜜的怀抱，包容、宽广的心胸里爱晖如春光灿烂，浮光耀金，是世界上更广阔的田野；妻子就是那春神，在霍桑的怀抱里百鸟齐鸣，万涓奔淌，蓓蕾吐芳。他们的生活美好而高雅，在恩爱夫妻的眼中，世界和玫瑰一样令人心旷神怡。

古屋的日常生活是比较简单的，每天早晨，霍桑在书房里忙着为杂志写稿。一两点钟中餐过后，他步行去村里的邮局，归途中，顺便在图书馆的阅览室坐上一个钟头。用完晚餐或喝完菜汤，夫妇相伴走进书房，霍桑大声朗读英语经典作品的片断，从莎士比亚和弥尔顿开始。为了强身健体，霍桑夏天在菜园里松土，冬天扫雪，劈柴；他的妻子为其竟能理这般俗务而惊叹。霍桑喜欢在附近的康科德河游泳、垂钓、泛舟和滑冰。他常散步，而且走得很远。若条件许可，索菲娅也总是随他一道漫游周围的树林草地。

人们把霍桑夫妇在古屋的生活称作孤独的两人世界，其实，霍桑夫妇的热情好客是令人惊讶的。霍桑和索菲娅的亲人在古屋逗留的时间，往往长于一般的访亲走友；霍桑当年在海关供职时的同事乔治·希拉德及妻子周末也不时前来；还有索菲娅从前的故旧，也受到霍桑十分殷勤的招待。

爱默生、梭罗和艾勒里·钱宁也勤来造访。其他访客还有后来当了总统的富兰克林·皮尔斯，老友霍雷肖·布里奇等等。倘若有一本来客记录，就可知道，古屋实在是宾客满座，门庭若市。

古屋就是一座天堂，霍桑和索菲娅成了新的亚当和夏娃。或者说真是如此——倘若没有房租、杂货店账单这些令人不悦的现实问题。难以承担的经济责任总让霍桑陷于尴尬之境，他在日记中写道："我们尝到了贫困带来的诸多不便，还有欠账，囊空如洗带来的羞愧。"然而不幸的是，霍桑为杂志撰稿不辍，编辑们依旧延付稿酬，其实就算稿酬即刻全额交付，统统加起来，仍然不敷生活开支。1844 年 3 月，第一个孩子呱呱落地，他们根据斯宾塞诗歌中的女主人公的名字为她起名为乌娜孩子给父母带来了欢乐，但也加剧了他们的经济困难。于是，受职于政界成了霍桑养家糊口的唯一途径。

与此同时，1845 年秋，古屋的宅主决定收回房子，留待自用。11 月，霍桑家离开了康科德，移居塞勒姆霍桑母亲的屋中，这一段良辰画上了句号。几个月后，当霍桑在塞勒姆写下那篇题为《古屋》的著名自传性散文时，他怀着温柔的眷念，追忆了"欢欣寂寞的溪流，林阴道，花园、果圃，特别是两边有座小书斋的可爱的古屋和柳枝间的闪闪阳光"。

在古屋的那段时光，霍桑创作了不少寓言故事，大部分都登在《民主评论》杂志上。1846 年，有二十三篇作品（其中十七篇创作于古屋）结集出版，书名叫《古屋青苔》，分为两卷，这是霍桑的第二本故事集。但他自身感觉到创作质量不及从前，在《古屋青苔》的序文中，声称该集是自己有意出版的最后一部短篇故事集，"除非能更上一层楼"。和早期的作品相比，这些寓言故事的艺术信服力虽然可能单薄了些，但它们反映了作者对当时世界日益增长的认识，也反映了霍桑越来越想批判性地处理他那个年代出现的社会问题。古屋里成熟的小品，零星却又有针对性地影射了一些社会问题。如《新亚当和夏娃记》抨击了现代化城市所表现的"人工世界体系"，谴责人们的金钱欲望；在《人生的行列》中，作者研究了遍存于现代社会的等级制度和促成民主的力量……

古屋里生活的日子，也许是霍桑最幸福的日子，他感到"从未在身心上准备承接如此巨大的幸福，满溢着每天、每时、每刻带给我们的一切……"；古屋里成就的故事，也是霍桑对世界及其社会变革深刻洞察的反映。

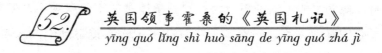

52. 英国领事霍桑的《英国札记》
yīng guó lǐng shì huò sāng de yīng guó zhá jì

蔚蓝色的海面一望无际，"尼亚加拉"号在海上平稳地航行着，远航十天以来旅途基本顺利，基本上天气晴朗，只是有一段狂风大作。从美国海岸到英国，海风、波浪和天空都是这位站在船头远眺的新任美国驻英国利物浦领事的随从，他久久地呆在甲板上，似乎对这样的风景永不厌倦。这位领事大人真是喜欢这样辽阔的景色，因为他本身也是个心灵敏感丰富的人，他就是著名的《红字》的作者霍桑。这次是被总统、也是他终生的好友富兰克林·皮尔斯委派，出任利物浦领事，为期四年，并且打算在意大利再住上一年。

1853年5月1日，霍桑到利达物浦，开始走马上任了。领事馆坐落在利物浦码头附近，四周嘈嘈杂杂，车水马龙。他的办公室里悬挂着美国和欧洲的地图、美国海军胜利图等，壁炉上还装饰着一只绘在木牌上的美国秃鹫，架子上排列着一些羊皮书面的美国法律和章程大全类的书籍。这样，领事办公室就成了一块由英国生活包围的象征美国的弹丸之地。但是这里也有一件正宗的英国货——悬挂在墙上的晴雨表。但是透过办公室的窗户，外面就是纯粹的英国世界了，确切地说是英国的码头世界，道路是仄仄的，高耸的砖砌仓库颜色灰暗，满是烟熏的痕迹，沉重的车轮轰隆作响，持续不断……

领事的工作其实是艰巨而枯燥的。一群求助的人很快围住了新任的领事，提出了各种各样需要解决的难题。日常事物也是琐碎的，还好有两名老练的职员帮忙料理诸如记账、处理文件之类的事情，这样霍桑就能解脱

出来，集中精力去处理外界提出的蛮横无理的要求。这些要求主要是来自水手的，为在船上所受到伤害前来索赔，涉及到很多伤亡事故，这些需要耗费大量的时间去和社会各方面联系。尽管霍桑素来不相信有组织的改革和职业改革家，但他对每天发生在眼前的海上恶行有着敏锐的意识，觉得应该做些什么使情况得以修正。他认为，改革的第一步，是使船上的鞭刑合法化，这样才能约束船上的滋事行为。到领事馆来的不仅有水手，还有几百号各抱私心的其他人等，霍桑本来打算在笔记本上记下他们的名字，却发现太多了，几乎无法记录。

领事的职责在很多方面是不合霍桑的性情的，但他忠于职守。同时，他总能从妻儿那儿得到慰藉和快乐；而且，所处职位使他得以有机会研习英国的风貌，也算得上一笔丰厚的补偿了。在最早光临霍桑家的客人中，有一位叫亨利·布莱特，霍桑家主要是靠他的努力而逐步走入利物浦的"社会"的，霍桑全家在那里住了两年，除了领事馆和大不列颠市侩引起不悦外，他们过得相当愉快，此后的两年他们在英国过着不定居的生活。

1856 年 3 月，本诺克说服霍桑来伦敦作三周的游览观光。本诺克是伦敦的商业家和业余文人，霍桑在《我们的老家》中提到他时，满怀谢意地称他是自己在英国时最为感激的人。在伦敦他认识很多文化界的名人，他总结说："可谓见多识广。"后来他把这丰富的经历仔细而完整地写入笔记，这份记录说明了他曾积极地投入到伦敦的生活，内容之全面，堪列他以往所有笔记之首，霍桑为之骄傲。9 月初，霍桑全家在牛津逗留数日，接受了市长的盛情款待，随后又到了绍斯波特市，全家在那里住到次年 7 月。那里风景优美，海水在落潮时退去，远远地，露出一片沙滩；涨潮时，人从岸边可以淌水走过，他们全家人就经常在这个时候徜徉在岸边。而且，好朋友麦尔维尔的到来活跃了他们在绍斯波特的生活，这是自从 1852 年霍桑和他的知己分手后的第一次见面，这次会面使他一段时间以来"蒙着一层重重阴影"的心头"亮起来"了。在绍斯波特住了十个月后，霍桑家又搬到了老特拉福德，在那里暂住两月，为的是欣赏在附近曼彻斯特举办的艺术大展，这次去参观展览，是他有生以来第一次有机会系统地学习美术知识，他说他确实"从观画中得到愉悦"。在老特拉福德两个月后，霍桑一家再次拔营起行，住宿到利明顿的兰斯多，转年一月离开了英伦，前往欧陆。

霍桑出国的主要原因之一在于饱览英伦风情，在英的四年间，他在与履行公务保持一致的情况下，尽兴观光。他的良心，既不允许他忽略领事的职责，又不允许他忽略游山玩水。长久以来，霍桑带着同情之心学习英国历史和文学，对英国的史地文迹抱着盎然的兴趣。他想方设法参观了其中大多数地方，他一游再游，而且在笔记本上留下了丰富而深情的描绘。在英国的第一年，领事馆的事务似乎特别紧迫，霍桑便以短途旅游聊以自慰，附近的古风古貌，岁月留痕，令他心旌摇荡。直到1855年夏，全家才作了第一次长途旅游，莎士比亚的故乡自然成了旅游之处，置身于莎翁的故居，霍桑并未萌发出什么感情，他在日记中写道："我也未感到什么想象力的活跃。回想起我曾见过故居，这就足以让人愉悦了。我想，现在我对莎士比亚，这个有血有肉的人，具有了更理性、更生动的思考，而思考结果是否可取，我还没有多大的把握。"在约翰逊博士的纪念地，他着迷了，尤其是博士小的时候被父亲罚站雨中的位置，引起了他的极大的兴趣，他先后在作品《少儿传记故事》、《尤托克西特》和《我们的老家》中提及。同样是人，同样是艺术家，霍桑觉得自己和约翰逊博士及其他大师间的关系，要比和莎翁或浪漫主义作家的关系来得亲近。

1855年7月，游兴不减的全家向湖滨地区出发。他在弗内斯修道院内徜徉多时，根据韦斯特的《弗内斯古物记》，研究了修道院的重建历史。9月，举家游览什鲁斯伯里，那里的名胜成了他研究和描写的主体。1856年5月，他前往苏格兰高地，1857年春至初夏，霍桑在妻儿的陪同下，再出远门去了纽斯特德修道院、彼得修道院、彼得伯勒、林肯、波士顿，他还将许多故地重游的景点做了忠实的描述，就好像它们第一次来到他的笔下。霍桑遍游英国，此处所述不过一二。他在旅游时，兼怀两种思想，即历史思想和当代的思想，或许也可称为英国式的思想和美国式的思想。霍桑是英国人的后裔、富有创造力的作家，英国的历史和文学是滋养其想象

的土壤。他觉得"我们的老家"和老家里的故事、诗歌对自己有一种强大的遗传引力。另一方面，身为新英格兰清教徒和美国民主党人的霍桑，常常不能赞同英国的风俗和制度，也常深恶痛绝英国人的狂妄傲慢，留英期间，他对美国的热爱之情更加突出，和国内的朋友保持着密切的联系，了解美国的时事。他还曾打算创作一部以英国为背景的小说，可是公务和观光带来了很大的干扰，只好置之一旁。

事实上，在英期间他的笔头可没有闲着：他的英国日记洋洋洒洒三十余万字，大有理由被列为作家的主要著作之一。其他的美国作家还没有一位把英国描绘得如此栩栩如生，如此完整无缺，而且也没有一位作家能对英国和美国的文化作如此细致深入的剖析。因此《英国札记》提供的远不止是写霍桑传记所需的材料，它既是一册探讨英美关系史的伟大文献，也是一幅已逝的维多利亚世界的迷人图画。

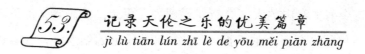

53. 记录天伦之乐的优美篇章
jì lù tiān lún zhī lè de yōu měi piān zhāng

美国伯克什尔的秋天是美丽的，很适合一位有爱心的父亲向孩子展示父爱的伟大，霍桑正是在这样的季节里成功地做了"有魅力"的父亲——他会为孩子们制作漂于湖上的小船和遨游天空的风筝，带他们钓鱼、采花，教他们游泳（虽然没教会）！

秋天里，他和孩子们一起去捡坚果，孩子的父亲在拾坚果之行中兴高采烈，干劲十足。他站在一株高大的山核桃树下面，让他们背转身子，捂住眼睛，几秒钟后，他们听见窸窸窣窣的声响，倏尔，一声大叫传来，他们睁眼仰视，哇！刚才还在身边的父亲，现在已攀上了最高的树枝，悠悠荡荡，作势欲飞，真是奇迹！接着，哗啦啦，下了一场坚果大雨，果子熟了。孩子们卖力地拾着，将他们的大口袋塞得鼓鼓囊囊。这真是一个美妙的假日。他们想不起来，父亲什么时候未和他们嬉戏，或者，他们渴望过、想象过除了他以外的玩伴。霍桑有的时候累了，不想动弹，就躺在树下，孩子们用长长的草叶覆上他的脸，看上去像希腊神话中"万能的潘"一样。

有的时候妻子和其他人都不在家，霍桑和五岁的幼子朱利安在家。的确，妻子不在他十分孤独，但呵护幼儿的工作又给他带来了快乐。晚饭后，他们去湖边。路上，野蓟成了多首巨龙和九头妖蛇，高大的毛蕊代表着巨人。到了湖边，孩子一个劲地挖土找蚯蚓用来钓鱼，不知道往水中扔了多少石块，看着水花飞溅，非常开心。他们还做了一叶小舟，把报纸折成船帆，送它远航。霍桑躺在苹果树下，孩子爬上树，跨坐在枝条上，绿叶映着他的快活的圆脸蛋，就好像栖居在大树里，筑叶为巢。然后两个人快活地放声喊叫，听着从森林外传来的不绝于耳的回声，好似有人在不远处和他们相互呼应，大自然回声的奇妙使孩子欣喜、惊异……

每天晚上，霍桑都坚持写日记，尤其是从 1850 年 6 月，他们全家搬到莱诺克斯的这座小红房子里以后，他作品的语言总是充满了优美和欢愉的情调。事实上，他们的居室是狭小拥塞的，但霍桑夫人将她的艺术天赋表现得淋漓尽致，把室内装饰得美观动人。从餐厅和卧室向外望去，草色葱郁，山青湖秀，一派胜景，这在楼上霍桑的书房也能观赏得到。书房里置放着一张写字台和一个红色软皮坐凳，中间的一张桌子有些摇晃，因为它的一条腿遗落在塞勒姆到莱诺克斯的搬运途中了。有时，霍桑奢望自己是在一间富丽堂皇的房间内写作，一次，他具体描绘说："地板上铺设着软和、厚密的土耳其毯，绯红的幕幔高挂，遮住所有的长方形墙面。"没有这样的奢华，霍桑也能将就。楼上房间僻静、庄严，这就具备了写作环境的一个重要和必要的条件。

1850 年 5 月至 1851 年 11 月，霍桑一家在红房子度过了一冬两夏。孩子们四季在户外玩耍，高兴至极。在新居住下的第一个夏天初期，父亲就发现他们"晒成了棕色，活像浆草莓"。霍桑自己还躬耕菜园，垒造鸡舍，把家具边角料制成书架和衣柜，对房子和地面作了其他各式各样的改造。冬天里，扫雪、劈柴、去两英里外的莱诺克斯邮局取信，趟过齐踝的厚雪或泥浆。他觉得这里的生活是愉快的，1851 年 4 月，他致书达伊金克说：

"深秋和冬日的乡下，可看的景色，无疑最多。在我度过的所有冬天中，去年的最让我愉悦。白雪绵延了二十英里，堆在我们古旧的红墙农舍周围。"霍桑在伯克什尔养身怡神，早年的健旺恢复了不少，他的朋友欣喜地向别人描述他："我很高兴地告诉你，他年轻，鬓发还未染上时间的银色。论体格强健，他仅次于丹尼尔·韦伯斯特；论步态，他就像一匹脚步坚实的战马。"虽然这比喻有些言过其实，但也生动地证明了霍桑当年身体非常健康。

秋冬季节，红房子内尤为宜人，正合霍桑大兴文事。一场秋霜下来，刺激了他的想象力，于是就退隐到书斋里。早晨，霍桑在楼上书房安心写作，别人绝不能干扰。下午，霍桑做点零星杂务，等饮完茶，孩子早早就寝后，漫长的冬夜就用来读书，通常由霍桑对妻子大声朗读，弥尔顿的《失乐园》、狄更斯的《大卫·科波菲尔》等都是他喜爱的著作。他的妻子在日记中写道："我无法形容，我是多么喜欢听他朗读《大卫·科波菲尔》，读得那样好。每个人物清晰可辨，他的声音富有变化而又灵巧浑厚……这胜过我看过的任何一场演出。"

当时的莱诺克斯是一个社交活跃的地方，又是时兴的避暑胜地。这里有文学团体的活动，因《红字》而成名的霍桑，在这个团体中必然是引人注目的。来小红房子的客人很多，都是来一睹《红字》作者的陌生人，伊丽莎白·劳埃德，惠蒂埃的朋友，是一位让人觉得春风拂面的崇拜者。霍桑在《二十天》里记有她的光临："她的笑靥怡人，眼睛一直回应着你的所思所想。因此，和她谈话不觉吃力。她以独特又不拘一格的方式陈述着自己的观点，态度落落大方……而且，她没有用那些奉承我作品的话来烦我，仅仅表白说，我们和一些作家的作品产生了共鸣，便自觉有特权结识他们。"劳埃德小姐给霍桑带来了莫大的愉快，他认为其登门是他成为作家以来经历过的唯一一次不亦乐乎的会客。

亲戚、朋友和熟人也纷纷光临小红房，而且他们经常呆上比一般串门都要长的时间。好朋友布里奇在做客的那几天，还帮助料理家务；精力旺盛的奥莎利文也在霍桑家小住几天，并把霍桑一家介绍给当地的社会名流；女演员范妮·肯皮尔，几番骑着一匹剽悍的黑马，直接来到门口，一次，她还让朱利安跨坐在前鞍桥上，带他策马飞奔；当一位著名的医生来访时，坐骑受了惊，霍桑伸手去拉辔头，他感慨道："《红字》的作者亲自来牵马，全美还有第二个人能享此殊荣么？"

小红房子的怡人景致，亲情浓浓的天伦之乐，还有热闹的满座高朋，这些不仅使霍桑身心愉快，更促进了他的文学创作，后来这段时间的日记，被他整理成文章《与朱利安和小白兔的二十天》。

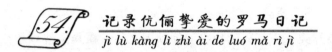

54. 记录伉俪挚爱的罗马日记
jì lù kàng lì zhì ài de luó mǎ rì jì

霍桑先生的墓前站着一位表情肃穆的夫人，她把一本新出版的书轻轻放到墓前，热泪从她的双眸中涌了出来，她喃喃自语："这是真正属于我们两个人的作品。"这还散发着墨香的书，并不是霍桑的代表作《红字》，而是在他死后，其夫人选择出版的他的部分日记，尤其是他们夫妇二人旅居意大利时的那部分，其中还包括了霍桑夫人自己的一些作品。今天夫人把它献到丈夫的墓前，一方面是为了告慰他的在天之灵，另一方面也是为了向丈夫道歉。

原来，霍桑对女性作家素来反感，他曾经对友人说："霍桑太太是比我还高出一筹的游记作者，在纸上作品中，她的描绘宛如一幅幅完美至极的图画；可惜，它们不能出版，她和我都不愿看到她的名字被列入你的女作家榜。"在职业作家问题上，霍桑是位态度保守的丈夫，他只为上帝效劳，而她又只为他——她心目中的上帝——服务，夫人索菲娅的婚姻观也是相当老派的。但这次她之所以违背丈夫所顾忌的事，也是出于几个原因：友人力劝、经济拮据，还有她的作品或许有泽被世人的可能。她在前言中说："如果这些笔记，能对任何人，在欣赏我曾欣赏过的那些大师们的建筑、雕刻和绘画杰作时，产生些微帮助，这就足可回报我因出现在公众面前而感到的痛苦了。"的确，著书的自豪感，再加上经济困难，使她

仅仅在这件事上，冒犯了教规的训谕。

1858 年，霍桑一家从巴黎到意大利，那里是霍桑夫人一直神往的地方。霍桑一行乘上汽船，从马赛悠闲地驶往奇维塔韦基亚（罗马的港口）。汽船在热那亚和莱贡分别停靠了一天，虽然霍桑在感冒发烧，但热那亚金碧辉煌的圣洛伦佐大教堂仍使他情绪激昂，令他称奇不已；在莱贡，他虔诚地拜谒了斯摩莱特的陵墓。从奇维塔韦基亚至罗马，其间大约四十英里的旅途，就像一次扣人心弦的冒险。由于两地不通铁路，载人运货得雇马车才行，并且为了大人孩子能在旅馆里安稳地休息，霍桑情急之中还塞给了海关官员一笔可观的贿赂。

早在 1853 年离开美国、赴英国利物浦任领事之前，霍桑家就有意在意大利旅居一年，驻英期间，他们从未动摇过这个打算。这部分出国计划似乎不是为了霍桑自己，而是更多地为了霍桑夫人。从孩提时候起，索菲娅就对意大利，尤其是对罗马抱着浪漫的向往之情。她就像 19 世纪的许多人，认为罗马是艺术之都、西方文明的摇篮和"灵魂之城"，她曾在妹妹面前叹道："唉，为什么不在罗马安家呢？"想到要长久地告别意大利的"绘画、雕塑、镶嵌画、浅浮雕、壁画、柱廊、喷泉、花园"以及其他的文化，她竟绝望地潸然泪下。所以，罗马之行，首先是为了实现霍桑夫人久怀的梦想。

她在日记中写道："我到了罗马，罗马，罗马！我站在古罗马市苑的遗址上，站在位于神圣大街一端的蒂图斯凯旋门下。我流连在古罗马圆形剧场，其恢弘与我所梦想、期望的丝毫不爽。我看见阳光普照着和平神庙空空的庭院……我登上卡皮托利诺山，伫立在朱庇特神庙前和骑马的马库斯·奥勒留的纪念柱下……我迈入万神庙，它的柱廊庄严肃穆，不管后人如何褒贬，自成一体——作为众神之庙的入口，恰如其分……我还去过圣彼得大教堂。"这段文字体现了英国诗人拜伦的《恰尔德·哈罗尔德游记》的感情和风格。日记中，霍桑夫人称赞拜伦的诗歌，认为其"灵感之语"，"形象完美真实"。她说："若非亲游意大利，我们将永远欣赏不了拜伦的天分。"

　　霍桑对意大利的兴趣并不因拜伦而有显著的提高，拜伦不是一位他特别喜欢的人。他欣然前往意大利，是出于以下几个原因。首先，像所有好丈夫一样，霍桑为能取悦妻子而高兴。其次，他自己在曼彻斯特的艺术展上打下了良好的学习美术的基础，他愿意继续学习。再者，霍桑喜欢周游世界，尽管欧陆诸国未能像英国一样打动他，尽管他大脑里有关意大利的知识还不比有关英国的广博，他对欧洲的过去仍旧表现了一个受教育人通常的趣味。最后，如他对友人所说，在意大利生活一年，是相当合算方便的："我住在意大利，费用节俭，还能和在其他地方一样，从事文学创作。"从这些评论中，似乎看不出他对这座"灵魂之城"抱有更大的热情，但事实上，罗马对他依然具有不同一般的引力。

　　罗马的天气是奇冷酷寒的，孩子们在圣彼得大教堂附近喷泉周围结的冰上滑倒，霍桑也滑倒了，甚至跌得很重。严酷的天气甚至冷却了霍桑夫人的热情，她坦率地表示，冰凌的光芒不可能让人激动起来。他们的住处供暖不足，壁炉是很大，但要派上充分的用场，得用新英格兰森林出产的原木才行。发烧和感冒加剧了霍桑的不适，他裹紧大衣，尽量忍着痛苦。在这个季节光临罗马，是不走运的。他日记的最初记录就是讲自己身体不适。2月3日，他写道："古老的罗马，躺在这儿，酷似一具腐烂殆尽的死尸，往昔尊贵外表的痕迹，虽然随处保留着，但青苔斑驳，死气沉沉，只有蠕虫爬进爬出。"

　　2月7日，霍桑抱怨，自己还没有进入写日记的习惯状态，罗马的观光也未开始。其实，他已做的要比他说出的强，因为就在2月7日那天，他描绘的近来所见长达十页。随着天气转暖，身体康复，他对人对事的反应也热烈起来。2月11日，全家参加了狂欢节活动，霍桑夫妇和一个孩子，坐在游行彩车里，沿着柯索大道来来回回，与人群互撒花纸屑，其他家庭成员则在阳台上观看。这一幕被他描绘在日记中，并且后来成了《玉石雕像》中一幕突出的场景。霍桑说，自己并不深以为乐，他更爱好格林威治的交易会。但他看出，三个孩子玩得很开心，而他自己，一年以后，发觉罗马狂欢节更加令人快乐。

霍桑的情绪很快好转起来，他对罗马的兴致也稳步增长。在国外，不管情绪好坏，观光和"写日记"是他受良心驱使而必做的两件事。他总是觉得，不该丢掉好不容易等到而且又是花大价钱买来的机会。如果他心灰意冷，索菲娅就会激励他鼓起勇气，坚持不懈。对于一个经常患病，经常濒临于真正疾病边缘的女性来说，索菲姆的不知疲倦是令人惊异的，她"永远保持着鲜活的不尽的接受能力"。游览过程中，霍桑夫人经常坐下来，就一些有趣的东西，画些铅笔素描，即使众人围观，评头论足，她也不受干扰。

当天的游览和素描结束后，大家饮午茶，孩子们上床休息。这以后，霍桑伉俪就坐在起居室宽大的桌子边上，提笔而书。在罗马的头四个月，霍桑已密密地写了约二百五十页，整部意大利日记，历时十六个月，近二十万字。霍桑夫人也忙着写日记，她的丈夫对其日记佩服得五体投地。夫妇二人的日记在霍桑生前均未付梓，但在他辞世后，夫人便将其部分公布于世，又选择了自己的一部分出版，于是出现了开头的那一幕。

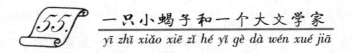

55. 一只小蝎子和一个大文学家
yī zhī xiǎo xiē zǐ hé yī gè dà wén xué jiā

拉尔夫·华尔多·爱默生与许多伟大的人物一样，在青年时代并不为人们所重视，只有当他垂垂老矣之时才常被人们铭记。这位康科德的圣贤，门徒众多，心灵平静，既是众多体系的缔造人，又是人们的导师，因而也成了人们想象中的神话。

1803年，爱默生降生在美国风景优美的小镇康科德，他的许多先辈是牧师，其中包括康科德的创建人彼得、巴尔克利以及他的父亲威廉·爱默生（曾任波士顿第一教堂牧师）。爱默生还有一个慈祥的姑母——玛莉·穆迪·爱默生，她的身材不高，性格泼辣，是一个既有正统思想又有激进见解的人，她在爱默生成长过程中起到了相当重要的作用。爱默生的童年生活很不幸，他的父亲由于疾病过早地离开了他。父亲去世后，生活重担全部都压在了他母亲的身上，身体柔弱的母亲是一位极其坚强的女性，她虽然没有什么文化，但是一心想要把几个孩子抚养成人。值得庆幸的是，父亲生前曾经服务的教会在很长一段时间内接济了爱默生全家人，而且包括玛莉姑母在内的亲戚们也常常去看他们，并给他们提供力所能及的帮助，所以尽管爱默生一家生活贫困，但总还能支撑得下去。也许苦难是人生最好的老师，家庭的不幸使年幼的爱默生和他的三个兄弟很早就成熟了，他们彼此相亲相爱，决定与母亲一起共渡难关。孩子们把大部分的时间都用在了帮助母亲做家务和刻苦学习上，后来，他们果然没有辜负母亲的期望，兄弟几人都先后进了著名的哈佛大学读书，他们靠着自己的努力相互扶持，坚持不懈地追求知识的获得与道德的自我完善。可以说，那些年里家庭内部的亲密无间、忠诚不贰无疑成为了爱默生日后精神力量的源泉。

大学时代的爱默生不仅如饥似渴地学习知识，而且是一个相当活跃的人。他大量阅读苏格兰理性主义者的著作，研究苏格拉底的思想，练习写作与演讲，并曾参加毕索洛贾安俱乐部的辩论比赛……值得一提的是，爱默生那个时期就埋下了怀疑主义的种子，这也为他后来职业的转换提供了思想上的可靠依据。从哈佛大学毕业之后，爱默生与心爱的女子爱伦·塔克结婚了。他自告奋勇继承家庭的传统，准备献身教会。他在 1824 年的《日志》里写道："我希望以上帝的事业为己任。教士的责任是双重的：为公众布道，发挥个人的影响。要宣道完全成功，只有少数人能完成，然而我有信心取得成功。每个聪明人的目标在于完全征服自我。我并没有所谓的热诚的心。所谓医生，即是自己医治自己。我相信我的职业将会使我的思想、行动、内外素质都获得新生。"我们通过这些还带有学生气的自我分析可以看出，此时的爱默生自信的同时又是相当谦和的，他竭力要把最平和的唯一神论思想与自身追求的个人道德完善的强烈愿望结合起来，以布道为他今后生活的宗旨。所以，当他一毕业，他就接替了亨利·韦尔牧师的位置开始主持淳朴神论派波士顿第二教堂，当上了一名尽职尽责的牧师。

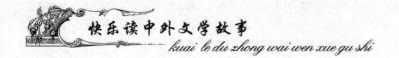
作为凡人，我们永远不知道不幸将在何时降临，就在爱默生的未来生活似乎充满阳光的时候，厄运女神已悄悄来到他的身边。1831 年，他的爱妻爱伦·塔克因病去世。接着，1832 年，当时还被视为绝症的肺结核病夺去了他三个兄弟年轻的生命。亲人们一个一个地死去对于爱默生来说无疑是非常巨大的打击，他深爱自己的妻子和兄弟们，多年来，幼年丧父的他与兄弟们一直相亲相爱、相濡以沫、互相扶持着度过了许多人生的困苦，而现在，只剩下他一个人去面对未来的人生，他内心中充满了对不可预知的生命的恐惧与忧虑。此时，青年时期就存在的怀疑主义的思想一点一点地强大起来，爱默生开始怀疑他所信仰的上帝，他曾那样努力宣扬的奇迹与圣礼此时在他看来也显得牵强附会。由于不能说服自己，爱默生拒绝主持最后以圣餐为主题的圣礼，他感到自己已经不能再从事牧师的职业了，因为他不能遏止发自内心的怀疑，于是，孑然一身、痛苦颓唐的他毅然辞去了牧师的职务，在做完了最后的告别布道后乘船赶赴欧洲。

爱默生的辞职是他有生以来第一次，也是最富于戏剧性地坚持独立自主的行动，而独立自主精神后来成了他最渴望宣讲的内容。爱默生在欧洲的一年可以说是他人生当中最为重要的一年，这一时期，爱默生整天沉浸在异国美丽的、悠久的历史文化氛围当中，他尽情地饱览自然风光，遍寻古代的名胜，深入考察欧洲艺术发展史，他还利用这次欧洲之游会见了一些伟大的艺术家（比如，他专程到卡莱尔在苏格兰的隐居地拜见了卡莱尔）。欧洲之旅，使他每天都会有新的惊喜。在参观巴黎的植物园的几个小时里，年轻的爱默生也许自己都没有意识到他即将完成一生中最重要的转变。当时，这位年轻的旅游者停下脚步静静地立在一旁观察一只蝎子，他发现，这只小小的蝎子与他之间有一种神秘的关系，他迅速抓住了这灵光一闪，并得出了结论，每种自然形态都是作为观察者的人类某种内在特征的表现。他深深地为自己的发现感到狂喜和震惊，他不停地大声对自己说："我要做一名自然主义者"。爱默生在回国后的一个月在波士顿以《自然史的运用》为题公开作了一次演讲。此后的爱默生把毕生的精力都奉献给发展和阐述以下的信念：人通过直觉所体验到生活的内在、道德及神启示的法则都可以在通过感觉观察到的自然界法则的多种形式的表现中一点一点地找到对应。从此，爱默生找到了人生的基点，并开始了他的"第一哲学"及新的职业。

离乡多年的爱默生发现自己还是深深眷恋着那片故土，故乡的小河、村屋、熟悉的脸庞以及在那里曾经度过的幸福的童年时光时时出现在他的梦境当中，他意识到那些让人们在心中始终尊敬的人之所以能够做到这一点，原因就在于他们固守生于斯死于斯的故土，一个人的灵魂岂能永远漂泊流浪，只有回到自己出生的地方才能其乐无穷。1834年，爱默生决定带着自己的伟大的发现回到故乡。此时的爱默生已经今非昔比，当年，他黯然离去，带着满心的伤痛和迷惘，而今天，他在异国终于找到了自己生命的依托。一踏上故乡熟悉的土地，他心潮澎湃、不能自禁，他决心以传承思想的火炬为己任，把自己的发现奉献给祖国的人民。为了达到这个目的，他开始着手写书。

爱默生的第一部书《论自然》于1836年写于莱克辛顿街上一幢名叫库利奇的住宅，这座住宅是爱默生为他的新婚妻子——莉迪亚·杰克逊所购买的，在之后的长达三十五年的时期内，它成为人口不断增加的爱默生一家人的栖息地和以爱默生为核心的知识与精神运动的中心。《论自然》一书并不长，但是，它却是爱默生关于现实信念的声明，是爱默生的圣约书，孕育了爱默生以后所感觉、思考及表述的一切。正是这一作品使爱默生成为一个时代的发言人，他向人们宣告：旧的教条在这个时代消失，新的法则正在形成。然而爱默生并不愿充当救世主的角色，他不参加任何俱乐部和派别，不鼓励任何人费心去把他的思想整理成系统，也不让他的追随者搞个人崇拜。但是，这并不能阻挡追随者的脚步，布朗森·奥尔科特等老一辈理想主义者，建立布鲁克农场合作团体的实践派空想主义者乔治·里普利、伊丽莎白·皮博迪、玛格丽特·富勒等才华横溢、充满改革激情的妇女还有像亨利·大卫·梭罗等这样的年轻人都乐于与爱默生为伍，他们甚至搬到爱默生家附近或地区居住。爱默生虽然不主张结成帮派，但是也真诚地帮助他们实现理想。

如果说《论自然》是一棵大树的主干，那么爱默生后来的散文、演讲与诗歌都是由它派生出来的枝干。在《论自然》写成之后的第二年，爱默生作了以《论美国学者》为题的演说，他勇敢地抨击了学术界与文学界的形式主义和传统观念。1838年，他在《神学院献词》一书里正面抨击了宗教领域里的自由。1842年和1844年，他的第一集和第二集《散文集》问世，所收的文章基本上是他以往发表过的演讲，内容涉及科学、文学、传记及人类行为等等。虽然全书在整体上并不完全协调一致，但是，集子中的每一篇散文都是倾注了爱默生大量心血的精品，他在美国文学史上的地位也因此而得到了确定。

1850年，爱默生把他在英国巡回演讲时发表的演说整理成集，取名为《代表人物》。之后，于1856年又出产了《代表人物》的副产品《英国人的性格》。1860年，爱默生出版了他主要散文著作中的最后一部散文集《生活的行为》，其中主要收录了他在美国西部发表的演说。此时，集文学家与哲学家于一身的爱默生准备在最后一部作品中总结自己思想的精髓，他试图从各种力量的平衡当中找到心灵的平静，既承认命运又承认自由意志，既承认教会的约束力也承认世俗的约束力。这不是一个纯粹的哲学家的思考，但是，爱默生的文学立场使这两种看似对立的观点在他那里几乎完美地统一了起来。

生命当中的偶然因素往往会成就一个伟大的人物，爱默生就是这样。所以我们要感谢他的欧洲之旅，我们也要感谢那只巴黎植物园中的小蝎子，感谢它给爱默生带来了超验主义的灵感，感谢它成就了一位美国文学史上"最富有代表性的人物"。

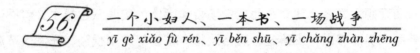

56. 一个小妇人、一本书、一场战争
yī gè xiǎo fù rén、yī běn shū、yī chǎng zhàn zhēng

哈里特·伊丽莎白·比彻·斯托，1811年6月14日出生在美国东北康涅狄格州利奇费德的一个牧师家庭。她的父亲利曼·比彻是一个受人尊

敬的基督教牧师，并且是当时美国最有权威的清教徒教士。斯托有三个兄弟、一个姐姐，她自幼受清教思想影响，笃信宗教，关心道德、宗教和社会问题。她的三个兄弟后来都成为著名的传教士，姐姐凯瑟琳在哈利福德市办小学。青年时期的斯托在哈特福德市受过良好的教育，她特别喜爱读书，除了学习神学之外，她还大量地阅读了拜伦和斯考特的作品，这两位著名的作家对她以后的创作产生了很大的影响。

当斯托长到十四岁时，她随全家搬到了波士顿，几年后又搬到了辛辛那提，她的父亲利曼·比彻被任命为那里的莱恩神学院院长。斯托随父亲在辛辛那提一直住到 1850 年。她在中学任教，不久，便结识了莱恩神学院的教员卡尔文·斯托，两颗年轻的心相爱了，经过一段时间的交往他们结合了，婚后的斯托为丈夫生了七个孩子。在这段时间里，她一直没有放弃自己的文学梦想，偶尔为杂志撰写一些小的短文和小说。

斯托夫人像

斯托曾在辛辛那提市居住了十八年之久，辛辛那提与蓄奴制社会的南方仅仅一水之隔，是北美废奴运动的中心之一。

在废奴运动的影响下，斯托夫人一家对黑奴也表示深切的同情。利曼·比彻的家里就安置过逃奴，这使斯托夫人有机会亲耳听到逃奴诉说悲惨的遭遇，控诉奴隶制度的种种罪恶。此后，斯托夫人又得到一次机会，她与朋友们一起访问了肯塔基州梅斯维尔的几个种植场，亲眼目睹了黑奴劳动和生活的惨状。后来这些见闻就成了《汤姆叔叔的小屋》里谢尔比种植场的雏形。斯托夫人的弟弟是个商人，他经常往返于新奥尔良和"红河"

郡之间，见多识广，他给斯托夫人讲述了许多关于南方奴隶主的暴戾恣睢和残酷虐待黑奴的真实故事，其中就有关于他在密西西比河一艘商船上所邂逅的一个奴隶主的种种惨绝人寰的暴行，这些见闻使斯托夫人大为震惊，后来她便在此基础上成功地塑造了奴隶主——莱格利这个反面人物形象。1850年，斯托先生受聘去缅因州的鲍丁学院任教授，于是，他们全家迁至新英格兰北部，在那里，斯托夫人逐步成长为一个坚定的废奴主义者。

有一天，斯托夫人接到嫂嫂的来信，嫂嫂爱德华·比彻夫人在信中请求她"写点东西，让全国人民都能知道可恶的奴隶制是什么样子"。当时，斯托夫人全家都支持她，而且他们也是废奴运动的积极参与者。她的哥哥爱德华曾在波士顿一个教堂里发表慷慨激昂的废奴演讲，她的另外一个哥哥亨利·华德也曾在布鲁克林教堂举行引人注目的特殊的黑奴拍卖，让他们获得自由。斯托夫人在亲人的鼓舞下，决心以哥哥们为榜样拿起笔来为废奴运动做出自己的贡献。她曾说道：

让上帝帮助我吧。我将要把我所了解的事情写出来。
只要我活着，我就一定写。

几天后，《汤姆叔叔的小屋》的第一章就写出来了。当时，斯托夫人正在布伦斯威克教堂做礼拜，突然创作灵感涌上心头，汤姆叔叔的遭遇渐渐地在她的脑海当中形成了一个完整的故事。她飞跑着回到家里，锁上门，就奋笔疾书起来，稿纸不够，她就用食品包装纸代替。写完第一章后，斯托夫人念给丈夫和孩子们听，他们深受感动，斯托先生鼓励妻子继续写下去，并说："照这样写下去，你就可以写一部了不起的书。"

接着，斯托夫人写信给在华盛顿的好友甘梅利尔·贝利，告之她写作《汤姆叔叔的小屋》的计划。甘梅利尔·贝利是华盛顿的一家废奴主义刊物《民族时代》的编辑，从她在辛辛那提主办《慈善家》时候起，甘梅利尔·贝利就是斯托夫人家的至交好友。在给她的信当中，斯托夫人说，《汤姆叔叔的小屋》可以在《民族时代》分三至四期连载。甘梅利尔·贝利很高兴，立即复了信，并寄上三百美元作为约稿费。从1851年6月起，《汤姆叔叔的小屋》就开始在这家主张废奴的周刊上连载发表。结果，情况大大出乎所有人的意料，斯托夫人一发而不可收拾，她越写越长，笔下的人物、情节、对话就像滚雪球似的展开了。最后，《汤姆叔叔的小屋》竟在《民族时代》上连载了一年，一共四十多期。小说连载完以后，斯托夫人长长地舒了一口气，她无限感慨地说："这小说是上帝自己写的，我只不过是他手里的一支笔。"

《汤姆叔叔的小屋》小说的主人公是汤姆，他是肯塔基州种植园主谢尔比家里的"家生"奴隶。他从小伺候主人，成年后当总管，是个虔诚的基督教徒，对主人一片忠心。被称为汤姆叔叔，他和妻子、孩子一起住在一间小木屋里。谢尔比在股票市场投机失败后，决定把汤姆以及女奴伊莱扎的儿子哈利卖掉抵债。伊莱扎偷听到了主人和太太的谈话，当即决定带儿子连夜出逃。她把这消息告诉了汤姆，但汤姆笃信天主，对主人忠心耿耿，决定不走。而伊莱扎抱着孩子拼命赶路，在奴隶贩子的追捕之下，冒生命危险越过冰冻的俄亥俄河，逃向自由之州。

可怜的汤姆叔叔被哈利卖往新奥尔良。在船上，他救了一个失足落水的小女孩伊娃。圣克莱出于感激，将他从贩子手中买了下来。汤姆在圣莱家当马车夫，与小伊娃结成了好朋友。汤姆无限思念自己的妻子和孩子，盼望旧主人能将他赎回去。伊娃对汤姆非常好，汤姆过了两年比较宁静愉快的生活。但伊娃身体纤弱，不幸夭折，临死前要求父亲解放汤姆，父亲答应了她的要求，而且把这个决定告诉了汤姆。不料圣克莱也因劝架意外地丧命，而圣克莱太太不愿意解放黑奴，又将汤姆卖给了一个残忍的种植园主勒格里。

在勒格里的种植园里，黑奴们整天在监工的皮鞭下从事繁重的劳动。一天，汤姆看到一个女奴抱病干活，于是，他把自己口袋里的棉花抓了一些装到这个女奴的口袋里。这个举动被监工发现，报告了勒格里。晚上，勒格里命令汤姆鞭打这个女奴，以惩罚她的"偷懒"。汤姆坚决拒绝，他对勒格里说："我愿意白天黑夜干活。只要我身上还剩一口气，我就不会干。"勒格里用皮靴狠踢汤姆，汤姆仍然不屈从。勒格里对汤姆的勇气和宗教虔诚感到恐惧，处处与汤姆为难，使他在非人的条件下从事繁重的劳动。他一方面靠私刑折磨奴隶，一方面绝对禁止他们读书识字，使他们永远处于愚昧无知的状态。有两个女奴从种植园逃跑，勒格里断定汤姆知道她们躲藏在哪儿。他以死相威胁，逼问汤姆。汤姆为了保护她们，不肯说出她们隐藏的地方。勒格里勃然大怒，用皮鞭痛打汤姆，把他打得死去活来。当谢尔比的儿子乔治·谢尔比，赶到时汤姆已经奄奄一息。乔治从小对汤姆叔叔怀有深挚的友情，汤姆见到乔治后，宽慰地瞑目了。乔治表示要以谋杀罪控告勒格里，勒格里不以为然地嘲笑乔治说："你去告吧！只不过死了一个黑鬼，有什么值得大惊小怪的！"乔治听了这话，怒不可遏，狠狠地将勒格里一拳揍倒在地。

乔治悲伤地埋葬了汤姆，并跪在汤姆的墓前发誓："让上帝作证吧！从此刻起，我将竭尽全力从大地上铲除这个可诅咒的奴隶制！"

乔治回家后不久，在一天早上，将家里的全体黑奴召集在一起，发给他们每人一份自由证书，宣布他们从此获得解放，并对他们说："当你们享受你们的自由的时候，请记住这一切来自于亲爱的汤姆叔叔，请报答他的恩情，仁慈地关怀他的妻子和孩子。每当想到你们的自由，就看一看汤姆叔叔的小屋，让这间小屋成为你心中的纪念碑，从而遵循汤姆叔叔的足迹，成为一个忠实，虔诚的基督信徒。"

没多久，《汤姆叔叔的小屋》便在国外声誉鹊起。先是美国的普特南出版公司的一个年轻编辑寄了一本给英国的一位出版商，结果引起了英国出版商们广泛的兴趣，一年之内，就有十八家出版公司竞相印了一百五十万册并发行到英国本岛和英联邦各国。随即，欧洲的其他出版商也行动起来，仅隔几年，该书就被译成法、德、瑞典、荷兰、西班牙、意大利等二十二种语言，影响遍及全世界。

与此同时，《汤姆叔叔的小屋》也被改编成剧本搬上了舞台。不计其数的剧团以及不计其数的剧本在世界各地上演着。对此情况，斯托夫人并不赞成，但她也无法制止人们对这部小说的狂热。

《汤姆叔叔的小屋》的流传使斯托夫人成了一位世界瞩目的人物，她应邀三次访问欧洲。在英国，她受到维多利亚女王和艾尔伯特王子的接见。她还会见了著名作家乔治·埃利奥特、狄更斯、金斯莱拉斯金、麦考利和格拉德斯通等人。英伦三岛和欧洲大陆的普通人民更是欢迎这位来自"新大陆"的废奴女英雄。在爱丁堡，人民捐赠一千枚金镑硬币，请斯托夫人带回美国资助北美的废奴运动。

《汤姆叔叔的小屋》对社会发展产生了深远的影响，特别是对美国废奴运动和南北战争曾起到了巨大的推动作用。就在美国南北双方就废除黑奴制在国会达成"妥协法案"各作让步时，一本《汤姆叔叔的小屋》就像一颗重磅炸弹，粉碎了美国当时表面上的虚假平静。另外，1859年，废奴派英雄约翰·布朗率游击队攻占了弗吉尼亚州的军火库，企图武装黑人，发动起义，虽然最后以失败而告终，但是他为黑奴的解放事业而英勇献身的精神却千秋长存。斯托夫人的《汤姆叔叔的小屋》和约翰·布朗的义举使北方反对奴隶制度的情绪非常高涨，南北矛盾极度紧张，内战一触即发。1860年，反对奴隶制的林肯当选总统，南方各州悍然宣布脱离联邦独立，南北战争终于爆发。1862年，林肯总统在白宫接见了斯托夫人，盛赞她"这位小妇人写了一部导致一场伟大战争的书"。著名的作家查尔斯·萨姆那则说："要是没有斯托夫人的《汤姆叔叔的小屋》，阿伯拉罕·林肯也就不可能当选为美国总统。"柯克·门罗也认为："她不仅在世界著名妇女中间是出类拔萃的、名列前茅的，而且在决定美国人民命运的最关键的历史时刻，她的影响超过了任何其他人。……当然，废除奴隶制不是，也不可能是一个人能功成业就的事，它是众人的事业，但是，《汤姆叔叔的小屋》所产生的影响是最伟大的，最深远的。"

应该说，《汤姆叔叔的小屋》是一个时代、一个国家的一部伟大的民间传记。